民國文化與文學^{研究}^{文叢}

十六編

李 怡 主編

第 **17** 冊

作家李劼人的實業檔案識讀與研究（上）

傅 金 艷 著

國家圖書館出版品預行編目資料

作家李劼人的實業檔案識讀與研究（上）／傅金艷 著 -- 初
版 -- 新北市：花木蘭文化事業有限公司，2023〔民112〕
序 6+ 目 2+188 面；19×26 公分
（民國文化與文學研究文叢 十六編；第 17 冊）
ISBN 978-626-344-539-0（精裝）
1.CST：李劼人 2.CST：傳記 3.CST：歷史檔案 4.CST：現代文學
820.9   112010658

特邀編委（以姓氏筆畫為序）：

ISBN-978-626-344-539-0

9 786263 445390

民國文化與文學研究文叢
十六編　第十七冊　　　　　　ISBN：978-626-344-539-0

作家李劼人的實業檔案識讀與研究（上）

作　　者　傅金艷
主　　編　李 怡
企　　劃　四川大學中國詩歌研究院
總 編 輯　杜潔祥
副總編輯　楊嘉樂
編輯主任　許郁翎
編　　輯　張雅淋、潘玟靜　美術編輯　陳逸婷
出　　版　花木蘭文化事業有限公司
發 行 人　高小娟
聯絡地址　235 新北市中和區中安街七二號十三樓
　　　　　電話：02-2923-1455／傳真：02-2923-1452
網　　址　http://www.huamulan.tw 信箱 service@huamulans.com
印　　刷　普羅文化出版廣告事業
初　　版　2023 年 9 月
定　　價　十六編 18 冊（精裝）台幣 45,000 元　　　版權所有・請勿翻印

作家李劼人的實業檔案識讀與研究（上）

傅金艷 著

作者簡介

傅金艷（1969～），北京師範大學中國現當代文學專業碩士，樂山師範學院教授，紹興文理學院碩士導師，《郭沫若學刊》編輯部主任。自1992年從業至今，在教書育人的同時，在公開刊物上發表有關郭沫若、李劼人、王安憶、沙汀、艾蕪、張天翼等現當代作家、作品研究的學術論文多篇。近年專注於樂山地方文化以及地方文化名人研究。

提　　要

　　李劼人不但是中國現代文學史上的大家，還是一個有著經世治國理想的實業家。本書通過爬梳樂山市檔案館現存的近六千份嘉樂紙廠檔案，剔抉出1925～1952年李劼人創建到執掌嘉樂紙廠27年期間內的檔案文獻，以其作為最主要的證據來論證分析李劼人在民國時期的實業選擇、實業發展以及實業貢獻。本書中涉及的七聯處教材指定用紙、馬寅初的文化補助金以及孫震、李璜、朱光潛、陳翔鶴等的股東、職員身份與李劼人的交往關係等都是不可多得的原始史料。本書主要從李劼人的實業家身份去考察李劼人的職業選擇和實業貢獻，特別關注其以嘉樂紙廠為依託，實踐其建設西南文化事業基礎的理想的人生歷程。

鬱結、盤桓與頓挫：中國現代文學中的國家—民族敘述——《民國文化與文學研究文叢‧十六編》引言

李 怡

　　1921 年 10 月，「新文學運動以來的第一部小說集」由上海泰東圖書局推出〔註1〕，這就是郁達夫的《沉淪》。從 1921 年至 1923 年，這部小說集被連續印刷十餘次，銷量累計至 20000 餘冊，在新文學初創期堪稱奇觀。「對於他的熱烈的同情與感佩，真像《少年維特之煩惱》出版後德國青年之『維特熱』一樣」〔註2〕，因為，「人人皆可從他作品中，發現自己的模樣。……多數的讀者，由郁達夫作品，認識了自己的臉色與環境」〔註3〕。當然，小說中能夠引起讀者共鳴的應該有好幾處，包括性愛的暴露、求索的屈辱等等，但足以令讀者產生一種普遍的情緒激昂的還是其中那種個人屈辱與家國命運的相互激蕩和糾纏，這樣的段落已經成為了中國現代文學史引證的經典：

　　　　他向西面一看，那燈檯的光，一霎變了紅一霎變了綠的，在那裡盡它的本職。那綠的光射到海面上的時候，海面就現出一條淡青的路來。再向西天一看，他只見西方青蒼蒼的天底下，有一顆明星，在那裡搖動。

　　　　「那一顆搖搖不定的明星的底下，就是我的故國，也就是我的

〔註1〕成仿吾：《〈沉淪〉的評論》，《創造》季刊 1923 年 2 月第 1 卷第 4 期。
〔註2〕匡亞明：《郁達夫印象記》，載《郁達夫研究資料》，北京：知識產權出版社，2010 年，第 52 頁。
〔註3〕賀玉波編：《郁達夫論》，上海：光華書局，1932 年，第 84 頁。

生地。我在那一顆星的底下，也曾送過十八個秋冬。我的鄉土嚇，我如今再不能見你的面了。」

　　他一邊走著，一邊盡在那裡自傷自悼的想這些傷心的哀話。走了一會，再向那西方的明星看了一眼，他的眼淚便同驟雨似的落下來。他覺得四邊的景物，都模糊起來。把眼淚揩了一下，立住了腳，長歎了一聲，他便斷斷續續的說：

　　「祖國呀祖國！我的死是你害我的！」

　　「你快富起來，強起來吧！」

　　「你還有許多兒女在那裡受苦呢！」〔註 4〕

在這裡，一位在異質文明中深陷焦慮泥淖的中國青年將個人的悲劇置放在了國家與民族的普遍命運之中，並且在自己生命的絕境中發出了如此石破天驚般的吶喊，一瞬間，個人的生存苦難轉化為對國家與民族的整體控訴，鬱積已久的酸楚在這一心理方式中被最大劑量地釋放。這也就是作者自述的，「眼看到的故國的陸沉，身受到的異鄉的屈辱」〔註 5〕，「我的消沉也是對國家，對社會的。現在世上的國家是什麼？社會是什麼？尤其是我們中國？」〔註 6〕所以，在文學史家看來，這部作品的顯著特點就在於「性、種族主義、愛國主義在他心底裏全部纏結在一起」〔註 7〕。

　　《沉淪》主人公于質夫投海之前的這一段激情道白擊中的是近代以來中國人的普遍心理與情緒，1921 年的「《沉淪》熱」、百年來現代中國文學與現實人生的不解之緣從根本上都與這樣的體驗和情緒緊密相關：在中國現代文學的普遍主題中，國家觀念和民族意識的凸顯格外引人注目，或者說，個人命運感受與國家、民族宏大問題的深刻聯繫就是我們文學的最基本構型。

　　在很大的程度上，我們的中國現代文學研究自始至終都沒有否認過這一基本事實。1922 年，胡適寫下新文學的第一部小史《五十年來中國之文學》，就是以「國」定文學，是為「國語的文學」。1923 年，瞿秋白署名陶畏巨發表新文學概觀，也是以「西歐和俄國都曾有民族文學的先聲」為參照，將新文學

〔註 4〕郁達夫：《沉淪》，《郁達夫文集》第一卷，廣州：花城出版社，1982 年，第 52 ～53 頁。

〔註 5〕郁達夫：《懺餘獨白》，《郁達夫文集》第七卷，廣州：花城出版社，1982 年，第 250 頁。

〔註 6〕郁達夫：《北國的微音》，《郁達夫文集》第三卷，廣州：花城出版社，1982 年，第 91 頁。

〔註 7〕李歐梵：《李歐梵自選集》，上海：上海教育出版社，2002 年，第 38 頁。

視作「民族國家運動」的一部分，宣布「他是民族統一的精神所寄」〔註8〕。王瑤的《中國新文學史稿》奠定了新中國現代文學的學科基礎，在以「新民主主義革命」為核心話語的歷史陳述中，「外爭國權，內除國賊」、「民族解放」的政治背景十分清晰。唐弢主編《中國現代文學史》繼續依託「新民主主義革命時期」的階級狀況展開，反對帝國主義對中華民族的侵略、挽救民族危機也是這一歷史過程的重要組成部分。新時期以降，被稱作代表「新啟蒙」思潮的二十世紀中國文學觀更是將國家民族的現代化進程作為文學探索的基本背景，明確指出：「爭取民族的獨立解放，民族政治、經濟、文化，民族意識的全面現代化，實現民族的崛起與騰飛，是本世紀全民族的中心任務，構成了時代的基本內容，社會歷史的中心，民族意識的中心，對於這一時期包括文學在內的整個意識形態起著一種制約作用，決定著這一時期文學的性質、任務、歷史內容，以及歷史特徵，等等。」〔註9〕新時期影響中國現代文學研究的思想，在內有李澤厚《中國現代思想史論》的「啟蒙／救亡雙重變奏」說，在外則有夏志清《中國現代小說史》的「感時憂國」說，它們的思想基礎並不相同，但卻在現代文學的國家民族意識上有著高度的共識。直到新世紀以後，儘管意識形態和藝術旨趣的分歧日益加大，但是平心而論，卻尚未發現有誰試圖根本否認這一基本特徵的存在。

在我看來，《沉淪》主人公于質夫將個人的悲劇追溯到國家民族的宏大命運之中，於生存背景的揭示而言似乎勢所必然，不過，其中的心理邏輯卻依然存在許多的耐人尋味之處：于質夫，一個多愁善感而身心屨弱的青年在遭遇了一系列純粹個人的生活挫折之後，如何情緒爆發，在蹈海自盡之際將這一切的不幸通通歸咎於國家的弱小？這是羸弱者在百般無奈之下的洗垢求瘢、故入人罪，還是被人生的苦澀長久浸泡之後的思想的覺悟？一方面，我不能認同徐志摩當年的苛刻之論：「故意在自己身上造些血膿糜爛的創傷來吸引過路的人的同情」〔註10〕，那是生活優渥的人的高論，顯然不夠厚道，但是，另一方面，從1920年代的爭論開始，至今也有讀者無不疑惑：「『零餘人』不僅逃避承擔時代的重任，而且自身生活能力低下，在個人情慾的小圈子裏執迷不悟，一旦

〔註 8〕陶晸巨：《荒漠裏》，《新青年》季刊 1923 年 12 月 20 日第 2 期。
〔註 9〕陳平原、黃子平、錢理群：《二十世紀中國文學三人談──民族意識》，《讀書》1985 年第 12 期。
〔註10〕見郭沫若：《論郁達夫》，載《回憶郁達夫》，長沙：湖南文藝出版社，1986 年，第 3 頁。

得不到滿足，連生命也毫不猶豫地捨棄。這樣的人物是時代的主旋律上不和諧的音符，他的死是一種歷史的必然。郁達夫在作品主人公自殺前加上這麼一條勉強的『尾巴』，並不能讓主人公的思想高尚起來。」〔註11〕郁達夫恐怕不會如此的膚淺，但是《沉淪》所呈現的心理邏輯確有微妙隱晦之處，至少還不曾被小說清晰地展開，這就如同現代文學史上的二重組合——個人悲劇／國家民族命運的複雜的鏈接過程一樣，其理昭昭，其情深深，在這些現象已經被我們視作理所當然的歷史事實之後，我們是不是進一步仔細觀察過其中的細節？究竟這些「國家觀念」和「民族意識」有著怎樣具體的內涵，有沒有發生過值得注意的重要變化，它們彼此的結構和存在是怎樣的，是不是總是被奉為時代精神的「共主」而享有所向披靡的能量，在它們之間，內在關聯究竟如何，是不容置辯的相互支撐，一如我們習以為常的「國家民族」的關聯陳述，還是暗含齟齬和衝突？

這就是我們不得不加以辨析和再勘的理由。

一

中國現代文學在表達個人體驗與命運的時候，總是和國家與民族的重大關切緊密相連，然而，「國家」與「民族」這兩個基本語彙及其現代意涵卻又是近代「西學東漸」的一部分，作為西方思想文化的複雜構成，其本身也有一個曲折繁蕪的流變演化歷史。所以，同一個「國家觀念」與「民族情懷」的能指，卻很可能存在著千差萬別的所指。

大約是從晚清以降，中國知識界開始出現了越來越多的「國家」與「民族」的表述，以致到後來形成了大家耳熟能詳的名詞、概念、主義和系統的思想。自 1960 年代開始，當作為學科知識的「民族學」等需要進一步理性建設的時候，人們再一次回過頭來，試圖深入追溯「民族」理念的來源，以便繪製出清晰的知識譜系，這樣的追溯在極左年代一度中斷，但在新時期以後持續推進；新時期至今，隨著政治學、社會學、文化學領域對中外文明史、國家制度史的理論思考的展開，「國家」的概念史、意義史也得到了比較充分的總結。

百餘年來中國知識分子對「民族」的理解來源複雜，過程曲折，我們試著將目前學界的考證以圖表示之：

〔註11〕吳文權：《感性縱情與理性斂情——從〈沉淪〉和〈遲桂花〉看郁達夫前後期的創作風格》，《重慶工學院學報》2005 年第 7 期。

考證人	時間結論	來源結論	最早證據	學界反應
林耀華《關於「民族」一詞的使用和譯名問題》（《歷史研究》1963年第2期）	不晚於1900年	可能從日文轉借過來	章太炎《序種姓上》	1980年代以後不斷更新中國學者的引進、使用時間
金天明、王慶仁《「民族」一詞在我國的出現及其使用問題》（《社會科學輯刊》1981年第4期）	1899年	從日文轉借過來	梁啟超的《東籍月旦》	韓錦春、李毅夫等考證《東籍月旦》作於1902年；此前梁啟超已經使用該詞
彭英明《中國近代誰先用「民族」一詞？》（《社會科學輯刊》1984年第2期）	1898年6月	近代中國開始使用	康有為的《請君民合治滿漢不分摺》	經過多人考證，最終確認康有為此摺乃是其1910年前後所偽造
韓錦春、李毅夫《漢文「民族」一詞的出現及其初期使用情況》（《民族研究》1984年第2期）	1895年	從日文引入	《論回部諸國何以削弱》（《強學報》第2號）	新世紀以後開始被人質疑
韓錦春、李毅夫編《漢文「民族」一詞考源資料》，（中國社會科學院民族研究所民族理論研究室1985年印）	近代中國人開始使用	在中國古代典籍中未曾出現，近代以前「民」、「族」是分開使用的		新世紀以後開始被人質疑
彭英明《關於我國民族概念歷史的初步考察》（《民族研究》1985年第2期）	1874年前後使用	可能來自英語	王韜《洋務在用其所長》	
臺灣學者沈松僑《我以我血薦軒轅——皇帝神話與晚清的國族建構》（《臺灣社會研究季刊》第二十八期，1997年12月）	20世紀中國知識分子	從日文引入		新世紀以後開始被人質疑

【英】馮客《近代中國之種族觀念》（楊立華譯），江蘇人民出版社 1999 年	1903 年，晚清維新派，梁啟超首次使用			
茹瑩《漢語「民族」一詞在我國的最早出現》（《世界民族》2001 年第 6 期）	唐代	與「宗社」相對應，但與現代意義有差別	李筌所著兵書《太白陰經》之序言：「傾宗社滅民族」	
黃興濤《「民族」一詞究竟何時在中文裏出現？》（《浙江學刊》2002 年第 1 期）類似觀點還有方維規《論近代思想史上的「民族」、「Nation」與中國》（香港《二十一世紀》2002 年 4 月號）	1837 年或之前出現；1872 年已有華人在現代意義上加以使用	很可能是西方來華傳教士的偶然發明	《論約書亞降迦南國》（1837 年 10 月德國籍傳教士郭士臘等編撰《東西洋考每月統記傳》）	
邱永君《「民族」一詞見於〈南齊書〉》（《民族研究》2004 年第 3 期）	南齊	中國自身的語彙，意義與當今相同	道士顧歡稱「諸華士女，民族弗革」（《南齊書》卷 54《高逸傳・顧歡傳》）	
郝時遠《中文「民族」一詞源流考辨》（《民族研究》2004 年第 6 期）	就詞語而言至少魏晉以降即有；古漢語「民族」一詞在 19 世紀 70 年代或之前傳入日本	古漢語「民族」一詞在中國有早於日本的且接近現代的含義；國人對「民族」對應的西文 nation、volk 及其含義的理解，無疑主要來自日本翻譯的西學著作；中國現代民族（nation）觀念受到日譯西書的影響	從魏晉以降至清，作為詞語使用不絕，總體傾向於各種具體的族群分類，現代抽象的意義概念屬於近代產物；日文「民族」為中文輸入的結果，與近代中國的西書漢譯有關	

　　此表列出了新中國成立至今學界所考證的概念史，以考證出現的時間為序。從中，我們大體上可以知道這樣一些基本事實：

1. 在近現代中國的思想之中，雙音節詞彙「民族」指的是經由長期歷史發展而形成的穩定共同體，它在歷史、文化、語言等方面與其他人群有所區別，「血緣、語言、信仰，皆為民族成立之有力條件」〔註12〕。相對而言，在古代中國，「民」與「族」往往作為單音節詞彙分開使用，「族」更多的指涉某一些具體的人群類別，近似於今天所謂的「氏族」、「邦族」、「宗族」、「部族」等等，所以在一個比較長的時間裏，我們從「民族」這個詞語的近現代含義出發，傾向於認定它的基本意義源自國外，是隨著近代域外思潮的引進而加進入中國的外來詞語，大多數學者認為它來自日本，原本是日本明治維新之後對西方術語的漢譯，也有學者認為它可能就是對英文的中譯。

2. 漢語詞彙本身也存在含義豐富、歷史演變複雜的事實，所以中國學者對「民族」的本土溯源從來也沒有停止過。雖然古代文獻浩若煙海，搜索「民族」一詞猶如大海撈針，史籍森森，收穫艱難，然而幾經努力，人們還是終有所得，正如郝時遠所總結的那樣，到新世紀初年，新的考證結論是：在普遍性的「民」、「族」分置的背景上，確實存在少數的「民族」合用的事實，而且古漢語的「民族」一詞，已經出現了近似現代的類別標識含義，在時間上早於日本漢文詞彙。在日本大規模地翻譯西方思想學術之前，其實還出現過借鑒中國語彙譯述西方書籍的選擇，日本漢文中的「民族」一詞很可能就是在這個時候從中國引入的。「『民族』一詞是古漢語固有的名詞。在近代中文文獻中，現代意義的『民族』一詞出現在 19 世紀 30 年代。日文中的『民族』一詞見諸 19 世紀 70 年代翻譯的西方著述之中，係受漢學影響的結果。但是，『民族』一詞在日譯西方著作中明確對應了 volk、ethnos 和 nation 等詞語，這些著作對 nation 等詞語的定義及其相關理論，對清末民初的中國民族主義思潮產生了直接影響。『民族』一詞不屬於『現代漢語的中—日—歐外來詞。』」〔註13〕

3. 「民族」一詞更接近西方近代意義的廣泛使用是在日本，又隨著其他漢文的西方思想一起再次返回到了中國本土，最終形成了近現代中國「民族」概念的基本的含義。

總而言之，「民族」一語，從詞彙到思想，都存在一個複雜的形成過程，這裡有歷史流變中的意義的改變，也有中國／西方／日本思想和語言的多方

〔註12〕梁啟超：《中國歷史上民族之研究》，《飲冰室合集》第 8 冊，北京：中華書局，1989 年，第 860 頁。

〔註13〕郝時遠：《中文「民族」一詞源流考辨》，《民族研究》2004 年第 6 期。

對話與互滲。從總體上看，現代中國的「民族」含義與西方近代思想、日本明治維新後的思想基本相同，與古代中國的類似語彙明顯有別。1902 年，梁啟超在《論中國學術思想變遷之大勢》一文中，第一次提出了「中華民族」的概念，五年後的 1907 年，楊度《金鐵主義說》、章太炎《中華民國解》又再次申述了「中華民族」的觀念，雖然他們各自的含義有所差異，但是從一個大的族群類別的角度提出民族的存在問題卻有著共同的思維。民族、中華民族、民族意識、民族主義、民族復興，串聯起了近代、現代、當代中國思想發展的重要脈絡，儘管其間的認知和選擇上的分歧依然存在。

與「民族」類似，中國人對「國家」意義的理解也有一個複雜的演變過程，所不同的在於，如果說在民族生存，特別是中華民族共同命運等問題上現代知識分子常常聲應氣求的話，那麼在「國家」含義的認知和現實評價等方面，卻明顯出現了更多的分歧和衝突。

「國家」一詞在英語裏分別有 country、nation 和 state 三個詞彙，它們各有意指。Country 著眼於地理的邊界和範圍，側重領土和疆域；nation 強調的是人口和民族，偏向民族與國民的內涵；state 代表政治和權力，指的是在確定的領土邊界內強制性、暴力性的機構。現代意義上的國家概念就是政治學意義的 state。作為政治學的核心術語，state 的出現是近代的事，在這個意義上說，古代社會並沒有正式的國家概念。這一點，中西皆然。

就如同「民」與「族」一樣，古漢語的「國」與「家」也常常分置而用。早在先秦時期，也出現了「國」與「家」的合用，只是各有含義，諸侯的封地謂之「國」，卿大夫的封地謂之「家」，這是不同等級的治理區域；然而不同等級的治理區域能夠合用為「國家」，則顯示了傳統中國治理秩序的血緣基礎。先秦時代，周天子治轄所在曰「天下」，周天子的京師曰「中國」，「禮崩樂壞」之後，各諸侯國的王畿也稱「中國」，再後，「中國」範圍進一步擴大，成了漢族生存的中原地區具有「德性」和「禮義」的文明區域的總稱，最早的政治等級的標識轉化為文化優越的稱謂，象徵著「華夏」（「以德榮為國華」〔註14〕）之於「夷狄」的文明優勢，是謂「中國有文章光華禮義之大」〔註15〕。「天下」與「中國」相互說明，構成了一種超越於固定疆域、也不止於政治權力的優越

〔註14〕上海師範大學古籍整理組校點：《國語》，上海：上海古籍出版社，1978 年，第 183 頁。

〔註15〕（漢）孔安國傳，（唐）孔穎達等正義：《尚書正義》，上海：上海古籍出版社，1990 年，第 43 頁。

的文明自詡。隨著非漢族統治的蒙元、滿清時代的出現，「中國」的概念也不斷受到衝擊和改變，一方面，蒙古帝國從未被漢人同化，「中國」一度失落，另一方面，在清朝，原來的「四夷」（滿、蒙、回、藏、苗）卻被重新識別而納入「中國」，而夷狄則成了西洋諸國。儘管如此，那種文明的優越感始終存在。到了晚清，在「四夷」越來越強大的威懾下，「中國」優越感和「天下」無限性都深受重創，「近代中國思想史的大部分時期，是一個使『天下』成為『國家』的過程」〔註16〕，這裡的「國家」觀念就不再是以家立國的古代「國家」了，而是邊界疆域明確、彼此獨立平等的國際間的政治實體，也就是近現代主權時代的民族國家。1648 年《威斯特伐利亞和約》的簽訂，標誌著歐洲國家正式進入主權時代。到 19 世紀，一個邊界清晰、民族自覺的民族國家成為了國際外交的主角。國家外交的碰撞，特別是國際軍事衝突的失敗讓被迫捲入這一時代的中國不得不以新的「國家」觀念來自我塑形，並與「天下」瓦解之後的「世界」對話，一個前所未有的民族—國家的時代真正到來了。現代中國的民族學者早就認識到：「民族者，裏也，國家者，表也。民族精神，實賴國家組織以保存而發揚之。民族跨越文化，不復為民族；國家脫離政治，不成其為國家。」〔註17〕

　　然而，正如韋伯所說「國家」（state）是「到目前為止最複雜、最有趣」的概念〔註18〕，一方面，「非人格化」的現代國家觀念延續了古羅馬的「共和」理想，國家政治被看作超越具體的個人和社會的「中立」的統治主體，一系列嚴謹、公平的社會治理原則成為應有之義，另外一方面，從西方歷史來看，現代意義的國家的出現與十七、十八世紀絕對王權代替封建割據，與路易十四「朕即國家」（L'État, c'est moi）的事實緊密相關，這些原本與中國歷史傳統神離而貌合的取向在有形無形之中進入了現代中國的國家理念，成為我們混沌駁雜的思想構成，那些巨大的、統一的、排他性的權力方式始終潛伏在現代國家的發展過程之中，釋放魅惑，也造成破壞。此外，置身普遍性的現代民族國家的歷史進程，中國的民族—國家的聯結和組合卻分外的複雜，與西方世界主

〔註16〕【美】約瑟夫·列文森著、鄭大華、任菁譯：《儒教中國及其現代命運》，桂林：廣西師範大學出版社，2009 年，第 84 頁。

〔註17〕吳文藻：《民族與國家》，《人類學社會學研究文集》，北京：民族出版社，1990年，第 35～36 頁。

〔註18〕Max Weber, "'Objectivity' in Social Science and Social Policy," in The Methodology of Social Sciences, trans. & ed., Edward A. Shils & Henry A. Finch, Glencoe: The Free Press, 1949, p. 99.

流的單一民族的國家構成，多民族的聯合已經是中國現代國家的生存基礎，在我們內在結構之中，不同民族的相互關係以及各自與國家政權的依存方式都各有特點，當然從「排滿革命」到「五族共和」，也有過齟齬與和解，民族主義作為國家政治的基礎，既行之有效，又並非總能堅如磐石。

二

西方馬克思主義的重要代表弗雷德里克·詹姆森有一個論斷被廣泛引用：「所有第三世界的本文均帶有寓言性和特殊性：我們應該把這些本文當作民族寓言來閱讀，特別當它們的形式是從占主導地位的西方表達形式的機制——例如小說——上發展起來的。」「第三世界的本文，甚至那些看起來好像是關於個人和利比多趨力的本文，總是以民族寓言的形式來投射一種政治：關於個人命運的故事包含著第三世界的大眾文化和社會受到衝擊的寓言。」〔註19〕魯迅的小說就是這一論斷的主要論據。拋開詹姆森作為西方學者對魯迅小說細節的某些誤讀，他關於中國現代文學與國家民族深度關聯的判斷還是基本準確的。中國現代文學史上的幾乎每一場運動都與民族救亡的目標有關，而幾乎每一個有影響的作家都有過魯迅「我以我血薦軒轅」式的人生經歷和創作衝動，包括抗戰時期的淪陷區文學也曾經以隱晦婉曲的方式傳達著精神深處的興亡之歎。即便文學的書寫工具——語言文字也早就被視作國家民族利益的捍衛方式，一如近代小學大家章太炎所說：「小學」「這愛國保種的力量，不由你不偉大。」〔註20〕晚清語言改革的倡導者、切音新字的發明人盧戇章表示：「倘吾國欲得威振環球，必須語言文字合一。務使男女老幼皆能讀書愛國。除認真頒行一種中國切音簡便字母不為功。」〔註21〕

只是，詹姆森的「民族寓言」判斷對於千差萬別的「第三世界」來說，顯然還是過於籠統了。對於這一位相對單純的現代民族國家的學者而言，他恐怕很難想像現代的中國，既然有過各自不同的「國家」概念和紛然雜陳的「民族」意識，在真正深入文學的世界加以辨析之時，我們就不得不追問，這些興亡之

〔註19〕【美】弗雷德里克·詹姆森：《處於跨國資本主義時代中的第三世界文學》，見張京媛主編《新歷史主義與文學批評》，北京：北京大學出版社，1993年，第234、235頁。

〔註20〕章太炎：《我的生平與辦事方法》，《章太炎的白話文》，瀋陽：遼寧教育出版社，2003年，第74頁。

〔註21〕盧戇章：《中國第一快切音新字》原序，《清末文字改革文集》，北京：文字改革出版社，1958年，第2頁。

慨究竟意指哪一個國家認同，這民族情懷又懷抱著怎樣的內容？現代中國知識分子所經歷的複雜的國家─民族的知識轉型，因為情感性的文學的介入而愈發顯得盤根錯節、撲朔迷離了。

在中國新文學史的敘述邏輯中，近現代中國的歷史進程就是一個義無反顧的棄舊圖新的過程。

王瑤《中國新文學史稿》一開篇就認定了五四新文學的「徹底性」與「不妥協性」：「反帝反封建是由『五四』開始的中國現代文學的基本特徵，這裡『徹底地』、『不妥協地』兩個形容詞非常重要，這是關係到對敵鬥爭的重大課題。」〔註22〕

唐弢主編《中國現代文學史》這樣立論：「清嘉慶以後，中國封建社會已由衰微而處於崩潰前夕。國內各種矛盾空前尖銳，社會危機四伏。清朝政府極端昏庸腐朽。」「為了挽救民族危亡的命運，從太平天國到辛亥革命，中國人民進行了一次又一次的革命鬥爭。」「在這一歷史時期內，雖然封建文學仍然大量存在，但也產生了以反抗列強侵略和要求掙脫封建束縛為主要內容的進步文學，並且在較長的一段時間裏，不止一次地作了種種改革封建舊文學的努力。」「『五四』文學革命運動的興起，乃是近代中國社會與文學諸方面條件長期孕育的必然結果。」〔註23〕

嚴家炎主編《二十世紀中國文學史》的最新表述：「歷史悠久的中國文學，到清王朝晚期，發生了前所未有的重大轉折：開始與西方文學、西方文化迎面相遇，經過碰撞、交匯而在自身基礎上逐漸形成具有現代性的文學新質，至五四文學革命興起達到高潮。從此，中國文學史進入一個明顯區別於古代文學的嶄新階段。」〔註24〕

這都是中國現代文學研究的經典性論述，它們都以不同的方式告訴我們，自晚清以後，中國的社會文化始終持續進步，五四新文學展開了現代國家─民族的嶄新的表述。從歷史演變的根本方向來說，這樣的定位清晰而準確，這就如同新文化運動領袖陳獨秀在當時的感受：「我生長二十多歲，才知道有個國

〔註22〕王瑤：《中國新文學史稿》上冊，《王瑤文集》第 3 卷，太原：北嶽文藝出版社，1995 年，第 7 頁。

〔註23〕唐弢主編：《中國現代文學史》，北京：人民文學出版社，1979 年，第 1～2 頁、6 頁。

〔註24〕嚴家炎主編：《二十世紀中國文學史》，北京：高等教育出版社，2010 年，第 1 頁。

家，才知道國家乃是全國人的大家，才知道人人有應當盡力於這大家的大義。」〔註25〕換句話說，是在歷史的進步中我們生成了全新的國家—民族意識，而新的國家—民族憂患（「盡力於這大家的大義」）則產生了新的現代的文學。

但是，這樣的棄舊圖新就真的那麼斬釘截鐵、一往無前嗎？今天，在掀開新文學主流敘述的遮蔽之後，我們已經發現了歷史場域的更多豐富的存在，在中國現代文學（而不僅僅是現代的「新文學」）的廣袤的土地上，歷史並非由不斷進化的潮流所書寫，期間多有盤旋、折返、對流、纏繞……現代的民族國家——中華民國雖然結束了君主專制，代表了歷史前進的方向，但卻遠遠沒有達到「全民認同」的程度，在各種形式的理想主義的知識分子那裡，更是不斷遭遇了質疑、批評甚至反叛，而「民族」所激發的感情在普遍性的真誠之中也隱含著一些各自族群的遭遇和體驗，何況在中國，民族意識與國家觀念的組合還有著多種多樣的形式，彼此之間並非理所當然的融合無隙。這也為現代文學中民族情感的轉化和發展留下了豐富的空間。

1933 年 8 月，上海世界書局出版了錢基博的《現代中國文學史》。這部早期的中國現代文學史著也是最早標舉「現代」之名的文學論著。然而，有意思的是，與當下學者在「現代性」框架中大談「民族國家」不同，錢基博的用意恰恰是借「現代」之名表達對彼時國家的拒絕和疏離：「吾書之所為題現代，詳於民國以來而略推跡往古者，此物此志也。然不題民國而曰現代，何也？曰『維我民國，肇造日淺，而一時所推文學家者，皆早嶄然露頭角於讓清之末年；甚者遺老自居，不願奉民國之正朔；寧可以民國概之！』」〔註26〕「不願奉民國之正朔」就必須以「現代」命名？錢基博的這個邏輯未必說得通，不過他倒是別有意味地揭示了一個重要的事實：「一時所推文學家者」成長於前朝，甚至以前朝遺民自居，缺乏對這個新興的民族國家——中華民國的認同。近年來，隨著現代文學研究空間的日益擴大，一些為「新文化新文學」價值標準所不能完全概括的文學現象越來越多地進入了文學史家的視野，所謂奉「民國乃敵國」的文學群體也成了「出土文物」，他們的獨特的感受和情感得以逐漸揭示，中國現代作家的精神世界的多樣性更充分地昭示於世。正如史學家王汎森所說：「受過舊文化薰陶的讀書人在面對時代變局時，有種種異於新派人物的

〔註25〕陳獨秀：《說國家》，《陳獨秀著作選》第一卷，上海：上海人民出版社，1993 年，第 44 頁。

〔註26〕錢基博：《現代中國文學史》，上海：上海世界書局，1933 年，第 8〜9 頁。

回應方式，包括與現代截然迥異的價值觀和看法。以往我們把焦點集中在新派人物身上，模糊或忽略了舊派人物。」「儘管我們無須同意其政治認同，可是的確值得重新檢視他們的行為與動機，以豐富我們對近代中國思想文化脈絡的瞭解。」〔註27〕這樣一些拒絕認同現實國家的知識分子還不能簡單等同於傳統意義上的「遺民」，因為他們的焦慮不僅僅是對政權歸屬的迷茫，更包含了對現代社會變遷的不適，和對中西文化衝突的錯愕，這都可以說是現代文化進程中的精神危機，是不應該被繼續忽視的現代文學主流精神的反面，它包含了歷史文化複雜性的幽深的奧秘。「清遺民議題呈現豐富的意涵，除了歷史上種族與政治問題外，也跟文化層面有著密切的關聯。他們反對的不單來自政治變革，更感歎社會良風善俗因而消逝，訴諸近代中國遭受西力衝擊和影響。」「充分顯現了忠清遺民的遭遇及面對的問題，固然和過去有所不同，非但超乎宋元、明清易代之際士人，而且在心理與處境上勢將愈形複雜。」〔註28〕在「現代文學」的格局中，他們或以詩結社，相互唱酬追思故國，「劇憐臣甫飄零甚，日日低頭拜杜鵑」〔註29〕；或埋首著述，書寫「主辱臣死」之志，吟詠「辛亥濺淚」之痛〔註30〕，試圖「託文字以立教」；或與其他文學群體論爭駁詰，一如林紓以「清室舉人」自居，對陣「民國宣力」蔡元培，反對新文化運動，增添了現代文壇的斑斕。在這一歷史過程中，一些重要代表如王國維的文學評論，陳三立、沈曾植、趙熙、鄭孝胥等人的舊體詩，辜鴻銘的文化論述，都是別有一番「意味」的存在。

中華民國是推翻君主專制而建立起來的「民族國家」，然而，眾所周知的史實是，這個國家長期未能達成各方國民的一致認同，先是為創立民國而流血犧牲的國民黨人無法接受各路軍閥對國家的把持，最後是抗戰時代的分裂勢力（偽滿、汪偽）對國民政府國家的肢解，貫穿始終的則是左翼知識分子對一切軍閥勢力及國民黨獨裁的抨擊和反抗，雖然來自左翼文學的批判否定還

〔註27〕 王汎森：《序》，林誌宏著《民國乃敵國也：政治文化轉型下的清遺民》，北京：中華書局，2013 年，第 2 頁。
〔註28〕 王汎森：《序》，林誌宏著《民國乃敵國也：政治文化轉型下的清遺民》，北京：中華書局，2013 年，第 3、4 頁。
〔註29〕 丁仁長：《為杜鵑庵主題春心圖》，《丁潛客先生遺詩》，第 32 頁，廣州九曜坊翰元樓刊行 1929 年刻本（轉引自 110 頁）。
〔註30〕 「主辱臣死」語出清末湖北存古學堂經學總教習曹元弼，晚清經學家蘇輿著有《辛亥濺淚集》（長沙龍雲印刷局石印本），作於辛亥年間，凡四卷，收錄七言絕句 33 首。

不能說他們就是「民國的敵人」，因為在推翻專制、走向共和、反抗侵略等國家大勢上，他們也多次攜手合作，並肩作戰，但是，關於現代國家的理想形態，左翼知識分子顯然與國家的執政者長期衝突，形成了現代史上最為深刻的無法彌合的信仰分裂。另外，數量龐大的自由主義知識分子群體，其思想基礎融合了近代以來的西方啟蒙思想和中國傳統士人精神，作為現代社會的公民，民主、自由、科學的理念是他們基本的立世原則，雖然其中不乏溫和的政治主張者，甚至也有對社會政治的相對疏離者，但都莫不以「天下大任」為己任，他們不可能成為現實國家秩序的順從者，常常表達出對國家制度和現狀的不滿和批評，並以此為自我精神的常態。在民國時代，真正不斷抒發對現實國家「忠誠無二」的只有三民主義、民族主義文學運動的參與者以及國家主義的信奉者。但是，問題在於，與國民黨關聯深厚的三民主義、民族主義文學運動卻始終未能成為文學的主導力量，至於各種國家主義，本身卻又與國民黨意識形態矛盾重重，在文學上影響有限，更不用說其中的覺悟者如聞一多等反戈一擊，在抗戰結束以後以「人民」為旗，質疑「國家」的威權。

總而言之，在現代中國的主流作家那裡，國家觀念不是籠統的一個存在，而是包含著內部的分層，對家國世界的無條件的憂患主要是在族群感情的層面上，一旦進入現實的政治領域，就可能引出諸多的歧見和質疑，而且這些自我思想的層次之間，本身也不無糾纏和矛盾，于質夫蹈海之際，激情吶喊：「祖國呀祖國！我的死是你害我的！」在這裡，生死關頭的情感依託是「祖國」，說明「國家」依舊是我們精神的襁褓，寄寓著我們真誠的愛，然而個人的現實發展又分明受制於國家社會的束縛，這種清醒的現實體驗和篤定的權利意識也激發了另外一種不甘，於是，對「國家」的深愛和怨憤同時存在，彼此糾結，令人無以適從。

關於民國，魯迅也道出過類似的矛盾性體驗：

> 我覺得彷彿久沒有所謂中華民國。
>
> 我覺得革命以前，我是做奴隸；革命以後不多久，就受了奴隸的騙，變成他們的奴隸了。
>
> 我覺得有許多民國國民而是民國的敵人。
>
> 我覺得有許多民國國民很像住在德法等國裏的猶太人，他們的意中別有一個國度。
>
> 我覺得許多烈士的血都被人們踏滅了，然而又不是故意的。

　　我覺得什麼都要從新做過。〔註31〕

　　在這裡，魯迅對「民國」的失望是顯而易見的：它玷污了「革命」的理想，令真誠的追隨者上當受騙。然而，當魯迅幾乎是一字一頓地寫下「中華民國」這四個漢字的時候，卻也刻繪了對這一現代國家形態的多少的顧惜和愛護，猶如他在《中山先生逝世後一週年》中滿懷感情地說：「中山先生逝世後無論幾週年，本用不著什麼紀念的文章。只要這先前未曾有的中華民國存在，就是他的豐碑，就是他的紀念。」〔註32〕從君主專制的「家天下」邁入現代國家，民國本身就是這樣一個「先前未曾有」的時代進步的符號，也凝聚著像魯迅這樣「血薦中華」的知識人的思想和情感認同，所以在強烈的現實失望之餘，他依然將批判的刀鋒指向了那些踏滅烈士鮮血的奴役他人的當權者，那些污損了民國創立者的理想的人們，就是在「從新做過」的無奈中，也沒有遺棄這珍貴的國家認同本身。在這裡，一位現代作家於家國理想深深的挫折和不屈不撓的擔當都躍然紙上。

　　民族認同通常情況下都是與國家觀念緊緊聯繫的。但是，近現代中國，卻又經歷了「民族」意識的一系列複雜的重建過程，而這一過程又並不都是與國家觀念的塑造相同步的，這也決定了現代中國文學民族意識表達的複雜性。在晚清近代，結束帝制、創立民國的「革命」首先舉起的是「排滿」的旗幟，雖然後來終於為「五族共和」的大民族意識所取代，實現了道義上的多民族和解。但是，民族意識的整合、中華民族整體意識的形成並沒有取消每一個具體族群具體的歷史境遇，尤其是在一些特殊的歷史時期，這些細微的民族心理就會滲透在一些或自然或扭曲的文學形態中傳達出來。例如從穆儒丐到老舍，我們可以讀到那種時代變遷所導致的滿人的衰落，以及他們對自己民族所受屈辱的不同形式的同情。老舍是極力縫合民族的裂隙，在民族團結的嚮往中重塑自身的尊嚴，「老舍民族觀之核心理念，便是主張和宣揚不同民族的平等和友好。他的全部涉及國內、國際民族問題的著述，都在訴說這一理念。他一生中所有關乎民族問題的社會活動，也都體現著這一理念。」〔註33〕穆儒丐則先是書寫著族人命運的感傷，在對滿族歷史命運的深切同情中批判軍閥與國民黨

〔註31〕魯迅：《忽然想到》，《魯迅全集》3 卷，北京：人民文學出版社，2005 年，第16～17 頁。

〔註32〕魯迅：《中山先生逝世後一週年》，《魯迅全集》7 卷，北京：人民文學出版社，2005 年，第 305 頁。

〔註33〕關紀新：《老舍民族觀探賾》，《中國現代文學研究叢刊》2015 年第 4 期。

政治，曲曲折折地修正「愛國」的含義：「我常說愛國是人人所應當做的事，愛國心也是人人所同有的，但是愛國要使國家有益處，萬不能因為愛國反使國家受了無窮的損害。國民黨是由哄鬧成的功，所以雖然是愛國行為，也以哄鬧式出之。他們不能很沉著的埋頭用內功，只不過在表面上瞎哄嚷，結局是自己殺了自己。」〔註34〕到東北淪陷時期，他卻落入了日本殖民者的政治羅網，在意識形態的扭曲中傳遞著被利用的民族意識。同為旗人作家，老舍與穆儒丐雖然境界有別，政治立場更是差異甚巨，但都提示了現代民族情感發展中的一些不可忽略的複雜的存在。

除此之外，我們會發現，作為一種總體性的民族意識和本族群在具體歷史文化語境中形成的人生態度與生命態度還不能劃上等號。例如作為「中華民族」一員的少數民族例如苗族、回族、蒙古族等等，也有自己在特定生存環境和特定歷史傳統中形成的精神氣質，在普遍的中華民族認同之外，他們也試圖提煉和表達自己獨特的民族感受，作為現代中國精神取向的重要資源，其中，影響最大的可能就是沈從文對苗文化的挖掘、凸顯。在湘西這個「被歷史所遺忘」的苗鄉，沈從文體驗了種種「行為背後所隱伏的生命意識」，後來，「這一分經驗在我心上有了一個分量，使我活下來永遠不能同城市中人愛憎感覺一致了」〔註35〕。沈從文的創作就是對苗鄉「鄉下人」生命態度與人生形式的萃取和昇華，為他所抱憾的恰恰是這一民族傳統的淪喪：「地方的好習慣是消滅了，民族的熱情是下降了，女人也慢慢的像中國女人，把愛情移到牛羊金銀虛名虛事上來了，愛情的地位顯然是已經墮落，美的歌聲與美的身體同樣被其他物質戰勝成為無用的東西了」〔註36〕。

三

國家觀念與民族意識的多層次結合與纏繞為中國現代文學相關主題的表達帶來了層巒疊嶂的景象，當然也大大拓展了這一思想情感的表現空間。從總體上看，最有價值也最具藝術魅力的國家—民族表現，最終也造成了中國現代作家最獨特的個人風格。

〔註34〕穆儒丐：《運命質疑》（6），《盛京時報·神象雜俎》1935年11月21、22日。
〔註35〕沈從文：《從文自傳》，《沈從文全集》第十三卷，太原：北嶽文藝出版社，2002年，第306頁。
〔註36〕沈從文：《媚金、豹子與那羊》，《沈從文全集》第五卷，太原：北嶽文藝出版社，2002年，第356頁。

　　在中國現代文學中，雖然對國家、民族的激情剖白也曾經出現在種種時代危機的爆發時刻，但是真正富有深度的國家—民族情懷都不止於意氣風發、高歌猛進，而是纏繞著個人、家庭、地域、族群、時代的種種經歷、體驗與鬱結，在亢奮中糾結，在熱忱裏沉吟，在焦灼中思索，歷史的頓挫、自我的反詰，都盡在其中。從總體上看，作為思想—情感的國家民族書寫伴隨著整個中國現代文學跌宕起伏的歷史過程，在不同的歷史關節處激蕩起意緒多樣的聲浪，或昂揚或悲切，或鏗鏘或溫軟，或是合唱般的壯闊，或是獨行人的自遣，或是千軍萬馬呼嘯而過的酣暢，或是千廻百轉淺吟低唱的婉曲，或者是理想的激情，或者是理性的思考，可以這樣說，現代中國的國家—民族書寫，絕不是同一個簡單主題的不斷重複，而是因應不同的語境而多次生成的各種各樣的新問題、新形式，本身就值得撰寫為一部曲折的文學主題流變史。在這條奔流不息的主題表現史的長河沿岸，更有一座座令人目不暇給的精神的雕像，傲岸的、溫厚的、孤獨的、內省的……

　　從晚清到新中國建立的「現代」時期，中國文學的國家—民族意識的演化至少可以分作五大階段。

　　晚清民初是第一階段。在國際壓迫與國內革命的激流中，國家—民族意識以激越的宣言式抒懷普遍存在，改良派、革命派及更廣大的知識分子莫不如此。正如梁啟超所概括的，這就是當時歷史的「中心點」：「近四百年來，民族主義，日漸發生，日漸發達，遂至磅礴鬱積，為近世史之中心點。」〔註37〕從革命人于右任的「地球戰場耳，物競微乎微。嗟嗟老祖國，孤軍入重圍。」（《雜感》）「中華之魂死不死？中華之危竟至此！」（《從軍樂》）到排滿興漢的汗血、愁予之「振吾族之疲風，拔社會之積弱」〔註38〕，從魯迅的《斯巴達之魂》、《自題小像》到晚清民初的翻譯文學乃至通俗文學都不斷傳響著保衛民族國家的豪情壯志。亦如《黑奴傳演義》篇首語所說：「恐怕民智難開，不知感發愛國的思想，輕舉妄動，糊塗一世，可又從哪裏強起呢？作報的因發了一個志願，要想個法子，把大清國的傻百姓，人人喚醒。」〔註39〕近現代中國關於民族復興的表述就是始於此時，只是，雖然有近代西方的民族—國家概念的傳入，作為

〔註37〕梁啟超：《論民族競爭之大勢》，《飲冰室文集》之十第 10 頁，中華書局 1989
　　　　年版。
〔註38〕《崖山哀》，《民報》1906 年第二號。
〔註39〕彭翼仲：《黑奴傳演義》篇首語，1903 年（光緒二十九年）3 月 18 日北京《啟
　　　　蒙畫報》第八冊。

文學情緒的宣言式表達有時難免混雜有中國士人傳統的家國憂患語調。

五四是第二階段。思想啟蒙在這時進入到人的自我認識的層面，因而此前激情式宣言式的抒懷轉為堅實的國家—民族文化的建設。這裡既有作為民族文化認同根基的白話文—國語統一運動，又有貌似國家民族意識「反題」的個人權力與自由的倡導。白話文運動、白話新文學本身就是為了國家的新文化建設，傅斯年說得很清楚：「我以為未來的真正中華民國，還須借著文學革命的力量造成。」〔註40〕胡適說：「我的『建設新文學論』的唯一宗旨只有十個大字：『國語的文學，文學的國語』。我們所提倡的文學革命，只是要替中國創造一種國語的文學。」〔註41〕這裡所包含的是這樣一種深刻的語言—民族認識：「事實上，因為一個民族必須講一種原有的語言，因此，其語言必須清除外來的增加物和借用語，因為語言越純潔，它就越自然，這個民族認識它自身和提高其自由度就越容易。……因此，一個民族能否被承認存在的檢驗標準是語言的標準。一個操有同一種語言的群體可以被視為一個民族，一個民族應該組成一個國家。一個操有某種語言的人的群體不僅可以要求保護其語言的權利；確切而言，這種作為一個民族的群體如果不構成一個國家的話，便不稱其為民族。」〔註42〕後來國語運動吸引了各種思想流派的參與，國家主義者也趕緊表態：「近來有兩種大的運動，遍於全國，一種是國家主義，一種是國語。從事這兩種運動的人不完全相同，因此有人疑心主張國家主義者對於國語運動漠不關心，甚至反對，這就未免神經過敏，或不明了國家主義的目的了。國家主義的目的是什麼，不外『內求統一外求獨立』八個大字，現在我要借著這次國語運動的機會，依著國家主義的目的，說明他與國語運動的密切關係，並表示我們國家主義者對於國語運動的態度。」〔註43〕而在近代中國，對「國家主義」的理解有時也具有某些模糊性，有時候也成為對普泛的國家民族意識的表述，例如梁啟超胞弟、詞學家梁啟勳就認為：「國家主義與個人主義，似對待而實相乘，蓋國家者實世界之個人而已。」〔註44〕陳獨秀則說：「吾人非崇拜國家主義，而作絕對之主張。」「吾國國情，國民猶在散沙時代，因時制宜，

〔註40〕傅斯年：《白話文學與心理的改革》，《新潮》1919 年 5 月第 1 卷第 5 期。

〔註41〕胡適：《建設的文學革命論》，胡適選編《中國新文學大系·建設理論集》，上海：上海良友圖書印刷公司，1935 年，第 128 頁。

〔註42〕【英】埃里·凱杜里著、張明明譯：《民族主義》，北京：中央編譯出版社，2002 年，第 61～62 頁。

〔註43〕陳啟天：《國家主義與國語運動》，《申報》1926 年 1 月 3 日。

〔註44〕梁啟勳：《個人主義與國家主義》，《大中華雜誌》1915 年 1 月第 1 卷第 1 期。

國家主義，實為吾人目前自救之良方。」「近世國家主義，乃民主的國家，非民奴的國家。」〔註45〕五四的思想啟蒙雖然一度對個人／國家的關係提出檢討和重構，誕生了如胡適《你莫忘記》一類號稱「只指望快快亡國」的激憤表達，表面上看去更像是對國家—民族價值的一種「反題」，但是在更為寬闊的視野下，重建個人的權力與自由本身就是現代民族國家制度構建的有機組成，我們也可以這樣認為，在五四時期更為宏大而深刻的文化建設中，個人意識的成長其實是開闢了一種寬闊而新異的國家—民族意識。劉納指出：「陳獨秀既將文學變革與民族命運相聯繫，又十分重視文學的『自身獨立存在之價值』，他的文學胸懷比前輩啟蒙者寬廣得多。」〔註46〕

　　1920 中後期至 1930 後期是第三階段。伴隨著現代國家民族的現代發展，中國文學所傳達的國家—民族意識也在多個方向上延伸，不同的文學思潮在相互的辯駁中自我展示，三民主義、民族主義、國家主義、自由主義、左翼無產階級、無政府主義對國家、民族的文學表達各不相同，矛盾衝突，論爭不斷。其中，值得我們深究的現象十分豐富。三民主義、民族主義對國家、民族的重要性作出了最強勢的表達，看似不容置疑：「我們在革命以後，種種創造工作之中，要創造一種新文藝，要創造出中華民族的文藝，三民主義的文藝。因為文藝創造，是一切創造根本之根本，而為立國的基礎所在。」〔註47〕然而，國家—民族情懷一旦被納入到政治獨裁的道路上卻也是自我窄化的危險之舉，三民主義、民族主義文學的強勢在本質上是以國民黨的專制獨裁為依靠，以對其他文學追求特別是左翼文藝的打壓甚至清剿為指向的，在他們眼中，「民族文藝最大的敵人，是普羅毒物，與頹廢的殘骸，負有民族文化運動的人，當然向他們掃射。」〔註48〕這恣意「掃射」的底氣來自國家的政治權威，例如委員長的宣判：「要確定，總理三民主義為中國唯一的思想，再不好有第二個思想，來擾亂中國」〔註49〕。這種唯我獨尊的文學在本質上正如胡秋原當年所批評的那樣，是「法西斯蒂的文學（？），是特權者文化上的『前鋒』，是最醜陋的警犬，他巡邏思想上的異端，摧殘思想的自由，阻礙文藝之

〔註45〕陳獨秀：《今日之教育方針》，《青年雜誌》1915 年 1 月 15 日第 1 卷第 2 號。
〔註46〕劉納：《嬗變》修訂版，北京：中國人民大學出版社，2010 年，第 19～20 頁。
〔註47〕葉楚傖：《三民主義的文藝底創造》，《中央週報》1930 年 1 月 1 日。
〔註48〕劉百川：《開張詞》，《民族文藝月刊》創刊號，1937 年 1 月 15 日。
〔註49〕蔣介石：《中國建設之途徑》，《先總統蔣公全集》第 1 冊，臺北：中國文化大學出版社，1984 年，第 557 頁。

自由創造」〔註50〕。國家主義在思維方式上與三民主義、民族主義如出一轍，只不過他們對國民黨的文藝政策尚有不滿，一度試圖獨樹旗幟，因而也曾受到政府的打壓；在文學史的長河中，國家主義最終缺少自己獨立的特色，不得不匯入官方主導的思潮之中。在這一時期，內涵豐富、最有挖掘價值的文學恰恰是深受官方壓迫的左翼無產階級文學、自由主義文學，甚至某些包含了無政府主義思想的文學。左翼文學因為其國際共產主義背景而被官方置於國家—民族的對立面，受到的壓迫最多；自由主義、無政府主義因為對個人權力與自由的鼓吹也被官方意識形態視作危險的異端。但是，平心而論，在現代中國，共產主義、自由主義和無政府主義本身就是思想啟蒙的有機組成，而思想啟蒙的根源和指向卻又都是國家和民族的發展，因此，在這些個人與自由的號召的背後，依然是深切的國家—民族情懷，正如自由主義的領袖胡適所指出的那樣：「民國十四五年的遠東局勢又逼我們中國人不得不走上民族主義的路」，「十四年到十六年的國民革命的大勝利，不能不說是民族主義的旗幟的大成功」〔註51〕。換句話說，在自由主義等文學思潮的藝術表現中，存在著國際／民族、國家／個人的多重思想結構，它們構織了現代國家—民族意識的更豐富的景觀。

抗戰時期是第四階段。因為抗戰，現代中國的民族復興意識被大大地激發，文學在救亡的主題下完成了百年來最盪氣迴腸的國家—民族表述，不過，我們也應該看到，由於區域的分割，在國統區、解放區和淪陷區，國家—民族意識的表達出現了較大的差異。在國統區，較之於階級矛盾尖銳的 1920～1930 年代，國家危亡、同仇敵愾的大勢強化了國家認同，民族意識更多地融合到國家觀念之中，「抗戰建國」成為文學的自然表達，不過，對國家的認同也還沒有消弭知識分子對專制權力的深層的警惕，即便是「戰國策派」這樣自覺的民族主題的表達者，也依然自覺不自覺地顯露著民族情懷與國家觀念的某些齟齬〔註52〕。在解放區，因為跳出了國民黨專制的意識形態束縛，則展開了對「民族形式」問題的全新的探索和建構，其精神遺產一直延續到當代中國，

〔註50〕胡秋原：《阿狗文藝論》，《文化評論》1931 年 12 月 25 日創刊號，參見上海文藝出版社編輯《中國新文學大系 1927～1937 第 2 集文藝理論集 2》，上海：上海文藝出版社，1987 年，第 503 頁。

〔註51〕胡適：《個人自由與社會進步》，《獨立評論》1935 年 5 月 12 日第 150 號。

〔註52〕參見李怡：《國家觀念與民族情懷的齟齬——陳銓的文學追求及其歷史命運》，《文學評論》2018 年第 6 期。

成為了二十世紀下半葉中國國家—民族文學表達的重要內容。在淪陷區，文學的國家表達和民族表達曖昧而曲折，除了那些明顯「親日媚日」的漢奸文學外，淪陷區作家的思想複雜性也清晰可見，對中華民族的深層情懷依然留存，只不過已經與當前的「國家」認同分割開來，因為滿漢矛盾的歷史淵源，對自我族群的記憶追溯獲得鼓勵，卻也不能斷言這些族群的認同就真的演化成了中華民族的「敵人」。總之，戰爭以極端的方式拷問著每一個中國作家的靈魂，逼迫出他們精神深處的情感和思想，最後留給歷史一段段耐人尋味的表達。

　　抗戰勝利至新中國成立是第五階段。抗戰勝利，為國家民族的發展贏來了新的歷史機遇，如何重拾近代以後的國家—民族發展主題，每一個知識分子都在面對和思考。然而，歷經歷史的滄桑，所有的主題思考也都有了新的內容：例如，近代以來的民族復興追求同時還伴隨著一個同樣深厚的文藝復興或曰文化復興的思潮，兩者分分合合，協同發展，一般來說，在強調國家社會的整體發展之時，人們傾向以「民族復興」自命，在力圖突出某些思想文化的動態之時，則轉稱「文藝復興」，相對來說，文藝復興更屬於知識界關於國家民族思想文化發展的學術性思考。抗戰勝利以後，國家—民族話題開始從官方意識形態中掙脫出來，民族復興不再是民族主義的獨享的主張，它成為了各界參與的普遍話題，因為普遍的參與，所以意義和內涵也大大地拓展，不復是國民黨政治合法性的論證方式，左翼思想對國家—民族的表述產生了更大的影響，這個時候，作為知識界文化建設理想的「文藝復興」更加凸顯了自己的意義。這是歷史新階段的「復興」，包含了對大半個世紀以來的國家—民族問題的再思考、再認識，當然也包含著對知識分子文化的自我反省和自我認識。早在抗戰進行之時，李長之就開始了對五四新文化運動的反思，試圖從發揚本民族文化精神的角度再論文藝復興，掀起「新文化運動的第二期」，1944 年 8 月和1946 年 9 月，《迎中國的文藝復興》一書先後由重慶與上海的商務印書館推出「初版」，出版的日期彷彿就是對抗戰勝利的一種紀曆。新的民族文化的發展被描述為一種中西對話、文明互鑒的全新樣式：「近於中體西用，而又超過中體西用的一種運動」，「其超過之點即在我們是真發現中國文化之體了，在作徹底全盤地吸收西洋文化之中，終不忘掉自己！」〔註 53〕這樣的中外融通既不是陳腐守舊，又不是情緒性的激進，既不是政治民族主義的偏狹，又不等同於一般「西化」論者的膚淺，是對民族文化發展問題的新的歷史層面的剖解。

〔註53〕李長之：《迎中國的文藝復興》，上海：上海商務印書館，1946 年，第 58 頁。

無獨有偶，也是在抗戰勝利前後，顧毓琇發表了多篇關於「中國的文藝復興」的文章，1948 年 6 月由中華書局結集為《中國的文藝復興》，被視作「戰後『復員』聲中討論中華民族復興問題的比較系統、全面的論著」〔註54〕。在顧毓琇看來，文藝復興才是民族復興的前提，而「創造精神」則是文藝復興的根本：「中國的文藝復興乃是根據於時代的使命，因此不能不有創造的精神。中國的文藝復興，乃是根據於世界的需要，因此不能違背文化的潮流。以文化的交流培養民族的根源，我們必定會發揮創造的活力，貫徹時代的使命。」〔註55〕1946 年初，誕生了以《文藝復興》命名的重要文學期刊，「勝利了，人醒了，事業有前途了。」〔註56〕《文藝復興》的創刊詞用了一連串的「新」，以示自己創造歷史的強烈願望：「中國今日也面臨著一個『文藝復興』的時代。文藝當然也和別的東西一樣，必須有一個新的面貌，新的理想，新的立場，然後方才能夠有新的成就。」「抗戰勝利，我們的『文藝復興』開始了；洗蕩了過去的邪毒，創立著一個新的局勢。我們不僅要承繼了五四運動以來未完的工作，我們還應該更積極的努力於今後的文藝復興的使命；我們不僅為了寫作而寫作，我們還覺得應該配合著整個新的中國的動向，為民主，絕大多數的民眾而寫作。」〔註57〕創造和新並不僅僅停留於理想，《文藝復興》在 1940 年代後期發表了一系列對個人／國家／民族歷史命運的探索之作：小說《寒夜》、《圍城》、《引力》、《虹橋》、《復仇》，戲劇《青春》、《山河怨》、《拋錨》、《風絮》，以及臧克家、穆旦、辛笛、陳敬容、唐湜、唐祈、袁可嘉等人的詩歌；求新也不僅僅屬於《文藝復興》期刊一家，放眼看去，展開全新的藝術實踐的不只有解放區的「大眾化」，1940 年代後期的中國文學都努力在許多方面煥然一新，中國現代作家的自我超越也大都在這個時期發生，巴金、茅盾、沈從文、李廣田……

此時此刻，思想深化進入到了一個新的歷史階段，一些基於國家、民族現狀的新的命題出現了，成為走向未來的歷史風向標，例如「民主」與「人民」，解放區的政治建設和文化建設是對這兩個概念的最好的詮釋。不過，值得注意

〔註54〕《顧毓琇全集》編輯委員會：《顧毓琇全集‧前言》，《顧毓琇全集》第 1 卷，瀋陽：遼寧教育出版社，2000 年，第 3 頁。

〔註55〕顧一樵：《中國的文藝復興》，原載《文藝（武昌）》1948 年 3 月 15 日第 6 卷第 2 期。

〔註56〕李健吾：《關於〈文藝復興〉》，《新文學史料》1982 年第 3 期。

〔註57〕鄭振鐸：《發刊詞》，《文藝復興》1946 年 1 月 10 日創刊號。

的是，這兩大主題也不僅僅出現在解放區的語境中，它們同樣也成為了戰後中
國的普遍關切和文學引領。前者被周揚、馮雪峰、胡風多番論述，後者被郭沫
若、茅盾、艾青、田漢、阿壟、聞一多熱烈討論，也為穆旦、袁可嘉、朱光潛、
沈從文、蕭乾深入辨析，現實思想訴求與藝術的結合從來還沒有在藝術哲學的
深處作如此緊密的結合〔註58〕。「人民」則從我們對國家─民族的籠統關懷中
凸顯出來，成為一個關乎族群命運卻又拒絕國民黨專制權力壓榨的強有力的
概念，身在國統區的郭沫若與聞一多等都對此有過深刻的闡發。左翼戰士郭沫
若是一如既往地表達了他對專制強權的不滿，是以「人民」激活他心中的「新
中國」：「文藝從它濫觴的一天起本來就是人民的。」「社會有了治者與被治者
的分化，文藝才被逐漸為上層所壟斷，廟堂文藝成為文藝的主流，人民的文藝
便被萎縮了。」「一部文藝史也就是人民文藝與廟堂文藝的鬥爭史。」「今天是
人民的世紀，人民是主人，處理政治事務的人只是人民的公僕。一切價值都要
顛倒過來，凡是以前說上的都要說下，以前說大的都要說小，以前說高的都要
說低。所以為少數人享受的歌功頌德的所謂文藝，應該封進土瓶裏把它埋進土
窖裏去。」〔註59〕曾經身為「文化的國家主義者」的聞一多則可謂是經歷了痛
苦的自我反省和蛻變。激於祖國陸沉的現實，聞一多早年大張「中華文化的國
家主義」〔註60〕，但是在數十年的風雨如晦之後，他卻幡然警悟，在《大路週
刊》創刊號上發表了《人民的世紀》，副標題就是：「今天只有『人民至上』才
是正確的口號」。無疑，這是他針對早年「國家至上」口號的自我反駁。這樣
的判斷無疑是擲地有聲的：「假如國家不能替人民謀一點利益，便失去了它的
意義，老實說，國家有時候是特權階級用以鞏固並擴大他們的特權的機構。」
「國家並不等於人民。」〔註61〕倡導「人民至上」，回歸「人民本位」，這是聞
一多留在中國文壇的最後的、也是最強勁的聲音，是現代中國國家─民族意識
走向思想深度的一次雄壯的傳響。

〔註58〕參見王東東：《1940 年代的詩歌與民主》，臺北：政治大學出版社，2016 年。
〔註59〕郭沫若：《人民的文藝》，1945 年 12 月 5 日天津《大公報》。
〔註60〕聞一多：《致梁實秋》（1925 年 3 月），《聞一多全集》第 12 卷，武漢：湖北人
民出版社，1993 年，第 214 頁。
〔註61〕聞一多：《人民的世紀》，原載於 1945 年 5 月昆明《大路週刊》創刊號，《聞
一多全集》第 2 卷，武漢：湖北人民出版社，1993 年，第 407 頁。

序言：「雜色」李劼人的人生與文學

李　怡

　　歷史可能會證明，李劼人是中國現代文學史上最重要的小說家，也是中國現代作家中從人生到藝術都獨具特色的一位。

　　在我看來，這獨具的「特色」首先就體現在他人生藝術經歷的斑斕多彩上，是為「雜色」。

　　一般寫作者成了「家」，都願意突出自己如何「文學」，如何「一心一意」「為了文學」的面貌，如何更像「知識分子」的經歷，然而，這肯定不適合李劼人，因為他實在經歷駁雜又個性鮮明。

　　李劼人一生經歷豐富，志趣廣泛。他出生在一個兼農兼醫兼商又兼小官宦的人家，在成都度過童年，九歲因父親赴江西候補而遠走他鄉，當過排字的童工，十四歲父亡，又攜母扶靈，度炎涼世態、經千里風浪回川。中學時代積極參加保路運動，一度輟學求生，謀職於地方衙門，棲身於現代傳媒。1919 年去法國勤工儉學，1924 年回國，任《川報》《民力報》《新川報》等報刊的編輯，又執教於成都大學、成都師範大學、四川大學等校，也擔任過民生機器修理廠廠長、嘉樂紙廠廠長、董事長、總經理等，一度還興辦「小雅」菜館，引發了「教授開館子，學生端盤子」的熱議。抗戰後曾主持中華文藝界抗敵協會成都分會工作，編輯會刊《筆陣》。1949 年以後被任命為川西行署委員、成都市副市長。

　　在現代中國，眾多留學歸來的知識分子大多選擇居留國家政治文化中心，專心致力於著書立說與教書育人的「專業化」生存。與之不同，恰恰是來自現代化邊緣區域的李劼人不僅執著地返回到故土，而且保留了一位浸潤於生活

諸階層、感染於社會多角色的普通中國市民的本色,正是這些獨特的追求和經歷,豐富了李劼人以區域文化體驗為基礎的文學資源,形成了他觀察思考問題的獨立的角度和方向。

正是在這個意義上,我們可以說,沒有「雜色」就沒有李劼人,或者說,不能深入勘察「雜色」之於李劼人文學精神的獨特意義,也就無法真正理解李劼人的個性與追求。

所有這一切,都期待我們的研究者能夠將目光從單純的文本分析中放大開來,投射到更加廣闊的李劼人的複雜經歷與人生背景之中,在寬闊的場域中發掘作家的體驗、感受,只有這樣,李劼人的文學才能最終呈現出與眾不同的風采。

當然,這樣的工作並非易事,從江西、成都、法國到上海、重慶、樂山,各種經歷、各種角色的故事都需要細緻地打撈爬梳。研究李劼人,不僅需要文學解讀能力,也需要如李劼人一般的地域「行走」,需要對社會諸多階層的沉潛、感受,需要能夠辨識「雜色」的歷史考辨力。

本書作者傅金艷就是這樣一位願意付出的「行動者」。作為實業家的李劼人是作家除了「文學」之外的最重要的面相,長期以來卻一直缺乏足夠細緻的研究,傅金艷緊緊抓住這一課題展開了詳盡的考察,在鉤沉、呈現和梳理上做了大量紮實的工作,可以說是為我們奉獻了目前在這一領域的最有分量的著作,填補了李劼人研究的空白。

傅金艷女士過去一直致力於郭沫若研究,在我的印象中,她是以藝術感悟的敏銳而見長,有著郭沫若家鄉學者所常見的那種激情和聰慧,今天,她對於李劼人的考察則體現出來另外的學術風格:嚴謹、求實、理性、穩健。我欣喜於這樣的學術成熟,衷心祝賀她的學術的成功!願意向廣大讀者推薦這樣的學術著作,分享她的新發現、新收穫。

序言：用另一雙眼睛看實業家李劼人

陳　俐

　　今天，因為我們的現行體制，作家被分為「專職」作家或「業餘」作家。如果按照這樣的劃分標準，民國時期好些文化人多半都會劃入「業餘」作家之列。現代作家李劼人就是典型一例。儘管他留下皇皇 600 萬字的文學性著作，儘管他以「大河小說」蜚聲現代文壇，他仍然只是一個「業餘」作家。一直以來，人們的眼睛中只有文學家李劼人，卻忘記了李劼人在其他領域的重要貢獻。如果把李劼人研究比如「盲人摸象」的過程，文學研究往往只摸到「大象」的腦和長長伸出的鼻子，卻還沒有摸到「大象」的身子和腿。

　　傅金艷老師的《作家李劼人的實業檔案識讀與研究》為我們提供用另一雙眼睛看實業家李劼人的全新視角。從 1925 年開始，李劼人的風雨人生就和造紙行業，就和後來在樂山建立的「嘉樂造紙廠」的興衰成敗聯繫在一起，直到 1952 年嘉樂紙廠公私合營為止，近 30 年時間，李劼人的壯年時期都和這個廠共呼吸共命運。對文學充滿著濃厚興趣且在這方面又極具天分的李劼人為什麼要從事實業？又為什麼要選擇造紙行業？來源於他對中國社會精細觀察和認知，來源於他人生的切實體驗。自 20 世紀初李劼人參加「少年中國學會」，特別後來又到法國勤工儉學以來，學會內部對中國社會向何處去有過無數次的大論爭、李劼人處在論爭的漩渦中，對雙方的政治主張都極為瞭解，但他最終選擇了在政治方面的淡出，希望在學術研究方面，多研究社會學，在職業取向上，走一條更為務實的救國之路。李劼人的一生，和新聞媒介有過無數次的交集糾纏。從 1915 年首任《四川群報》的主筆開始，他先後任《川報》《星期日》《華工旬刊》《建設月刊》《筆陣》《風土什誌》等報刊的主編、編輯和主筆

等,並為國內最有影響的報刊如《東方雜誌》《國民公報》等撰寫新聞稿件。長期的新聞從業經驗,使他獨具慧眼地看到紙質媒介對新聞報業的掣肘作用。在他看來,要新民、要啟蒙,新聞傳媒是最好的切入方式之一,新聞報業的發展又需要紙質傳媒的支撐。而中國積貧積弱的現狀,表現在中國西南部的工業乃至造紙業方面,卻是一窮二白、一無所有。因此,從造紙業入手,以夯實「中國西南部文化運動之踏實基礎」,成為他將新文化傳播和創辦實業結合起來的現實選擇。於是興辦在樂山的嘉樂紙廠成為他一生傾注心血最多的事業之一。而一座工廠的歷史就這樣和一位文化名人奮鬥目標結合起來了,一個企業的興衰沉浮也就和一個大時代的發展趨勢緊密聯繫起來了。由於著名報人、作家李劼人的參與,「嘉樂造紙廠」的辦廠和經營理念就有了和其他企業迥然不同的性質和特點。

傅金艷老師的《作家李劼人的實業檔案識讀與研究》一書,以「嘉樂造紙廠」留存下來的大量原始檔案揭開了作為實業家李劼人隱秘的面紗。該書從檔案中,梳理了嘉樂紙廠辦廠緣起和發展及式微過程,展示了嘉樂紙廠的經營和銷售情況,揭示辦廠過程中的各種人事糾葛。將李劼人鮮活人生的另一面呈現給今天的讀者。這些浮出水面的歷史真實為我們帶來李劼人研究的全新認識與思考。

李劼人和嘉樂紙廠的檔案研究充分證明了李劼人長遠而獨到的眼光,證明了川人敢於將理念變為實踐的行動能力。巴蜀地區一向被看作詩之王國,人們大都以為此地盛產詩人,卻不瞭解四川文人瀟灑任性卻能順勢而為,敢想敢說又能敢做敢當,敢做敢當還能持之以恆的文化個性,李劼人正是在這些方面表現了獨有人格魅力。五四時代,不僅是造就文化巨人的時代,也提供了知識分子全面發展,以求人生價值多方面得以實現的可能性。郭沫若是百科全書似的人物,李劼人何嘗不是?他遊走於經濟與文化之間,穿行於西方文化與本土文化之林,他從商、從文、從政、從教,比一般的文人更具備生存的本領和實踐的能力。他一邊進行著無事功目的創作和翻譯,一邊又進行著實業經營之事功,到後來,很難分得清李劼人究竟是靠什麼在為稻粱謀,又靠什麼支撐著自己的精神和信念。因為只要於社會有益,於個人有興趣,跨界發展也許更能在互融互動中找到生存的空間。在風雨飄搖、災難深重的舊中國,將一個白手起家的工廠支撐到新時代的到來,沒有比常人更多的堅韌和智慧是無法辦到的。今天之社會,一方面是一個高度專業化且分工精細的時代,一方面又是社會許

多行業此起彼落，在不斷兼併和融合中多元化發展的時代，知識分子要適應這樣的時代，李劼人的生存智慧無疑為我們提供了寶貴的啟示。

　　檔案中大量來往函件以鐵的事實說明了李劼人和嘉樂紙廠對抗戰時期的重要貢獻，對中國文化事業特別是西南部文化事業的有力支撐。在中國抗戰最艱難、物質最緊缺的時刻，李劼人和「嘉樂造紙廠」的重要作用得到最大發揮，他們的紙張在一定程度上緩解了軍用、民用紙張的危機；特別是他們設立的「文化補助金」，將辦廠的目標和理念落到了實處，讓人感動於中國知識分子的一片救國情懷和無私之心。辦企業、搞經濟，需要有崇高的精神境界和社會責任感。這是實業家李劼人帶給當前許多自詡為「儒商」的企業家們的深刻啟示。

　　該書的大量檔案和研究，涉及了李劼人在辦廠中諸多的人事牽連。李劼人的多面人生並不是相互孤立的，因為他的文化人身份，自然有大量的文化人投入到其間。在嘉樂紙廠辦廠初期，一批和李劼人一起參加「少年中國學會」及在法國勤工儉學的朋友們，成為他有力支持者，如何魯之、王懷仲、梁彬文、盧作孚、宋師度等人，他們或者成為辦廠的中堅力量，或者從經濟和人事方面給予支持。檔案還揭秘了李劼人人脈圈中文化人生活的另一面，如武漢大學的教授朱光潛、劉永濟、蘇雪林、楊端六，黃方剛等，還有張真如、向仙樵、魏時珍、劉星垣等，他們或者以發起人或股東身份支持了「嘉樂造紙廠」的建設，或者以受助人身份接受了該廠的經濟資助。這些珍貴的檔案披露了這些文化人在經濟方面的許多不為人所知的細節。打開了我們瞭解和透視文化人生存的另一扇窗戶。

　　而李劼人和抗日名將孫震將軍聯合辦學辦廠的故事，更讓人驚訝於當年辦廠和辦學模式的開放性。當年威名遠揚的孫震將軍不僅是禦侮殺敵的抗日英雄，也是教育興國的先行者和實踐者。他將諸多資金投入成都樹德學校的辦學。樹德中學董事會則以大宗股金投入支持「嘉樂造紙廠」的運營；嘉樂紙廠又以股息的方式回饋於樹德中學，學校與企業之間實現了經濟與文化之間的良性互動。當然，他們之間的經濟來往首先是建立在雙方誠信的基礎之上。這也打開了我們當前校企合作的眼界和思路，為雙方的合作共贏、互惠互利提供了絕佳的範例和寶貴的歷史經驗。

　　打撈歷史碎片，縫合歷史隙縫，還原歷史真相，有不同的途徑和方法，可以通過當事人的回憶和口述的歷史性資料，這一方法具有史實的豐滿和細節

鮮活的優勢。但另一方面，由於當事人記憶的模糊，可能造成史實的偏差；或者可能因為預設的目的，在所謂的「實錄」中重視於此而忽略掉彼。而所有的歷史文獻中，檔案是最原始最客觀的史實記錄，由於它幾乎沒有主觀性涉入其中，就是事實本身的忠實記錄，因此，它更「骨感」，以此為骨架，來探求歷史的原貌，應該是最為可信的第一手史料。

　　傅金艷老師從過去只關注文學本體的視野中轉過身來，將眼光投向對樂山市檔案館留下這批珍貴的檔案的研究。這本身就需要一定的學術勇氣。這種跨學科的研究，可能會因與過去的學術路徑的不同而需要再學習，再重構自己的知識結構。還可能因為碰到因「不務正業」帶來的學科管理難題。雖然現在都在強調學科間交叉性，互融性的研究，但真正落實到具體的研究過程，卻還是有早就圈定的學科壁壘，有涇渭分明的「在野」或「在朝」的研究板塊。作者敢於拋開這一切，搶救性地挖掘地方性資源，為李劼人研究開闢一條橫看成嶺側看成峰的新視角、新路徑，這是我非常欽佩且願意為之唱和的原因之一。

　　作者大海撈針，從最繁難的檔案清理入手，首先是海量的釋讀工作。那些字跡模糊、殘缺不齊、前後錯位的文字首先要變成規範的文字錄入電腦，就是對作者極大耐力和韌性的極大挑戰，這絕對不是一條急功近利之捷徑。其次需要從海量的檔案記載中篩選出能構成事件前後脈絡，因果聯繫緊密的歷史信息，標示出一個個歷史座標，其間涉及大量的歷史背景、人物生平和人事關係的繁瑣考證。每走一步，都小心翼翼，每走一步，也都有發現的快樂。正是在冷板凳和熱心情之間，作者一步步走出迷宮，逐步看清了李劼人那漸行漸遠的背影，一個已轟然倒地的企業又清晰地站了起來。人生能有幾回樂，在艱辛甚至痛苦的探究中，哪怕是揭開歷史一個細小的角落，也是人生的一大樂趣。傅金艷老師苦在其中，也樂在其中，我且願意和她同樂。

目次

凡　例

一、本書圖片，若非特別標注，均為嘉樂紙廠所保存文檔的掃描件（原件現藏於樂山市檔案館）。本書所識讀檔案，均存於東山市檔案館，檔案卷宗號均省略。

二、信件或文檔的釋文，均根據現在的文本格式排版。原文有標點的，釋文依照原文標點；原文無標點的，釋文添加標點。

三、信件或文檔中不規範用字，釋文不做改動，僅在後邊用□標出規範用字；原文不能識別之字，釋文以□代替。

四、信件或文檔單位用印，釋文以「（印）」代替，私人署名印章，釋文以「（章）」代替。

導　言

　　長期以來，學術界對李劼人先生（1891 年 6 月 20 日～1962 年 12 月 24 日）的關注，主要是在小說創作、文學翻譯和民俗研究方面，而忽略了李劼人先生的實業家身份。本書主要以李劼人在嘉樂紙廠的職業經歷為研究線索，探尋文人李劼人的實業救國理想的形成和具體實踐。在某種程度上，是對於現代文學名家李劼人先生的研究領域的一種開拓。以史料而言，本書是通過嘉樂紙廠保存的大量檔案，探討李劼人先生實業救國理想抱負和身體力行；以主題而言，本書試圖發現實業家身份的選擇對於其人生、對於文學創作、對於社會時代的影響。

一、李劼人的職業選擇

　　民國時期，隨著報刊印刷業的昌盛、稿酬制度的確立，職業寫作成為可能，然而很多文人並沒有把作家作為自己的職業，更多的是以業餘寫作為主。其中最典型的代表就是魯迅。

　　　　（1909 年）我一回國，就在浙江杭州的兩級師範學堂做化學和生理學教員，第二年就走出，到紹興中學堂去做教務長，第三年又走出，沒有地方可去，想在一個書店去做編譯員，到底被拒絕了。但革命也就發生，紹興光復後，我做了師範學校的校長。革命政府在南京成立，教育部長招我去做部員，移入北京；後來又兼做北京大學，師範大學，女子師範大學的國文系講師。到一九二六年，有幾個學者到段祺瑞政府去告密，說我不好，要捕拿我，我便因了朋友林語堂的幫助逃到廈門，去做廈門大學教授，十二月走

出，到廣東做了中山大學教授，四月辭職，九月出廣東，一直住在上海。〔註1〕

也就是說魯迅一生曾有過多種職業身份——教員、部員（類似政府公務員）、教授、作家等等，直到 1927 年魯迅才開始成為職業作家，以寫作為生。而像茅盾、葉聖陶、老舍、巴金、蕭乾等眾多作家，也多是以教師、編輯、記者等為職業，他們的文學創作與其職業生涯有著密切的聯繫。

也有些作家其職業身份與其文學創作毫不相干：比如戲劇家丁西林，1919年從英國留學回國後，任職於北京大學物理系，是北京大學物理系教授，先後擔任理預科主任、物理系主任，1924 年去中央研究院物理研究所任所長兼研究員，戲劇創作只是其業餘愛好。而以發現水杉新種蜚聲世界的生物學家胡先驌，早在 1919 年就寫過《中國文學改良論》與胡適、陳獨秀辯論，並以《學衡》中堅力量而留存文學史。

魯迅本來有考據的愛好，後因新文化運動，故而執筆以雜文寫春秋。丁西林則是有文學的愛好。彼時之人，多有舊學的根基，蓋因信奉「經世治國」，對「實業救國」（此處之「實業」，意為「實幹之業」，非唯商業而已）有天然的崇拜，故而魯迅赴日，首攻醫術，即有此方面的原因；寓美主修哲學的胡適回國，也以《多研究些問題，少談些主義》發軔。因此，從時代背景來說，彼時之人遊刃於文學與實業之間，有天然的傾向。李劼人正是其中的典型代表。

與眾多現代作家一樣，李劼人也曾從事過眾多職業：政府辦事員、報刊編輯、教師、飯館老闆、成都市副市長，等等。但這些職業都只是短期行為。李劼人最終作為職業經理人，窮 27 年的時間成為於社會貢獻極大的實業家。從1925 年在四川樂山創辦嘉樂造紙廠之初直至 1952 年的公私合營止，從發起人到後來相繼擔任過董事、經理、總經理、董事長等職務，李劼人始終與嘉樂紙廠不離不棄。但長期以來，李劼人以「大河」三部曲而享譽海內外，「現代著名作家」光環遮蔽了他作為實業家的社會貢獻。

李劼人為何沒有成為職業作家，卻將經營實業作為了人生的主要職業？李劼人如何穿梭於「作家」和「實業家」之間而使彼此相依共存，這是一個新鮮的話題。

〔註 1〕魯迅：《魯迅文集》，北京：中央編譯出版社，2010 年，第 321 頁。

（一）政府辦事員：失敗的嘗試

李劼人的第一次職業嘗試應該是在 1914 年，那一年他 23 歲。

生於 1891 年的李劼人，雖然 3 歲就發蒙，然而因為父親的早逝，家境貧寒，以祖母、母親出售自製的「朱砂保赤丸」來維生，讀書的學費也依賴於姑父劉碧仁每學期五十元〔註2〕的資助。1912 年李劼人 21 歲時才中學畢業，因無人資助，也就只有輟學在家，幫助售賣「朱砂保赤丸」。1914 年底〔註3〕，李劼人被舅父楊硯愚聘為四川瀘縣知府第三科（即文教科）科長，辦理統計並幫助時任瀘縣知事的舅父處理文牘。這是李劼人職業生涯的開始。

1915 年，楊硯愚調任雅安，李劼人隨去雅安做統計工作。8 月楊硯愚辭職卸任，李劼人也就回到了成都。

做政府小公務員的時間並不長，不過對於李劼人的人生影響還是比較大的：李劼人 1916 年連載在《群報》上的《盜志》就揭露了辛亥革命前後官場的黑暗。可惜時代久遠，僅剩下《官魔（上）》保存相對完整。而在這篇小說中，那個出賣自己老鄉的江安知縣黃及蔭，有著自己的官場厚黑學：「何況我又做了官的，只求我官越升的高，財越發的多，慢說害他一個區區親戚，算不了事，保定眾人還會恭維我，還會欣羨我！就害死個把親老子，只要我能做篇文章，或者說番理由，自文其過也！敢保眾人仍會恭維我，不誇獎我大義滅親，便原諒我家庭革命。」〔註4〕為了自己能陞官發財，不惜出賣親人朋友，喪盡天良卻還洋洋自得。《做人難》中罵變色龍般的投機者內熱翁的那段話無疑罵盡了天下黑官：「原來你才是恁樣一個狼肝狗肺，毫無廉恥的雜種！虧你還厚起你那張屁股臉，得意揚揚的假充笑罵派！……可恨可恨！社會上偏有你這般壞蟲，安望世道能夠澄清！」〔註5〕

因為目睹了許多官場黑暗而有了自己的職業選擇標準——「我也決定從此不再踏入官場」〔註6〕。這在中國「學而優則仕」的傳統中似乎是一個另類

〔註2〕伍加侖、王錦厚：《李劼人傳略》，《新文學史料》 1983 年第 1 期。

〔註3〕《李劼人自傳》中為 1913 年末，《李劼人年譜》中為 1914 年，《李劼人圖傳》中為 1914 年，《李劼人畫傳》中為 1914 年初。本文以最新的《李劼人畫傳》中的時間為準。

〔註4〕李劼人：《李劼人選集》（第四卷），成都：四川人民出版社，1984 年，第 152 頁。

〔註5〕李劼人：《做人難》，《李劼人全集·中短篇小說》（第 6 卷），成都：四川文藝出版社，2011 年，第 75 頁。

〔註6〕李劼人：《李劼人自傳》，載徐州師範學院《中國現代作家傳略》編輯組編：《中國現代作家傳略》（上），成都：四川人民出版社，1981 年，第 309 頁。

的存在。雖然 1949 年後的李劼人不得已又踏進了官場——1950 年李劼人先是被選為川西區文學藝術工作者聯合會籌備委員會副主任，接著又以文化界人士身份參加成都市第一屆人代會，7 月被選為成都市副市長。李劼人以「我還沒有在思想上作準備，沒有實際工作的經驗，再加上嘉樂紙廠工作的牽連，不能任此工作」〔註7〕為由表示推辭。但是在解放之初，作為一位有一定社會影響力、同時又在思想上傾向於中國共產黨的他，很容易得到黨的信任，李劼人最後出任了成都市副市長。只是由於李劼人並沒有相應的政務管理經驗，這樣的安排，更多地加諸其身的，只是煩惱。1951 年 9 月 4 日，周太玄與周恩來在中南海划船時，「太玄又談到了成都的友人李劼人、魏時珍等。當時周恩來總理說：『少年中國學會的人才真不少。』『李劼人要我轉達，他不想擔任副市長，好一心寫書。』『再搞三五年好了，成都的建設也很重要。』總理笑著說。」〔註8〕這次進入官場的尷尬、困惑、身不由己的迷惘也使他有了「角色認同的困窘」〔註9〕——形同虛設的花瓶。

最初的職業經歷也給李劼人帶來了收益：增長了社會閱歷，有了一些社會經驗，並且也為其後來的文學創作積累了豐富的素材。

（二）新聞人：人生的歷練

從雅安回到成都的李劼人，因為已經在《娛閑錄》〔註10〕上以「老懶」為筆名發表了小說《兒時影》。其實這不是李劼人的第一篇作品，早在 1912 年李劼人就在《晨鐘報》上發表過作品《遊園會》，不過現在無從覓蹤。《兒時影》接近 3 萬字，全部是用四川方言來進行寫作，《娛閑錄》在 1915 年 9 月用了三期來連載。緊接著又刊發了李劼人的另一篇小說《夾壩》，他的寫作才能被大家所認識，10 月，就被聘為《四川群報》〔註11〕的主筆，這應該算是他作為

〔註7〕《黨外人士座談會記錄》（1950 年 7 月），參見四川省委統戰部檔案室的「李劼人檔案」。轉引自雷兵的博士論文《「改行的作家」——市長李劼人的角色認同（1950～1962）》，載成都市文學藝術界聯合會、李劼人研究學會編：《李劼人研究 2007》，成都：巴蜀書社，2008 年。

〔註8〕劉恩義：《周太玄傳》，成都：四川科學技術出版社，1992 年，第 234 頁。

〔註9〕雷兵：《「改行的作家」——市長李劼人的角色認同（1950～1962）》，第 317 頁。

〔註10〕《娛閑錄》，1914 年 7 月 16 日創刊，是《四川公報》的特別增刊。每月兩冊，農曆 2 號、16 號出版。該報是四川較早的文藝刊物，由樊孔周主辦，在當時頗有影響。

〔註11〕《四川群報》，1915 年 10 月 1 日創刊，由樊孔周、宋師度、董蜀芝等主持，李劼人等任主筆。王光祈、周太玄、曾琦被分別聘為駐北京、上海、日本的通

職業新聞人的開始〔註12〕。

　　《四川群報》的前身是《四川公報》，1912年成都總商會總理樊孔周將《四川商會公報》改名為《四川公報》，1915年又改名為《四川群報》。報紙的銷路很廣、影響很大。當時《四川群報》聘請了吳虞、李劼人、劉覺奴等22人為群報主筆。主筆就是主要進行寫稿、編稿的人員。李劼人被聘為主筆，月薪十元。李劼人為《四川群報》撰寫消息和時評外，還寫了大量的短篇小說。到1918年6月《四川群報》停刊，李劼人在《四川群報》以《盜志》為題寫了四十多篇短篇，都取材於他在瀘縣、雅安任職時的所見所聞，旨在暴露社會的黑暗。孫少荊1919年這樣評價李劼人在《四川群報》上發表的小說：「惟有那老懶君的膾炙人口的小說，一名《盜志》，一名《做人難》〔註13〕。這兩種小說，是人人都稱讚他好得很，因為這是實寫社會的緣故。」〔註14〕現實主義的創作風格在此時就已經初露端倪。

　　在《四川群報》任主筆的經歷，一方面是李劼人文學創作生涯的開始，另一方面也讓他接觸了社會各角落，瞭解了社會各階層，為今後的文學創作積累了更為豐富的素材。

　　1918年6月，《四川群報》因宣傳新思想，抨擊時弊被城防司令部勒令查封停刊後，昌福公司讓李劼人出頭約集《四川群報》同人再辦一份日報。1918

訊記者。該報以反袁為宗旨，曾大量刊登各地反對袁世凱復辟的新聞報導，也曾刊載吳虞撰寫的《對於國體問題之意見》《獨立後之商榷》《人才》等論文和隨筆。創刊後，《娛閒錄》也改組刊在其附張上。1916年6月7日，該報曾出版袁世凱暴死的號外，並印發了好幾萬張。6月17日至7月27日，該報因缺紙一度停刊。1918年夏被查封。同年7月1日更名為《川報》出版。

〔註12〕《李劼人自傳》中提到自己在1912年被《晨鐘報》約為其寫稿，但是沒有報酬。因為沒有報酬，也就不算為職業了。

〔註13〕孫少荊記憶有誤。李劼人的《做人難》1916年8月2日至19日連載於《國民公報》而不是《四川群報》。《國民公報》是四川較早的民營報紙，由《中華國民報》與《四川公報》合併而成，1912年4月22日在成都出版，社長汪象蓀。1913年《四川公報》退出，《國民公報》由汪象蓀獨自繼續出版。1915年1月23日，因披露袁世凱親信入川事，被憲兵司令部以搖惑軍心之名查封。8月4日復刊，由李澄波主持。到1935年5月1日停刊止，24年間總共出版7925號。該報及時報導評論時政，內容豐富。五四運動前後，曾刊登介紹馬克思主義與布爾什維克主義的文章。李劼人1918年在《國民公報》上連載了《強盜真詮》《做人難》等小說。

〔註14〕孫少荊：《1919年以前的成都報刊》，載四川省政協文史資料委員會編：《四川文史資料集粹·文化教育科學編》（第4卷），成都：四川人民出版社，1996年，第249頁。

年 8 月《川報》〔註15〕創刊，李劼人任社長兼總編輯，月薪仍是十元。

1918 年 6 月，少年中國學會〔註16〕在北京籌備成立，最初的 7 個成員中就有 4 個四川人：曾琦、周太玄、王光祈、陳愚生，而曾琦、王光祈、周太玄都是李劼人在四川高等學堂分設中學的同學，曾琦、周太玄、王光祈三人後來都被李劼人聘為《川報》駐日本、北京、上海等地的通訊記者，把各地最新消息用電報的形式發回，《川報》及時刊發，廣為傳遞了新思想、新文化。

少年中國學會的宗旨是為社會的活動，對於參加人員有這樣的要求：凡加入少年中國學會的會友「一律不得參加彼時的污濁的政治社會中，不請謁當道，不依附官僚，不利用已成勢力，不寄望過去人物」〔註17〕，利用自己的所長努力於社會實業，一步一步來創造「少年中國」。

少年中國學會的宗旨無疑正切合李劼人的心意，志同道合的李劼人也就跟隨加入了少年中國學會，並且在 1919 年 6 月 15 日當選為少年中國學會成都分會的書記兼書報保管員。1919 年 7 月 1 日，少年中國學會在北京正式成立，會刊為《少年中國》，李劼人為第二組月刊編輯委員之一。緊隨其後，1919 年 7 月 13 日少年中國學會成都分會會刊《星期日》〔註18〕也創刊了。

其實創辦《星期日》是李劼人提議的。有著豐富辦報經驗的李劼人，建議成都分會也學北京辦個《星期日》週報，學會成員各出兩元作為辦報經費，印

〔註15〕《川報》1918 年 7 月 1 日創刊，由被查封的《四川群報》改組出版。每日出版兩大張。社長、總編輯由宋師度、李劼人擔任，沈與白、曾孝谷、李哲生、孫少荊、劉長述、劉筱卿、吳好義、盧作孚等任主筆，參加編撰工作的有吳虞、穆濟波、何魯之、周曉和、李曉舫、李澄波、熊小岩、孫倬章、胡少襄、彭雲生等，王光祈、周太玄、曾琦為駐外埠記者。五四運動爆發前後，王光祈以「若愚」的筆名，從北京發回大量的消息和通訊，對成都的新文化運動起了積極的推動作用。1924 年 11 月中旬，該報被查封。

〔註16〕少年中國學會是由李大釗、王光祈等在 1918 年發起組織的青年社團，1919 年 7 月 1 日正式成立，1925 年底停止活動。最初的七個成員中除王光祈、曾琦、周太玄、陳岳生是四川人外，雷寶菁、張尚齡也出生於四川。

〔註17〕李璜：《學鈍室回憶錄》，臺灣：傳記文學出版社，1973 年，第 30 頁。

〔註18〕《星期日》1919 年 7 月 13 日創刊，是少年中國學會成都分會的機關報。編輯李劼人，經理孫少荊，發行陳岳安。李哲生、穆濟波、胡少襄、何魯之、曾孝谷及吳虞等人均參與創辦。李劼人赴法後，從第八期起改由孫少荊主編。孫赴德後，從第 27 期起又改由穆濟波與周曉和、李小舫共同主辦，吳虞為名譽編輯。第 19 至 21 期曾全文轉載毛澤東發表在《湘江評論》上的《民眾的大聯合》一文。第 26 期後曾出版「社會問題號」「婦女問題號」「勞動號」等，載過李大釗、陳獨秀等人的特約專稿，提出過「勞動神聖」的口號，是成都第一個宣傳新文化運動的先進報刊。1920 年 7 月停刊，共出版 52 期。

刷找昌福公司。連報紙的版式李劼人都設計好了，四開新聞紙。每期 500 份，印刷費只需要 5 元，發行人也找好了，就是陳岳安。李劼人的提議得到吳虞、曾孝谷的支持。李劼人為《星期日》撰寫了熱情澎湃的創刊宣言：「我們為什麼要辦這個週報？因為貪污黑暗的老世界是過去了的。今後便是光明的世界，是要人人自覺的世界。」李劼人自《星期日》創刊起至同年 8 月底赴法國勤工儉學前一直任該刊編輯。即便不在國內，李劼人也一直在關注國內形勢，並積極撰稿發文。1920 年 1 月 4 日，李劼人又在第 26 期「新年增刊號」上寫了《本報的過去和將來》一文，表示要為了「從這黑暗的世界裏，促起人人的覺悟，解脫了眼前的一切束縛，根據著人生的究竟，創作人類公同享受的最高幸福的世界」。《星期日》有力地把五四新思潮帶到了四川，廣泛宣揚了五四思想。《星期日》的影響力從其發行量就可以看出，創辦幾期後，就由一千份增印至五千份。

　　1919 年秋，李劼人隨著勤工儉學的大潮去了法國，不過，他並沒有像大多數赴法人員一樣去工廠當勞工，而是去周太玄、李璜的「巴黎通訊社」幫助工作。1920 年春，李劼人還擔任華工總會的《華工旬刊》編輯。李劼人在巴黎留學期間的費用，除了出國的路費是由親戚籌措，其他的費用基本上是靠為國內搞翻譯、寫通訊掙來的。李璜在其《學鈍室回憶錄》中也是這樣寫道：「始終自力為活，有助固好，無助也可以向國內賣文，得錢即以餘時努力學業，這一種人也並不少，如我們的朋友周太玄、王光祈、李劼人，以至發起組織中國青年黨的創黨人曾慕韓，他們都或以譯書，或以通訊，向上海各書局與報館換取稿費為生，在法、德等國支持多至四五年之久。」〔註19〕李劼人就是這樣堅持了五年。

　　1924 年 6 月初，李劼人啟程回國，回川之後仍到《川報》做編輯。誰知道不到三個月，《川報》就因為發表了諷刺文章惹怒楊森而被閉館，李劼人還因此入獄。李劼人後來在《新川報》〔註20〕《民力日報》〔註21〕《風土什

〔註19〕 李璜：《學鈍室回憶錄》，臺北：傳記文學出版社，1973 年，第 78 頁。

〔註20〕 《新川報》1926 年 4 月 5 日創刊，由蘇法成、周儒海、陳銘德、曾庶凡等自籌經費創辦。社長蘇法成，總編輯陳銘德，發行部主任程中梁，副刊編輯李劼人，社會新聞編輯張拾遺。為該報經常撰稿的還有張秀熟、張致和等人。大革命失敗後，為劉文輝二十四軍的機關報。1926 年 8 月 13 日創辦《新川報副刊》，隨正刊發行，極受讀者歡迎。1931 年 10 月 9 日終刊，歷時 5 年半。

〔註21〕 《民力日報》1927 年 5 月 1 日創刊，為社會民主黨機關報。社長孫倬章（曾子玉、程宇春曾代理），經理劉星階，總主筆傅雙無，總編輯李劼人（孫倬章

誌》〔註22〕等報紙、雜誌都做過編輯、記者、社長之類的工作，不過都是兼職，也就不成為其職業。

1937年4月，李劼人不為專職工作，應盧作孚之邀，為其辦《建設周訊》。《建設周訊》是經濟建設性質的期刊，撰稿人主要是各地區各行業的科技人員管理幹部，主要刊載涉及經濟建設的各類文字材料。這些都並不是李劼人所擅長的，但是因為「凡我之不情條件（例如不穿中山服、不做紀念周、不受委任狀、不畫到畫退，不受干預等）皆一一答應。月送薪二百元。而每日只耽擱我二小時，且有星期。我以其不妨礙我之寫作，遂允諾之。」〔註23〕。這個職業更像是盧作孚給予當時專事寫作的李劼人的一種經濟援助，這個差事做了不到半年就因為嘉樂紙廠的事務而被李劼人推掉了。周太玄也是給予李劼人文學創作最多支持和最早肯定的人。為了李劼人能夠專心致志進行小說創作，周太玄承諾給他經濟上的資助，後來真的寄了兩百元給他。然而，此時的李劼人已經全身心投入到嘉樂紙廠的實業中去了。

（三）教師：糊口的職業

民國文人選擇教師作為職業的人很多。

李劼人在法國留學學的是文學，曾經在蒙北烈大學選修了「法國古典文學」「法國文學史」「法國近代批評文學」「雨果詩學」等課程，在大量閱讀法國文學名著的同時還關注法國文壇動態。在翻譯法國文學的同時還寫了《法蘭西自然主義以後的小說及作家》這樣的學術型文章。於是，李劼人回國途經南京時，前去拜訪在法國的老友黃仲蘇〔註24〕，黃仲蘇推薦其去東南大學教授法

曾兼任）。每日出版兩大張，一向以大膽敢言著稱。1929年12月5日，四川軍閥當局以「言論反動」予以查封，不久，在成都各民眾團體的援助下復刊。1930年5月底終因「經濟困難」而自動停刊。

〔註22〕《風土什誌》創刊於民國32年（1943年）八月，終刊於民國三十八年（1949年）十月，共出三卷十四期；編輯部先後設在成都東門紅石柱正街56號、金沙寺街26號；社長李劼人，發行人樊鳳林，主編謝揚青、向宇芳。

〔註23〕李劼人：《李劼人全集·書信》（第10卷），成都：四川文藝出版社，2011年，第51頁。

〔註24〕黃仲蘇（1895～1975），原名黃玄，安徽舒城人。1919年加入少年中國學會，後留學美國在伊里諾大學獲得學士學位，又赴法國巴黎大學得碩士學位。回國後，歷任國立武昌師範大學和國立東南大學西洋文學教授、上海特別市政府秘書、國民黨政府外交部秘書、總務司編管科長等職。1931年出任墨爾本領事。

國文學。不過，李劼人以當時東南大學復古風氣與自己「懷抱大異」〔註25〕為由而拒絕了。

　　回到四川，李劼人先為《川報》做編輯，三個月後因《川報》被關閉而失業。1925 年 8 月，李劼人到國立成都大學任教，教授《文學概論》。1926年 4 月兼任該校文預科主任，同時還在四川省立第一師範學校兼職。1929 年暑期受校長張瀾的委託，前往北京、上海、杭州等地招聘教授。1930 年李劼人因為學生拒絕作文辭職。關於其辭職原因，李劼人曾經在其自傳裏表示是為了支持張瀾校長反對三校合併的舉措，在張瀾決心辭職後，「自度在張瀾先生走後，我也難於對付那些軍閥」，所以在張瀾走之前就提出辭職。不過這個說法隨著李劼人檔案文獻整理工作的進一步完善，從新近發現的史料中發現並非如此。在 1930 年 4 月 6 日成都的《報報》上刊登了李劼人的一封公開信〔註26〕，詳細講述了事情的來龍去脈，專門說明從成都大學辭職的原因是學生拒絕上課。其同事吳虞也在 4 月 3 日的日記中這樣記載：「聞李劼人因預科學生拒絕作文事辭職」〔註27〕；在 7 月 22 日的日記中記載張瀾為李劼人還保留著預科主任一職；直到 8 月 28 日，新學期即將開學，吳虞在日記中記載：「君毅來，言……李劼人決不復任」；在 9 月 3 日的日記中稱：「劼人脫離學界」。

　　決心擺脫彼時教育桎梏的李劼人後來還有一段時間的教書經歷。1932 年是李劼人最艱難的一年。嘉樂造紙廠因為造紙技術落後、生產成本太高而難以維持，時開時停，投入的成本難以收回，更不用說分紅；為贖回被綁匪綁去的兒子，李劼人又欠下了千元的外債。為了養家糊口，李劼人就到各中學去做代課老師：「四川大學找我教小說，因不悅張重民之賣大學，及一般混帳東西，力拒不受聘，只在各中級學校教零鐘點，每週教上二十四小時，精神極疲，而所得每週不過二十餘元，勉足支持。下課之後，百事不能作，而成都生活費用日高，較之北平兩倍以上，即以麥粉一項而言，此間每八十斤（十六兩之稱）售至十一元許，為夠家用及付三千七百元債賬之月息計，又非教上二十餘小時

〔註25〕李劼人：《李劼人自傳》，徐洲師範學院《中國現代作家傳略》編輯組編：《中國現代作家傳略》（上集），成都：四川人民出版社，1981 年，第 311 頁。

〔註26〕李劼人：《李劼人全集‧書信》（第 10 卷），成都：四川文藝出版社，2011 年，第 16 頁。

〔註27〕吳虞：《吳虞日記》（下），中國革命博物館整理，成都：四川人民出版社，1986 年，第 500 頁。

不可」〔註28〕。過度疲勞導致李劼人患上了胃病。

教師這個職業給李劼人帶來的是精神和肉體的雙重折磨。也就是這樣的緣故，1936 年劉大杰、張真如都先後邀請過李劼人去四川大學教書，李劼人堅決拒絕了，並且假設如果有戰事發生，寧肯再開館子都不教書了。此時，李劼人真的如吳虞當初所預言的那樣徹底脫離了學界。

（四）飯館老闆：美食家的興趣

李劼人為了表示自己辭教的決心，也為了解決生計問題，1930 年借錢 300 元在成都指揮街 118 號開了一個餐館——小雅〔註29〕。

李劼人喜歡吃，也會做吃的。1922 年，在法國勤工儉學的幾個中國人打牙祭，分工往往就是：法語好的李璜和黃仲蘇去買菜，李劼人和周太玄兩個善於烹調的人主廚，李璜的姐姐李碧芸打下手。讓李璜津津樂道的就是李劼人在巴黎做過的一道美食——煙薰兔肉。而為了吃李劼人做的美食，畫家徐悲鴻、常玉都可以捨棄去盧浮宮臨古畫的機會。有著這樣的烹飪才藝，李劼人開餐館也就不足為奇了。

車輻〔註30〕曾經這樣追憶過這段歷史：

> 「小雅」開張前一天，李劼人寫了紙條，貼於牆上：「概不出售酒菜，堂倌決不喊堂」。開張前一不登廣告，二不做宣傳，開張那天也不放火炮，它在平平常常、不動聲色中開張了。但因是去過法國的留洋先生，又是大學教授，知名度大，仍然是賓客臨門。當時《川報》社長宋師度以及成大校長張瀾也同几位教育界人士去光顧了。後來不少文化界人士，也成為座上之賓。〔註31〕

〔註28〕 李劼人：《李劼人全集·書信》（第 10 卷），成都：四川文藝出版社，2011 年，第 26 頁。

〔註29〕 李劼人自敘說：「一九三〇年暑假，成都大學校長張瀾，由於思想左傾為當時軍閥所遏制，不能安於其位。張瀾先生要到重慶去，我不能勸他不走；我自度在張瀾先生走後，我也難以對付那些軍閥。所以在張瀾先生走以前，我就提出辭職。張瀾先生沒有同意，我遂借了 300 元，在成都我租佃的房子裏經營起一個小菜館，招牌叫『小雅』。我同妻親自做菜，一是表示決心不回成都大學，一是解決辭職後的生活費用。」參見徐洲師範學院《中國現代作家傳略》編輯組編：《中國現代作家傳略》（上集），成都：四川人民出版社，1981 年，第 313 頁。

〔註30〕 車輻（1914～2013），成都市人。著名記者、編輯、作家、美食家。

〔註31〕 車輻：《川菜雜談》，北京：生活·讀書·新知三聯書店，2012 年，第 18 頁。

不過，車幅描繪的盛況應該是在開業大酬賓期間。而吳虞在日記〔註32〕中的記錄應該更為真實可信些。吳虞在日記中4次提到小雅：

在1930年5月6日記：「李劼人將開小餐館，予為擬一名曰『小雅』」；

7月19日記：「晚君毅來，以所書羅元叔賀李劼人酒店七言古詩見示。其中『西紅柿撕耳最清新，當歸汽雞膾紫鱗』二句，別饒韻味，當結寓託感慨尤佳。約予明日午前十時過渠，同往小雅小吃」；

7月20日記：「過君毅，同往小雅，並約羅元叔。吃菜數件，均貴而平常。惟青果酒尚佳。予早出席而歸」；

7月22日記：「晚飯後在表方處小坐，……表方言李小雅不久必倒。預科主任一職，尚留以待之」。

第一次記錄告訴了我們小雅的名字是吳虞取的；第二次記錄把小雅的特色菜都列在了上面：西紅柿撕耳、當歸汽雞和膾紫鱗；第三次記錄作為消費者點評了該店菜品價格偏貴，味道一般，青果酒有特色；最後一次提到張瀾的預言——小雅很快就會關門。

雖然李劼人本人很低調，但是因為來往有鴻儒，再加上當時報紙也作為新聞熱炒過一番，有說「教授開館子，文豪當酒傭」，有寫「成大教授不當教授開酒館，師大學生不當學生當堂館」〔註33〕，最直接的後果就是在1931年12月24日晚，李劼人的小兒子李遠岑被匪徒綁架了。吳虞在其25日的日記中這樣記載「今日報，李劼人之子四歲，昨日午後，同其婢出外失蹤。」在1932年1月15日吳虞記載了李劼人的兒子平安贖回的情形：「李劼人來函，其子遠岑已於本日上午脫險歸家，贖金正價六百元，前後小花費及謝金在外〔註34〕。骨健已枯，將來如何，未之計也。」

吳虞這樣的食客評價小雅的菜品是貴而平常，張瀾在其開業三月後就預言不久必倒。舉債經營的夫妻店，由最早的新聞效應到後來的慘淡經營，而小兒子的被綁票更是雪上加霜，李劼人的個體店也就只有在慘淡經營一年半左右的時間後倒閉了。

〔註32〕吳虞：《吳虞日記》（下），中國革命博物館整理，成都：四川人民出版社，1986年，第8頁。
〔註33〕學生指的是鍾朗華（1909～2005），係李劼人先生在成都大學任教時的學生。小雅倒閉後，李劼人為他爭取到孫震將軍的資助而完成學業。後投筆從戎，隨第22集團軍參加抗日戰爭。
〔註34〕從《李劼人自傳》中得知，其時李劼人總共花費了1000銀元，這筆錢向劉星垣借得。

飯館雖然維持時間並不長，但是李劼人的美食興趣卻是延續了一生的。在他的「大河」三部曲中寫到了眾多的四川美食：天回鎮的紅鍋飯、正興園的魚翅席、枕江樓的醋溜魚和鮮醉蝦等等，具體涉及的溫鴨子、陳麻婆、宮保雞丁、夫妻肺片等等至今仍是經典川菜。1947 年在嘉樂紙廠苦苦撐持時期，李劼人把美食興趣提升到一種美食文化，在《四川時報》的「華陽國志」專刊上發表了 43 篇談飲食文化的文章，其題目為《中國之衣食》，一年後又將其改名為《漫談中國人之衣食住行》〔註35〕發表在《風土什誌》上，篇目有《食——國粹中的寶典》《高等華人之吃人》《老百姓桌上的菜單》《勞苦大眾的胃病》《「蔬菜之國」之謎》《吃雞鴨方式之師承叫花子》以及《吃的理想境界》等。

（五）自由撰稿人：不固定的收入

傾心於文學，熱心文學創作和翻譯，本是李劼人的興趣愛好所在。

早在 1912 年，李劼人就寫出小說處女作《遊園會》，刊載這篇小說《晨鐘報》被成都市民搶購，一時洛陽紙貴。1919 年，李劼人到法國勤工儉學，一是為了生活所迫，更重要的是為了吸收更多的世界文學乳汁，以擴展自己的視野，實現文學理想。五四新文化運動之前後，是李劼人第一次文學創作的高峰期，雖有大量作品問世，說到稿酬，卻是微薄之至，要靠此養家糊口，簡直是奢想。1935 年 6 月 20 日辭去盧作孚的民生修理廠廠長職務回到成都後，李劼人重新拿起了筆，再次嘗試成為自由撰稿人。

其實早在 1934 年，李劼人還在重慶民生公司任職時就已經萌生了寫作長篇小說的念頭。在當年 12 月 21 日寫給舒新城〔註36〕的信中說：

> 家眷不在身邊，工餘多暇，多年擬作之十部聯絡小說，已動手弄第一部，擬寫十萬字。今已寫得五萬餘字。陰曆年內，可將初稿完成。明春可將二稿改出。自以為結構尚佳，文字力求平正，不尚詭奇。內容係寫改法以前之安定社會，洋貨之逐漸侵入，民智之混沌安閒，當今為人之齷齪出身。寫至庚子大變之後，川漢鐵路徵用時止。此種不含火性之小說，不審以何種方式使之問世為便？且因內容頗有關係，不便以真名發表，擬用筆名『歌書漢』來出之。何以用此名？取其不通也。以二字名太多，故添為三字。事前事後，

〔註35〕成都市文學藝術界聯合會，李劼人研究學會編：《李劼人研究 2007》，成都：巴蜀書社，2008 年，第 213 頁。

〔註36〕舒新城（1893～1960），湖南漵浦人，出版家，時任上海中華書局編輯所所長。

尚望兄為我秘之（但請放心，無閒話揚州之無聊糾紛）。書名尚未定，

擬用《暴風雨前》，或否俟稿成再斟酌。〔註37〕

　　李劼人在做廠長之餘就已經動筆開始創作，初始定名為《暴風雨前》。在他決意要離開民生機器廠時，他已寫了五萬餘字的小說，之後又刪刪改改僅剩下兩萬餘字。從 6 月 7 日開始補寫，預計在離開民生機器廠時要寫出四萬字。6 月 14 日在給舒新城的信中說：「決計回家之後，專心為之，期在十日內寫出四萬字，再以二十日之修飾剪裁抄錄，則是在七月底可得一部十萬餘言之完整小說。此部小說暫名《微瀾》，是我計劃聯絡小說集之第一部。」〔註38〕

　　6 月 20 日，李劼人離開重慶，坐輪船費時 5 天到達樂山，又換乘人力車花了兩天時間到達成都，此時已經是 27 日了。不過，李劼人回家就看到了舒新城的來信，得知中華書局以四元千字的價格收買其手稿，於是從 6 月 30 日就開始閉門寫書，8 月 3 日就完成了十一萬六七千字的手稿，並且在 8 月 6 日又著手寫作《暴風雨前》，計劃在年底寫完《大波》。1935 年 11 月 27 日李劼人完成了《暴風雨前》，而《大波》稍微延宕，到 1937 年上半年才完成《大波》下卷。其間，李劼人還同時寫作《程太太的奇遇》等短篇小說和《危城追憶》等散文和隨筆、小品，翻譯法國亞爾費・德・費尼的《三馬兒》。

　　其實，自由撰稿人的自由必須要建立在一定的經濟基礎之上。魯迅 1927 年秋以後到 1936 年去世之前，能夠在上海做自由撰稿人，是因為他的稿費、版稅還有編輯費能夠達到月收入在兩萬元以上。張恨水辭去《世界日報》副刊主編的工作而賣文為生是因為他當時的稿酬是千字 8 元。但並不是每一個作家都能夠拿到那麼高的稿酬的。所以，作為自由撰稿人的李劼人在積極忘我寫作之後，也在擔心自己的經濟生活。1935 年，他跟中華書局的編輯舒新城信函除了談創作就是談稿酬：

　　　　但弟不願付「中華」出版：第一，印刷太費時（動輒兩年）。第二，不注意廣告。第三，版稅太零星。今弟既欲賴此為活，故甚願憑吾兄運動之力，售得現金。如每千字能售在四元以上，則此四百餘元，夠我五月生活。在此五月中，我又可以續寫兩部矣。計弟自

〔註37〕　李劼人：《李劼人全集・書信》（第 10 卷），成都：四川文藝出版社，2011 年，第 36 頁。

〔註38〕　李劼人：《李劼人全集・書信》（第 10 卷），成都：四川文藝出版社，2011 年，第 39 頁。

十五年出任教職、報事以來，於今十載，所入不下三萬餘金，不但隨手而盡，且至今尚欠帳二千。念已到中年，始作賣文為活之計，言之笑人。

歸即接閱六月十八日手示，許以四元千字，仍由中華收買弟稿。衷心甚慰。

每欲作小品文零賣，但恐傷時惹事。〔註39〕

李劼人的創作從1912年開始，初時曾經有過以創作為職業的打算，但是後來果斷放棄了，原因固然有其一直以辦實業作為人生目標，文學創作只是其業餘愛好，但是要以「賣文為活」，現實也是不允許的，因為創作的不確定而導致收入的不固定，無法在經濟上保證正常的生活運轉。寫作小品文，抨擊時弊，這又要冒著觸犯當局的危險。兩代寡母養大的李劼人，已經有過兩次牢獄之災的經歷，此時又有著尚待養育的一兒一女，家庭職責也不允許他因文獲罪。當文學創作因著種種現實的約束而失去其自由性的時候，文學創作的質量就無法得到保證，而被他人當作笑料這又是李劼人不能容忍的。李劼人在給舒新城的信函中曲折地把自己對於文學創作的複雜心理表現出來了。

1936年，他寫道：

《大波》係寫辛亥年事，自鐵路風潮起，至年底成渝兩軍政府合併止。千頭萬緒，不第吾川一重要史事，抑全國代謝時之一大關鍵也。郭沫若之《反正前後》，真是打胡亂說，吾書則處處顧到事實。本擬以十萬餘言寫成之，乃筆頭一動，勢不可遏，胸中構稿，非三十餘萬言，不足畫一大概……〔註40〕

更有一事，則是自正月初十搬家（原寓不太好，今遷於少城桂花巷六十四號，係一個整院，一正一廂，後有廂房四間，連門房毛廁共十三間，前後院子皆大。有大樹十餘，正午，夏日定濃蔭滿院，不怯暑矣。押金三百元，較原寓多一百元，月租僅只十六元，固甚廉也。吳又陵賀我一聯云：一生當著幾兩屐，借屋能居三百年。係

〔註39〕李劼人：《李劼人全集·書信》（第10卷），成都：四川文藝出版社，2011年，第39、40、41頁。

〔註40〕原信過長，……為省略文字。本處兩封信都引自《李劼人全集·書信》（第10卷），第46、47頁。

集《世說新語》。愚能但望有五年足矣）以來，費用過多，業經負債三百元矣。《大波》上卷足值四百元零。此稿已與此信同日交航郵寄陳，望兄格外通融，盡先由航空寄我四百元，以應急需（注意：兌寄成都少城桂花巷六十四號『聚園』），想兄或能諾之。（1936 年 3 月4 日信）

　　方於五月四日，閉門謝客，以二十天之力，竟將《大波》中卷寫出。此卷一氣呵成，中間並無耽擱，故自閱一遍後，頗以為較前三書俱優。自己數過，有一十一萬八千字之譜。（1936 年 5 月 23 日信）

專心著力於文學創作，在李劼人的人生中好比曇花一現。

從政府公務員、新聞從業人員、教師再到作家，李劼人經歷了多種職業經驗，只有文學創作和經營管理嘉樂紙廠是伴隨李劼人生命最長的。文學創作於李劼人的意義應該是終生不渝的業餘愛好，伴隨他生命的每一個階段，而經營管理嘉樂紙廠是李劼人自覺的職業選擇，是能夠安身立命的所在。自從 1925年發起創辦嘉樂紙廠後，除 1935 到 1937 這兩年裏他集中精力進行文學創作外，其餘的時間他都把心血傾注到實業（包括在民生公司的兩年）救國中去了。

二、李劼人的實業生涯

（一）緣起：李劼人的實業救國理想

辦一個實體，走實業救國的道路並不是李劼人在教育救國的道路走不通後才有的，而是李劼人受到少年中國學會的影響以及到法國勤工儉學實踐以後所做出的選擇。

1920 年，少年中國學會發起會員終身志業調查，理由是「夫個人不自知其各分子終身欲究之學術與欲做之事業，則其人必終無成就」[註41]。李劼人在填寫《少年中國學會會員終身志業調查表》時，已有豐富的報刊編輯經驗，並且正在法國學習文學，出人意料地表示終身欲從事之職業為「公民教育、道路建築」，將來終身維持生活之方法為「勞工」。公民教育目的就是普及教育；道路建築其實就是發展實業。普及教育和發展實業是那一代有識之士的共識。李劼人的同學兼好友的王光祈就曾經這樣表述過：「現在我們中國人的日常生活，真是簡陋枯寂得很！持與西人豐富而愉快的生活比較，未免相形見絀。我

[註41]　《致少年中國學會》，載《少年中國》第 2 卷第 4 期。

們推究其原因，不外兩種：一為無識，二為無業。要醫治此兩種病症，則又只有普及教育與發展實業兩法，以完成我們的民族生活改造運動」〔註42〕。少年中國學會的終生職業調查，實際是對會員的救國理想之調查。或者更具體地說是對救國的途徑和方式的調查。李劼人並沒有把個人興趣放在第一位，更沒有將個人的經濟收入作為考慮因素。他們希望通過公民教育，改變公民的素質，以達到啟蒙的目的。而道路建築，則是發展中國經濟的具體實踐之一種。在這裡，個人的職業選擇與救國途徑和方式的選擇是合而為一的。

李劼人回國之初，就一直在思考自己將從事的職業並嘗試了多種職業，但始終放不下的還是實業。李劼人在 1933 年 6 月去重慶時，盧作孚以民生機器廠拜託他。「教書本已生厭，改行適獲我心」〔註43〕，於是欣然接受，並於 1933 年 7 月 8 日〔註44〕正式出任重慶民生公司機器廠廠長。

> 民國廿二年七月由李廠長劼人負責辦理時代，使四川機械化，使職工事業化。……民生公司的民生機械廠廠長李劼人先生對我說，第一樁事情，將來要辦到全四川機械化，而且機械化的程度，要由各城鎮普及到各鄉間去，這個責任，就由民生廠擔負起來，幫助他們製造各種動力機械，供給全川需要。第二樁事情，現在民生廠打算要辦一個補習學校，讓一般技師和工人每天都有讀書的機會。也同總公司的職員一樣，使他們一方面工作，一方面學習。這樣，於公司方面，可以提高工作的效率，於職員本身，又可以提高辦事的能力，一舉兩善，使將來每一個職員的生計，都完全寄託在公司的身上。讓他們的力量和思想，都儘量地用到事業上來。這樣一來，就完全成功一個社會主義的事業了……〔註45〕

〔註42〕 王光祈：《少年中國運動》，轉引自李璜：《學鈍室回憶錄》，臺北：傳記文學出版社，1975 年，第 31 頁。

〔註43〕 李劼人：《李劼人全集·書信》（第 10 卷），成都：四川文藝出版社，2011 年，第 28 頁。

〔註44〕 在《李劼人年譜》中記載李劼人是 1933 年 6 月出任的民生機器廠廠長，在民生公司內部刊物《新世界》第二十八期上記載李劼人任職時間為 7 月 8 日。而《李劼人全集》第 10 卷中李劼人 1933 年 6 月 8 日由漢口寫給王介平的信中，也只是提及盧作孚以機器廠之事所託，李劼人表示願意接受，但彼時並沒有正式接任。故本文以《新世界》記載為準。

〔註45〕 黃澤光：《李劼人在民生公司史料》，載成都市文學藝術界聯合會，李劼人研究學會編：《李劼人研究 2007》，成都：巴蜀書社，2008 年，第 191 頁。

使四川機械化，使職工事業化——這是李劼人在民生公司擔任機器廠廠長時的實業理想和計劃。其實，這同樣也是其辦機器造紙廠的宏偉藍圖——改變四川缺乏機器造紙的現狀，購買造紙機器，自行培養學徒、技工來進行生產。不過，李劼人的實業理想在民生公司並沒有得以順利實施。1935 年 6 月 20 日，李劼人就請了長假。在民生公司短短兩年的時間裏，李劼人在民生公司機器廠最大的成果就是改造萬流輪船為民權號，使之成為長江航運上最長、最高的輪船。不過，因為投資過大，李劼人受到民生公司眾董事的責難，盧作孚與李劼人的辦廠理念也有分歧，於是李劼人只能辭職回到成都。

因各種機緣巧遇，李劼人的選擇最終定格在造紙業方面。早在 1924 年 11月 20 日寫給何魯之〔註46〕的信中就涉及對四川造紙行業的調查及思考，實業救國的理想開始進入具體實施階段：

> 　　如今託你一椿事，就是王懷仲目前還在法國否？在何處？我歸家不久，曾有一信寄彼……信中約他回川來辦造紙廠，此因四川紙業現在已到供不應求的地位上，造土紙的沒有大組合，一遇年荒世亂，有些造，有些就不願意造。在夾江一帶，造紙是農家副業，所以出產額並沒有一定，而且難於改良，即以新聞紙一項而論，合成渝兩地算來每日總在兩萬張上下，渝城用外貨較便，但由上海運來，加上運費、保險費、兵匪所抽的費，商人的利息等等，業已比上海貴多了，若運到成都更貴不可言，其餘如包裹紙、貢川紙等既不好又缺乏。我一回川，即有人問我熟人中有能造之的否？我便想了王懷仲，大家遂託我寫信給他，打算約他回川來辦這項事業。這事是合股制，由我一手組織，目前只要得老王回信，有踏實把握，三四千元的基本股可一呼而集，這筆錢我就打算拿來託老王辦機器，以及他的盤費，其後再集二萬元的活動股，拿來開辦，不夠還可再多募幾文。對於募股一事，有幾個人很有把握，將來經理一席由我擔任，而製造一事則一概委之老王……此事最正經最要緊，關於四

〔註46〕何魯之（1891～1968），四川華陽人，中國青年黨首領。早年加入少年中國學會，後與李劼人一同留學法國，曾任巴黎華法教育會秘書長兼總幹事，後發起組織中國青年黨。回國後任成都大學、四川大學等校教授。1947 年任國民政府委員。1949 年後赴香港，創辦自由出版社，並出任臺灣總統府國策顧問。1968 年在香港病逝。

川實業，關於我將來在社會上活動的初基……不過有一句話須說在先，所邀約的人才幹自然是要內行而又內行，人品也得注意，是要安心本行內做事，不見異思遷，不妄想做官，不妄想依附軍人的才行，不然黎純一、胡國猶也都是造紙學校畢業的，何以現今卻只借著留學生皮毛，仰軍人之鼻息而作惡於社會呢？〔註47〕

在這封信中，李劼人講到了他辦紙廠的現實需要和辦廠的具體計劃。

首先是現實需要——「四川紙業現在已到供不應求的地位上」。紙張作為文化媒介，隨著普及教育的興起而激發了供應需求。文明教育越發達，對於紙張的需求量越大。紙張作為文化傳播的物質媒介，其供應量的多少在一定程度上決定著文化傳播的規模和速度。而在地處西南一隅的四川，紙張尤其是新聞紙一直是供不應求的。李劼人從 1915 年擔任《四川群報》的主筆時對於紙張尤其是新聞紙的供應情況應該有所瞭解，1916 年 6 月 17 日到 7 月 27 日，《四川群報》因為缺紙就曾停刊了 40 天。等到他從法國回來，感歎將近十年了，四川的紙張供應仍然存在嚴重不足。本地紙張因為技術問題難於保證質量，而從外埠運來紙張，因為各種費用的增加而致使紙價偏高。要改變這種狀況，就必須辦紙廠，而要適應時代變化和滿足紙張需求，那就只能是機器造紙而不是手工造紙了。

1891 年李鴻章在上海創設綸章造紙廠，這應該是中國機器造紙的開始。後來重慶的富川造紙廠、上海的龍章造紙廠、山東的樂元造紙廠、廣東的廣東印刷局的紙廠等在各地紛紛創設，不過多是官營。到了民國時期，華盛紙廠、杭州武林廠、嘉興民豐紙廠三廠標誌著民營紙廠的興起。不過無論是官營還是民營，後來都因為諸種原因而走向衰落。

當時的四川，仍然是以手工造紙為主，機器造紙工業發展緩慢。四川第一家機器造紙廠有史可查的是 1905 年興辦的重慶富川造紙廠，以廢紙為原料生產火柴盒包裝紙。1906 年成都樂利造紙公司成立，因是吸收官股，專門為四川官府生產「八種公牘紙張及四川暗記官狀格式」，另外還仿製著色洋紙。只是由於缺乏製漿生產設備，只維持了一年就宣布停產了。同年還有彭縣造紙廠和忠州造紙廠創辦。彭縣造紙廠買了造紙機，產量很高，號稱一夜可產數萬張紙。忠州造紙廠是由曾留學日本東京化學專科的通江人吳鑄九「籌集股本，組

<hr />

〔註47〕李劼人：《李劼人全集·書信》（第 10 卷），成都：四川文藝出版社，2011 年，第 13 頁。

織一化學造紙廠，收取殘廢帳簿及各字紙，以藥水融化，令墨蹟沉下，紙料浮上，復造成紙，其質不減外洋」。〔註48〕1907 年夾江也出現了機器造紙企業，是專門從東洋購回機器和造紙用的藥水，改良技術生產紙張，紙張質量不錯。1910 年彭仿陶從日本學造紙回來籌集萬元購買機器，在銅梁造紙廠進行造紙改良，然而最後因技術不過關而失敗了。

　　民國前，四川只有過寥寥的 7 個機器造紙工廠，先後有的因技術而導致失敗，有的因經營不善導致停業，有的因欠缺原料而關門。從法國回來重新進入報界的李劼人，充分認識到了紙張的重要性，因勢利導，其實業救國理想很快就明確化了——創辦機器造紙廠，認為這事無論是對於四川實業還是對於他將來的社會活動都是最正經最要緊的。

　　1935 年李劼人專門撰文《說說嘉樂紙廠的來蹤》。李劼人在文中談到嘉樂紙廠的建廠初衷是因為 1924 年回國後，看到四川新聞界還因為洋紙稀缺昂貴仍然多採用夾江的土紙，於是向《川報》的主辦人宋師度提議：「四川有這麼多的造紙原料，而新聞紙的需要又如此其重要，何以自周孝懷先生開辦的進化紙廠失敗以後，再沒有人繼起來幹這種實業？我們雖然都是窮酸，何不張開口來喊一喊，或許喊得出幾位有力量的熱心人來，開上一個機器紙廠，也算積了一點陰功了！」〔註49〕

　　其次，李劼人在給何魯之的信中談到了他辦紙廠的一些初步規劃：

　　1. 合股制：集資募股。

　　2. 辦廠經費：三萬元左右。

　　3. 人事安排：自任經理，王懷仲任廠長。對於股東也有標準，要內行的、人品好的。

　　國內的李劼人是不是因為何魯之的關係聯繫上了王懷仲的，因為缺少文獻不得而知，不過，王懷仲很快就回國了，嘉樂紙廠的籌備工作也很快開展起來了。

（二）籌備：1925～1926 年間的嘉樂紙廠

　　李劼人是四川樂山嘉樂紙廠的發起人和創辦人之一。而啟發他轉向造紙業的有一個關鍵人物，那就是樊孔周。

〔註48〕《四川官報》戊申（1908 年）13 冊，五月下旬。

〔註49〕李劼人：《李劼人全集・散文》（第 7 卷），成都：四川文藝出版社，2011 年，第 306～307 頁。

　　樊孔周是近代四川商業界一大能人，其一生主要的功績首先是開辦新式書店二酉山房。在《元和郡縣志》書裏有記載在秦始皇焚書坑儒的時候，一些儒生為了避禍而逃到了二酉山隱居，帶去了一些禁書藏匿而秘密流傳。樊孔周將書店命名為二酉山房，就是公然標榜搜羅、銷售禁書，這在當時是需要相當的勇氣的。而二酉山房書店裏有《明夷待訪錄》《揚州十日記》《嘉定屠城記》這些禁書，也有康有為、梁啟超、章太炎等人的著作，《新民叢報》《民報》這些宣傳新思想的報刊也在書店裏銷售。接著，樊孔周在 1911 年又集資創辦了昌福公司。昌福公司規模相當大，不但有鉛印、石印，還能自製字釘、銅模、銅版，並且有套印彩色的設備，是四川第一家集編輯、印刷、出版於一體的新式出版機構。

　　在這基礎之上，樊孔周一方面投資實業，一方面興辦報紙。1912 年與李澄波等接管《四川商會公報》，1914 年 7 月 15 日創辦半月版文藝副刊《娛閒錄》，李劼人以「老懶」為筆名在上邊發表小說而為大家所熟知，後來直接被樊孔周聘為《四川群報》的主筆。樊孔周在文化事業上大刀闊斧的時候，深深認識到紙張的重要性。昌福公司的出版業務就受到紙張的限制而無法擴展。因為四川雖然是造紙產地，但機器造紙卻發展緩慢，許多紙類四川是不能生產的。印刷的紙要從上海運來，而從上海販書到四川遠遠比販紙要便宜多了。同樣一部書，本省印出來的成本要比外邊販運來的要高得多。樊孔周當時就認識到這個問題，曾計劃在四川創辦機器造紙廠，選定了在嘉定、廣安兩地作為廠址，先從嘉定（樂山舊名）著手。可惜樊孔周的抱負還未有實施，就被人暗殺身亡了。

　　李劼人與樊孔周因為辦報撰稿等事宜素有往來，李劼人在其「大河」三部曲中多次提到樊孔周在商會方面的活動，包括成都保路同志會成立，樊孔周在商務方面的支持：

成都保路同志會成立，樊孔周作為商會人員參加。

　　　　王文炳只向他們點了點頭，仍對那寫字的年輕人說道：「羅先生說，今天晚上一定要印完。算一算，好幾萬份，探源公司一家恐怕來不及？」

　　　　那年輕人也站了起來道：「當然來不及。還是老辦法，探源公司和昌福公司各家印一半。」

「但是探源公司是義務。」

那年輕人道：「昌福公司更應該盡點義務了。我先去找樊孔周辦交涉。」〔註50〕

保路同志會印宣傳罷市傳單，樊孔周的昌福公司負責承印了一半。

四川商會前任總理，現在當著一個大規模的印刷公司——昌福公司經理的樊孔周到底年輕一些，便從旁接口道：「我記得，似乎是鄧慕魯先生提出的，把常年捐輸拿來扣抵股息，不再繳庫。」〔註51〕

這段描寫在成都保路運動時舉行罷市活動的第十二天，樊孔周作為年輕的商界代表來與大家商議罷捐罷稅。

五福堂這天，也熱鬧非凡。除了周紫庭、邵明叔、徐子休、曾篤齋、廖治、樊孔周，以及許多有聲望的紳士之外，甚至年將八十，久不拋頭露臉的伍崧生老翰林，也穿著馬褂，拄著拐杖，被請到了。〔註52〕

直到第三部《大波》，樊孔周都還在出場。雖然只是記保路運動，但是對於樊孔周的瞭解肯定不只是這麼一點點。以上場景中出現的人物，都是那個時代的真實人物，與其說是小說的敘述，不如說是紀實性的歷史記載，如果不是親身經歷，不會有如此真實的描寫。顯然，李劼人對樊孔周想辦造紙廠的志向，也是耳有所聞，甚至有深刻的瞭解的。後來，李劼人果真繼承了樊孔周的未竟之志，將他的願望變成了活生生的現實。

1925 年 8 月 23 日，李劼人、宋師度、王懷仲、鄭壁成、李澄波、楊從雲、程宇春、陳子立、陳翥鯤、盧作孚等十人在成都市磨子街 110 號集會，發起成立造紙廠。比照檔案，李劼人在時隔十年後的回憶應該有些誤差，李劼人提到當時的參會者有他本人、宋師度、王懷仲、盧作孚、李澄波、鄭壁成、楊雲從、劉星垣、孫倬章，而程宇春、陳子立、朱良輔和鍾繼豪是後來加入的。不過，在樂山市檔案館現存檔案中，存有當年發起人會議的記錄檔案：

〔註50〕 李劼人：《大波》（重寫本）（上），《李劼人全集》（第 4 卷），成都：四川文藝出版社，2011 年，第 295 頁。

〔註51〕 李劼人：《大波》（重寫本）（上），《李劼人全集》（第 4 卷），成都：四川文藝出版社，2011 年，第 353 頁。

〔註52〕 李劼人：《大波》（重寫本）（上），《李劼人全集》（第 4 卷），成都：四川文藝出版社，2011 年，第 1041 頁。

中華民國十四年八月廿三日即乙丑歲七月初五日（星期日）

　　萬基造紙公司發起人集會於磨子街110號李劼人家，為籌備期間第一次正式集會，出席者有李劼人、鄭璧臣（成）〔註53〕、程宇春、陳子立、宋師度、陳喬鯤、楊雲從、李澄波、王懷仲、盧作孚共十人。

　　首由李劼人說明創意辦此公司之由來，並介工程師王懷仲與眾；次即由王工程師述其在外國、外省調查紙業之經驗並川省之需要。眾人討論歷一時許，都認創辦此業為必要。議決在籌備期間不妨再招發起人。

（一）又議決著手之前。須由王工程師親自赴綿竹、灌縣、夾江等處實地調查材料、產額、原料價值及場地等；

（二）於調查期間即函天津機器工廠詢造紙機情形；

（三）凡發起人若前次已納二十元為工程師歸川盤費者續補三十元，共湊五十元；若新加入之發起人則一次納五十元，為王工程師調查旅費及籌備處之辦公費；

（四）俟工程師事竣歸來，即一面作計劃書招股一百，去函定製機器，預擬須繳定錢五百元，當於去函時匯去；

（五）繼議定本公司定名「萬基造紙公司」；

（六）公推李劼人為籌備主任，在籌備期間每次集會由主任周知發起人，出席在五人以上始開議；

（七）籌備期間暫假磨子街110號楊家花廳為會所；

（八）議決後即由各人親筆書認股數目，除王懷仲認股五百元外皆認一千元，自出與代募任便。當時得認股數共九千五百元。發起人朱良輔係最後由宋師度將認股單攜去，由本人親書認股一千元，連前各發起人所認達一萬零五百元。

　　各發起人親筆所寫之認股單黏附

〔註53〕鄭璧成就是鄭璧臣，在嘉樂股東名冊登記中都登記為鄭璧臣。鄭璧成（1889～1958），四川雙流人。早年辦華陽書報流通處，辛亥年參加同志軍，後與盧作孚共事辦報、辦教育、辦實業，任民生公司經理、中國西部科學院董事。晚年於盧作孚自殺後一度被捕，於北京入空門。參見李劼人：《李劼人全集·書信》（第10卷），成都：四川文藝出版社，2011年，第34頁的腳注。

圖 1　萬基造紙公司發起人第一次籌備會議

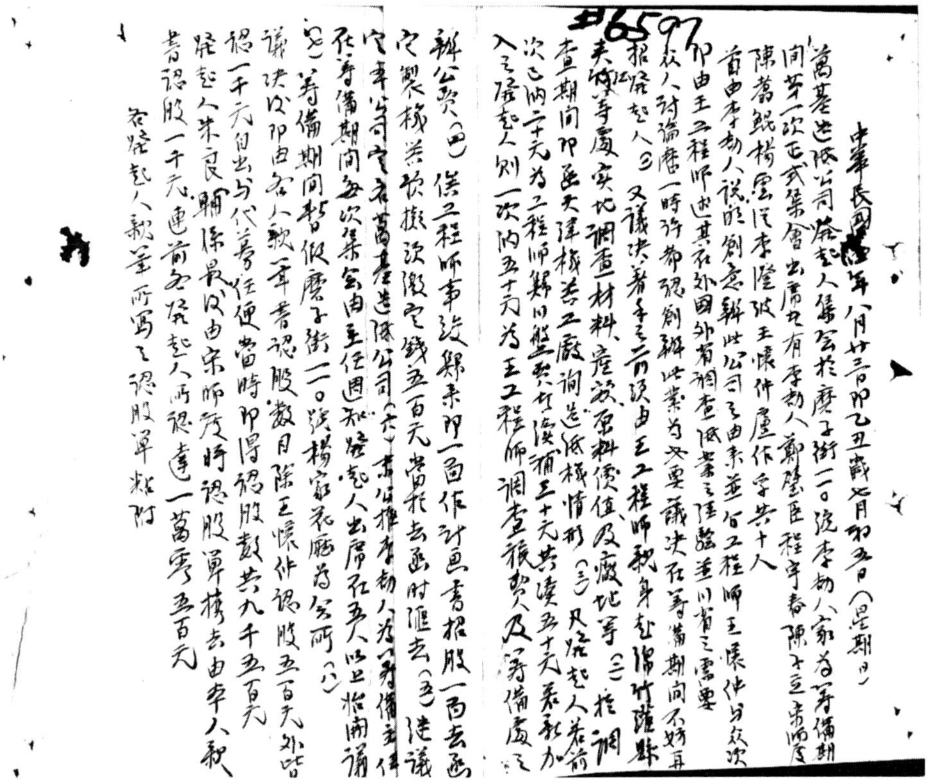

十四年八月二十三日，發起人第一次集會於李劼人家。

李劼人認股一千元，自出五百元，代募五百元；鄭璧成認股一千元，自出五百元，代募五百元，總府街錦華館六十五號；程宇春認股一千元，自出、代募（各）五百元，東勝街 12 號；陳子立承認自出、代募共一千元，布後街八號；宋師度自認、代募共一千元，同上；陳鯗鯤認募一千元，提督街精益醋莊；楊雲從自認股一千元，西御河沿七十一號；李澄波認一股一千元，總府街國民公報發行處；王懷仲認半股五百元；盧作孚自認、私募共一千元；朱良輔自認、代募一千元。

圖2　發起人自認、招募股銀數目及發起人聯繫地址

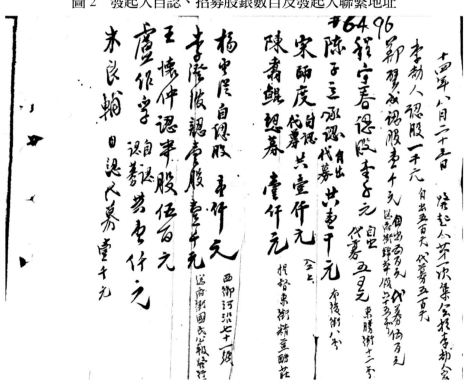

中華民國十四年十一月八日即乙丑年九月二十二日（星期日）

萬基造紙公司眾發起人在李劼人家開第二次會議。

是日到會者為李劼人、王懷仲、宋師度、朱良輔、鄭璧臣（成）、陳子立、程宇春、楊雲從、陳燾鯤，新增發起人二：劉星垣、鍾繼豪。

李澄波因事不能至，函託鄭璧臣（成）代表，盧作孚出省因，彼與孫少荊只合認五百元。是日孫少荊亦因事不能至，有函來告缺席。盧作孚函言已邀俞鳳崗加入，但通知寄出，是日竟不來且無一字通告。（盧二信孫一信黏附）。

是日議事略計如下：

（一）工程師王懷仲報告調查之經過（有報告草稿黏附）；

（二）決定廠址設在嘉定。對此議案稍有爭執，有主設成都者，落目點在股東之與會，後因闡明設成都不經濟，始決議設嘉定。但陳燾鯤意欲不愜，宣言尚待考慮，中途退席。

（三）通過草章；

（四）決議派工程師附（赴）天津購機器，眾議旅費九十元，

三個月在津督造機器費用一百一十元，機成之後並督運回川；

（五）決議趕製計劃書、草章、正式收據等件；

　　　會議至此天色已入暮，劉星垣因頭疾先退，託朱良輔代表。是日一則為工程師慰勞，一則餞行，設有酒食，遂入座且食且議第六款；

（六）因工程旅費及定購（訂購）機器時即應繳納二千五百元之款，遂議決由發起人各於七日內先交一小股，前已交過五十元者只再補五十元，嗣餘三個禮拜內交二百元以便匯京。宴畢即散。

新加入發起人之地址：

劉星垣，鼓樓北二街六十五號；

鍾繼豪，成都郵務總局內。

圖3　發起人第二次會議

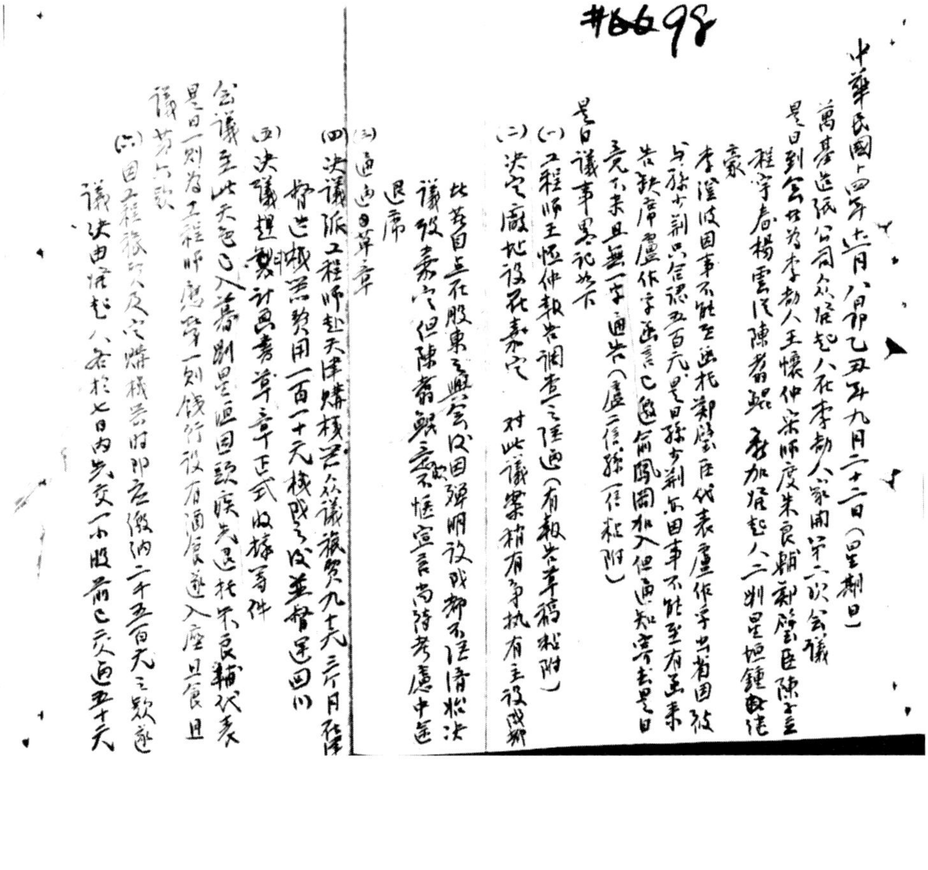

圖4　新加入發起人地址

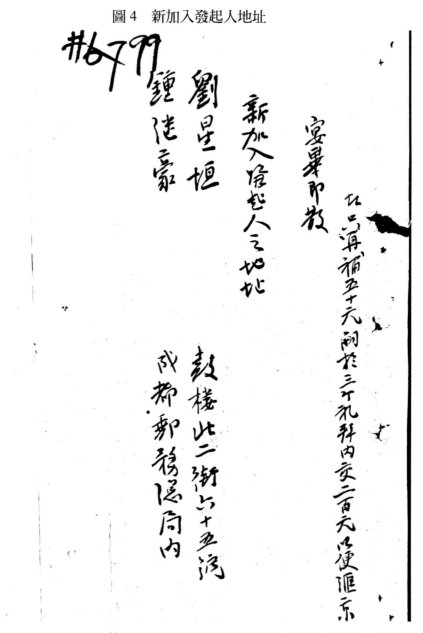

這兩份檔案詳細地記錄了發起人的兩次會議情形：時間、地點、人物以及具體商討事項。發起人中宋師度、程宇春、李澄波、盧作孚、陳子立等五人都是新聞、出版界人士；《川報》社長宋師度曾經因為辦報得罪楊森，和主編李劼人一起被抓進監獄；李澄波〔註54〕是《國民公報》的前身《大漢國民報》的

〔註54〕李澄波（1872～1961），名天根，號文湘，原籍雙流縣，後遷新津縣中興鄉。

發起人之一，後來擔任過《國民公報》的社長，李劼人在《國民公報》上連載小說《做人難》《續做人難》和《強盜真詮》時他正執掌《國民公報》；程宇春後來代理過社會民主黨辦的機關報《民力日報》的社長；盧作孚是李劼人去法國勤工儉學後接替他任《川報》主編的，後來也加入了少年中國學會。1925 年盧作孚帶著同學鄭壁成在成都辦通俗教育館，宋師度和李劼人被抓進監獄時，是盧作孚多方營救才保釋出來的；陳子立曾經是昌福公司的總理，1921～1924年擔任成都商會會長。第一次會議沒有到會但是認股的朱良輔是當時成都有名的財東，被人稱為「朱財神」。

十個發起人之中，王懷仲〔註 55〕是唯一的專業人士，李劼人把他介紹給了眾位發起人。1919 年王懷仲與李劼人同船去法國，估計二人最早的相識就是在船上。1920 年冬，李劼人離開巴黎前往拉密爾公立中學與王懷仲一起補習法文，1921 年 6 月，李劼人與王懷仲同往法國的格勒諾布爾，王懷仲到格勒諾布爾專門造紙學校學習造紙，李劼人在那兒養病。後來李劼人應周太玄夫婦的邀請於 10 月去蒙北烈學習法國文學。李劼人 1924 年回國時，王懷仲造紙學校畢業後在法國的紙廠做工。也就是這樣的相識相交，李劼人對於王懷仲的人品是非常認可和肯定的。

有了上述背景，待到 1925 年 9 月 4 日李劼人填寫「少年中國學會改組委員會調查表」時，就確定了具體的奮鬥方向。在「事業欄」中，他鄭重地填寫道：「現在初入社會，尚無事業之可言。近正在成都方面集資組織造紙公司，擬作中國西南部文化運動之踏實基礎」〔註 56〕。

距第一次發起人會議兩個多月後召開了第二次發起人會議。彼時，盧作孚

清末，趙爾豐試全省生員，澄波應試，五題均考第一，答卷公布於報端，引起轟動，省城各校爭相禮聘，一時身價十倍。宣統三年（1911）與汪象蕖等 6 人集資 700 元創辦《大漢國民報》，又與楊叔堯等創辦《獨醒報》。民國 2 年（1913）在成都商業專門學校教國文並兼文牘主任，次年兼任志誠法政學校國文及倫理學教員。1941 年義務承擔《新津縣志》的分纂和校勘。一生不置產，舌耕所得用以刻書和買書，收藏了全川各縣縣志（只缺 8 縣未收）。精於小學，潛心於鐘鼎文的研究，刻有自作《念劬堂叢書》、《觀鑒盧叢書》等。中華人民共和國成立後將其藏書、刻書全部捐獻給國家。1953 年受聘為四川文史研究館研究員，撰成《牧馬山志》8 卷（未刊）。

〔註 55〕王懷仲（1896～1939），四川眉山人。1918 年留學法國專攻造紙。1925 年任嘉樂機器造紙廠廠長兼工程師。1939 年 5 月 3 日在重慶被日機炸死。

〔註 56〕張允候等編：《五四時期的社團》（第 1 卷），北京：生活·讀書·新知三聯書店，1979 年，第 519 頁。

不在川內而不能到會，但一方面邀約孫少荊一起認股，一方面為萬基造紙公司約股，邀請成都的房地產大鱷俞鳳崗加入，不過俞鳳崗無故缺席了。可惜盧作孚和孫少荊的信函缺失，無從得知更多。這次會議新增加了兩個發起人，一個是劉星垣，一個是鍾繼豪。在第二次發起人會議上，因為廠址發起人之間有了爭議，陳堯鯤因不同意選址在樂山而中途退卻。

而在這兩個多月的時間裏，王懷仲做了大量的工作。之所以要選址在樂山，不只是樂山豐富的稻草資源、便利的水電資源，最主要的是遇上了一位願意投資的商界奇人——陳宛溪。

陳宛溪（1855～1926 年），四川省三臺縣萬安鄉人，是清末秀才。1903 年春在三臺縣開辦裨農絲廠，推行新法繅絲。經過幾年的艱苦努力，裨農絲廠的產品質量大為提高。尤其是它生產的 35 細絲，首先在 1913 年被美國廠商檢用合格，委託英國怡和洋行在上海代為採購。從此，四川裨農絲廠的廠名便隨著 35 細絲漂洋過海，在美國市場上享有愈來愈高的聲譽。到 1915 年，裨農絲廠生產的金雙鹿牌 35 揚返細絲在巴拿馬獲獎，為中國爭得了榮譽，也為川絲增添了光彩，初步實現了陳宛溪「由桑而蠶以絲，風氣先開蜀北，自家而鄉而國，名聲漸及歐西」的夙願。四川軍政府為示嘉獎，任命陳宛溪為四川省實業局長。1919 年，裨農絲廠的金雙鹿牌 35 揚返細絲又在萊比錫萬國博覽會中獲得金獎，裨農絲廠從此銷路更旺，達到了鼎盛時期。

為謀發展，陳宛溪在 1913 年派長子光玉前往上海集資，在上海結識四川犍為人、川漢鐵路「會辦」汪曼卿。汪曼卿派其兄代表自己與陳光玉在樂山城邊演武街，合辦「嘉祥絲廠」。陳宛溪親製聯語於廠門：「抱病數十年，著醫書一篇，以活民眾；壓錢四百串，為實業起點，而富四川。」1914 年一戰爆發，世界經濟衰退，日本絲佔據市場，中國絲嚴重受挫。投資方汪曼卿強要退股，官司打到省上，由周善培出面調解。陳宛溪在 1917 年接管嘉祥，更名華新絲廠，資本約 10 萬兩白銀。從此該廠越辦越活，生意越做越好；到 1927 年，機器增至 360 部，工人逾千。陳宛溪撰聯以記：「自桑以蠶以絲，風氣先開蜀北；由里而縣而省，工商普利全川。」整個 20 世紀 20 年代是華新廠黃金時期，取絲一擔，需繭款 400～500 元、加工費 80 元，到上海運費 700 元，總成本約1280 元，售價則 1400 多元，幾年間就獲利六七十萬元，加上流動資金及固定資產，陳宛溪也因此被稱為「陳百萬」。〔註57〕

〔註57〕陳宛溪與華新絲廠資料參考馮德良口述的《樂山華新絲廠的興衰》，參見四川

　　王懷仲到綿竹、夾江、灌縣（今都江堰）一帶去調查原料出產及製造場地，在樂山認識了陳宛溪。陳宛溪與王懷仲相談甚歡，對於創辦紙業很有興趣，寫信邀約李劼人見面。

　　1926 年 3 月，李劼人專程從成都出發，坐船到樂山約見陳宛溪老先生，二人一拍即合，陳宛溪改廠名「萬基造紙公司」為「嘉樂紙廠」——地處樂山，取《詩經》「嘉樂君子」之意，並且自任籌備主任，以華新絲廠為辦事地點，約集股款五萬元。每一萬元為一組，各推一代表負責籌集：陳宛溪、張富安、李劼人、王懷仲各代表一組，另外一組由李劼人和王懷仲共同代表籌集。

　　至此，嘉樂紙廠正式開始創辦了。

（三）三開兩停：1927～1936 年間的嘉樂紙廠

　　1927 年正是北伐戰爭時期，王懷仲購買的機器歷盡千辛萬苦運回了樂山，然而嘉樂紙廠的廠址還沒有選定。在陳宛溪的游說下，樂山的蜀新城廠以全部機器、房屋、地皮十一畝作為股本一萬元加入嘉樂紙廠，嘉樂紙廠的股本也就變為了陸萬元。此時王懷仲把自己法國造紙學校的同學梁彬文〔註 58〕也邀請到了嘉樂紙廠，陳宛溪之子陳光玉任經理，王懷仲任廠長，梁彬文任工程師。嘉樂紙廠已經初具規模。於是在 1927 年 4 月，嘉樂紙廠投入生產。打擊馬上就來了——因為應需物料毛氈、鋼絲布所購數量甚少，需買又不能趕上生產需要，機器時開時停，每日產量只有十令，且質量與洋紙相比相差甚遠。1927 年全廠試機產紙只有 88 張。

　　1928 年秋，陳光玉經理辭職，公推張富安為經理，李劼人為協理，陳宛溪為首任董事長。全年因為缺少鋼絲布，產量很低，入不敷出。李劼人作為紙廠發起人，除在大學教書外，幾乎把全部精力和收入都用在維持紙廠的生產，然而仍然困難重重，他感歎「這一年直把小可壓得骨斷筋拆」。〔註 59〕

　　　　省政協文史資料委員會編：《四川文史資料集粹·經濟工商編》（第 3 卷），成
　　　　都：四川人民出版社，1996 年，第 197～202 頁。
〔註 58〕梁彬文（1898～1948），四川長寧縣人。早年赴法勤工儉學·入格雷偌爾專科
　　　　學校學造紙。畢業前與法國姑娘薛馬德（後改中文名梁明德）結婚。1924 年
　　　　歸國，為中國造紙協會早期會員。歷任上海江南造紙廠、昆明利昌紙廠工程
　　　　師，嘉樂紙廠總工程師、總經理。1948 年 3 月病故。
〔註 59〕李劼人：《李劼人全集·散文》（第 7 卷），成都：四川文藝出版社，2011 年，
　　　　第 311 頁。

1929 年，李劼人被成都大學校長張瀾派去延請名師而遠走北京、上海，陳宛溪老先生去世，梁彬文工程師辭職，工廠工作、公司開支都無法繼續，嘉樂紙廠只好宣布停業。

1930 年春，樂山、成都、眉山各地股東齊聚樂山嘉樂紙廠，共同商討對策來繼續紙業。商議結果有：

1. 按股本 5 萬元的 20%貸款一萬元；

2. 推嘉裕城廠經理、樂山縣商會會長施步階為經理，全權處理廠務，任期五年。在此期間，股東暫不開會，經理暫不報帳；

3. 王懷仲擔任工廠全責，無論成功與否，不能離職；

4. 李劼人任協理，所負欠款以及陳光玉屢次墊款暫緩歸還，並停付利息。

1930 年夏季，已停業的嘉樂紙廠又復工了。李劼人為了嘉樂紙廠的復工，把自己的精力和金錢都投入進去了。

但是嘉樂紙廠因為機器是天津一個小鐵工廠承制的，既粗糙又太過於簡單，作為實驗、試用還可以，要大批量生產，則完全不行；兩部鍋爐都是極陳舊的臥式圓筒鍋爐，極其費炭。1931 年 4 月，嘉樂紙廠第二次停業，此時不但股本虧盡，還倒欠了一萬元的外債。廠長王懷仲都只能跑到綿竹去從事手工造紙。李劼人此時也只能在成都慘淡經營著自己的「小雅」來維持生計。

1931 年九一八事變，全國群情激奮，成都報界也表示愛國，堅決不用洋紙，於是找到李劼人要求嘉樂紙廠復工。嘉樂紙廠最先的發起人很多都是新聞界人士，另外還有一些在社會上相當有力量的人，經過他們的努力，在提倡國貨的前提下，成都報界表示報紙全部採用嘉樂紙，不過嘉樂紙的售價必須要優惠——當時報紙採用的是日本紙，日本紙每令八元；嘉樂紙以每令四元五角的價格搶佔了市場。

有了這樣一個先決條件，嘉樂紙廠第三次開業了。

1932 年是嘉樂紙廠開辦 7 年以來最穩定的一年。一方面有了新聞界的支持，紙張銷路不成問題；另一方面前工程師梁彬文當時正在上海江南造紙廠任工程師，他隨時將該廠的設備情形、工作的程序告訴王懷仲，王懷仲在造紙機的構造上及製造工序上都做了很大的改良，產量有了很大的提高，每天能夠生產 35～40 令紙，成本降低了，紙張的質量也有了改善。

1933 年，紅軍與中央軍在四川激戰，交通工具都忙於軍運，洋貨稀少，紙價上揚。嘉樂紙廠仍然以價廉取勝。不過在這一年，李劼人去了重慶盧作孚

的民生機器廠。在李劼人在民生機器廠準備大展宏圖的兩年裏，嘉樂紙廠在施步階〔註60〕經理和王懷仲廠長的主持下，情況日漸好轉。

　　1935 年 6 月 29 日李劼人在成都專心致志進行文學創作的時候，嘉樂紙廠因為軍閥混戰結束，政局穩定，政府開始重視經濟生產，尤其強調本土企業的發展改進。嘉樂紙廠所存的這份省政府文件，就很好地體現了當時政府對於嘉樂紙廠發展的重視程度：

　　省政府令改良嘉樂紙

　　　　省政府編審委員會，日前兩請建設廳，派員赴嘉定，指導嘉樂紙廠，改良紙張，以應蓉市各報館需要。茲悉省府已令建設廳技士黃代鎔，前往督促改良，限期考查進展，並出牌告曉諭該廠等遵照。茲將原令錄後：

　　　　「建設廳案呈，查改良土產，為挽救四川經濟危機之要圖，本主席於上年春間，曾以四川善後督辦名義，召開全省生產建設會議，並組織土產改進委員會，專司其事。對於改良紙業一項，特別召集紙商及各報館開會討論，並勒令各報館，一律改用本省紙張，以示提倡而資鼓勵在案。殊自明令採用以來，該嘉樂紙廠等，襲故蹈常，毫無改進。出品既劣，價值尤高。不特大悖政府改良初衷，轉成純為少數廠家維持特殊之利益。比來由渝運省外紙，因沿途無重徵留難之煩，價格減低，成都各報館為減低成本，增加銷場起見，均有改用外國紙張之趨勢。長此以往，其何以塞漏卮而維土產？本主席既經明令提倡，茲當貫徹主張，期收實效。茲特派該員前往嘉樂等廠，督促指導，務使積極改良，俾可代替舶來品。尤當使其製造程序，日趨於合理化，適合於購買者之經濟力。並應限定期間考查進度，除牌告嘉樂等廠知照外，合行令仰該員遵照剋日前往，仍將到達日期，暨督促辦理情形報查，此令。」〔註61〕

〔註60〕清光緒三十二年（1906）成立商務局；三十四年（1908）冬改稱商會，1910、1914 兩屆總理施澤（步階）。民國五年（1916）遵部令改總理制為會長制，施步階歷任第一屆、第五屆（1924）、第六屆（1926）會長。民國十七年（1928）冬改為委員制，設主席 1 人，常務委員 5 人，施步階任第一、第二屆主席。1931 年施步階申請組織縣商會，王懷仲在 1936 年任主席。參見張碧秀編：《樂山史志資料 1991 年～1992 年》第 28 期第 340 頁。

〔註61〕《產業》，載《四川月報》1935 年第 2 期），第 150～151 頁。

　　嘉樂紙廠作為戰前四川僅存的一家機器造紙廠，由政府發令勒令改良。措辭雖然嚴厲，但是支持民族工業、扶持本土企業的態度和立場是明確的，而所派的技工在技術上也為嘉樂紙做出了貢獻：

嘉樂新聞紙漂白成功

　　　　樂山嘉樂紙廠所造之新聞紙，年來產量大增，足供各報之需要，實為國家挽回利權不少。惟該廠所出之紙，較諸舶來品比較粗糙，而顏色則分淡綠色與淡黃色兩種，頗欠美觀，屢經設法改良，質上以（已）有相當進步，但終無法將其漂白，故兩月前外國紙來川傾銷，省報紛紛採用，該廠銷路，幾乎中斷，幸經各縣熱心維持土產，新聞界大受責難，始勉強依然採用該廠之紙，該廠因此刺激，乃不得不亟謀改良，而復由建廳派技師黃代鎔，前往考查指導，嗣經發現該廠歷來所得漂之紙，俱用井水，井水含有鹽質，與城質相遇，在化學上起中和作用，故終不能漂成純白色。該廠乃恍然大悟，改用河水漂之，乃成功白色之新聞紙。現已有大批運到成都，省中各報，亦紛紛採用，不過較舶來品，仍覺稍有遜色，此不能不望該廠百尺竿頭，更進一步也。〔註62〕

　　1935～1936 年是嘉樂紙廠扭虧為盈時期，也是李劼人創作的高峰期。在全身投入於創作的同時，他仍然利用自己廣泛的人際關係，在成都為嘉樂紙廠的發展盡心盡力。1935 年底盧作孚出任四川省建設廳廳長，積極籌劃利用四川豐富的造紙資源建設大規模紙廠。嘉樂紙廠聞風而動，計劃加入並積極擴充，王懷仲廠長在 1936 年正月專門出川考察，遍歷京滬、華北各廠參觀，到 7 月才返川。而嘉樂紙廠曾經的工程師梁彬文也在年底離開江南紙廠，並應盧作孚先生之約返川任建設廳技正，專為籌劃其大規模紙廠。此時嘉樂紙每令八元至九元，相較於紙每令十二元至十六元的外國紙有明顯的價格優勢，相較於其他紙廠，作為西南唯一幸存的機器造紙廠又有技術優勢，至此不但可以維持且可以公償墊款及外欠。可惜建設廳之大紙廠計劃並未成功。

（四）黃金時代：1937～1945 年間的嘉樂紙廠

　　1937 年春施步階經理因病去世，嘉樂紙廠召開股東大會，公舉陳子光為經理，王懷仲為廠長，李劼人為董事長。正在李劼人準備率領同人積極發展嘉

〔註62〕《嘉樂新聞紙漂白成功》，載《四川經濟》1936 年第 2～3 期，第 112 頁。

樂紙廠時，七七盧溝橋事變發生了。何北衡接替盧作孚擔任四川省建設廳廳長，盧作孚擬定的在四川建設官辦大紙廠的計劃也已擱淺，政府大力扶持民族工業。嘉樂紙廠在政府政策支持下，打算與貴陽的華家紙廠合作，但沒有談成，擴充計劃失敗。1937 年，嘉樂紙廠向四川省政府申請立案定為「四川嘉樂紙業股份有限公司」，為此，專門做了歷年財務清算，如下表所示：

嘉樂紙廠歷年股本及盈虧統計表

年　　份	本年收入股本	股本共計	虧　耗	盈　餘	備　考
14	39247.971	39247.971			
15					
16	13723.156	52971.123	12523.659		
17	2258.873	55230	2617.612		
18			5333.197		
19	5550	60780	740.284		
20			1949.230		
21	4000	64780	1308.536		
22			2048.840		
23				2875.980	
24	50	64830		8797.150	
25	減 100	64730		2734.919	
26（六月止）	減 1300	63430		1796.272	
總　　計	63430	63430	26521.386	16196.321	

　　如上表所示，嘉樂紙廠從 1934 年開始盈利，只是前些年虧欠太多，盈利還不足以抵償虧空。截至 1937 年六月底，虧耗還有一萬多需要填補。為求發展，嘉樂紙業股份有限公司〔註63〕召開第三屆股東大會，向眾股東招募新股，孫震投資了兩千元。

　　1938 年後，沿海及中南地區大部分被日軍佔領，紙張來源斷絕，紙張供

〔註63〕在嘉樂製紙廠股份有限公司的章程裏（參見卷宗 5-1-922），清楚地寫著：本公司依照公司法股份有限公司之規定及現行有關法令組織之定名為「嘉樂製紙廠股份有限公司」，簡稱「嘉樂製紙公司」，因與國外發生商業行為關係，英譯名稱為 KIA LO PAPER MILL CO.LTD。從 1938 年省政府立案後，嘉樂紙廠的正式名稱變更為「嘉樂製紙廠股份有限公司」。樂山的嘉樂紙廠成為嘉樂製紙廠股份有限公司的總公司，在成都設立了辦事處。1944 年樂山的嘉樂紙廠成為嘉樂製紙廠股份有限公司的分公司，總公司移到四川省的文化中心成都。

應只能靠內地。再加之國民政府南遷陪都重慶，大批文化機構、高校及工礦企業也隨之遷到西南地區，紙張需求大大增加。這刺激了西南造紙業的發展，也給嘉樂紙廠的擴張發展帶來良機。年底，國民政府經濟部工礦調整處業務組組長林繼庸各處參觀工廠，在樂山與王懷仲商談，提議嘉樂紙廠擴充工廠，政府可以援助借款十萬元。董事長李劼人親赴重慶，在經濟部借得四萬元貸款並馬上去永利鐵工廠定製一臺造紙機，在順昌鐵工廠定製日本式單烘缸雙圓網造紙機一部，連同打漿機、動力機等共用去國幣七萬餘元。並將 1927 年～1938 年全部紅息轉為股本，同時招募新股。

　　1939 年 4 月 1 日召開股東大會，嘉樂紙廠建廠 12 年來第一次分紅。12 年的艱難維持，12 年的執著努力，終於讓嘉樂紙廠發展壯大起來了。而在此次股東大會上，公司第一次有了分紅。為求發展，眾股東又商議把所有的分紅連同以前的副本一起轉為資本，嘉樂紙廠至此擁有資本十四萬元。同年又招收新股，樂山嘉裕公司以全部股東名義投資嘉樂紙廠，資本在 1939 年底增加到二十七萬元，股東數量也猛增。鄧錫侯、田頌堯、董長安這些國民黨將領也紛紛投資入股。正在嘉樂紙廠蒸蒸日上，大展宏圖之時，又遇到了一個重大損失——紙廠發起人和兢兢業業擔任廠長的王懷仲在 5 月 4 日重慶監工趕造新機器時遇上日機轟炸而罹難了。失去了這樣一個公司重要角色，李劼人肩上的擔子就更重了。他全身心地投入嘉樂製紙廠股份有限公司的管理中去。作為董事長的李劼人，深深懂得工廠要生產，不能缺少懂行的廠長。年底，他還抱病親自去昆明請梁彬文回嘉樂製紙廠股份有限公司任職。不過梁彬文因在利昌公司昆明分公司擔任經理一職無法分身，只在嘉樂紙廠呆了個把月就重返昆明，推薦同學桂迺黃〔註64〕代事其職，桂迺黃在 10 月就任。

　　1940 年李劼人被公推連任董事長，陳子光、謝勖哉〔註65〕為常務董事。

〔註64〕桂迺黃（1903～1977），湖北蘄春人，與梁彬文是法國布里夫工業學校同學。桂迺黃在嘉樂紙廠任職期間，同時執教於國立中央技藝專科學校，1941 年 10 月脫離嘉樂紙廠。

〔註65〕謝勉（1886～1961），字勖哉，貴州人，1921 年任步兵十五旅旅長，少將軍銜，同時任嘉定城防司令部司令官。1923 年遷居樂山洙泗塘（之前名為豬屎塘，謝勖哉將其改名為洙泗塘），其所建住宅被稱作謝公館，後來成為嘉樂紙廠董事會經常召開地。1924 年任第七混成旅旅長。1927 年退役。擔任樂山嘉裕城廠董事長、強華鐵廠董事、亞西機器製造廠董事長。獨資經營五通橋福壽源鹽廠，兼任平民工讀社社長、嘉樂紙廠董事等職。詳情參見樂山市市中區地方志辦公室編：《樂山史志資料》（1991 年～1992 年合刊）總第 21～28 期上刊載的謝揚青：《謝勖哉傳略》。

繼續增股擴張，樹德中學、敬業中學、李偉如、魏時珍、楊新泉、余少庚等投資入股，資本增至 60 萬元。

　　1941 年 4 月 1 日，嘉樂製紙廠股份有限公司決定通過募股增加股本到 150 萬元。重慶的四川造紙廠因為日機轟炸不能工作而決定與嘉樂製紙廠股份有限公司合併。7 月重慶四川造紙廠的陳曉嵐與嘉樂紙廠的李劫人在重慶鹽店灣四川廠內簽訂合併協議。嘉樂公司格局、人事也作了重新調整：李劫人任董事長，梁彬文任總經理（直到 1943 年 8 月才赴任）。下設總務、業務、會計三部。陳曙光為業務部經理，許茲農為會計部經理，陳曉嵐〔註66〕為廠長兼總工程師。總公司仍在樂山，成都仍然設辦事處，牟雲章為主任，在重慶設分公司，由四川廠原經理胡為藎為經理，嘉樂紙廠重慶辦事處段純浦為副經理。嘉樂紙廠紙張年產量 2 萬令，紙價每令 100 元，比別的紙便宜 50 元，銷售很好。紙張大量銷往重慶，主要是供應《新民報》《大公報》《新蜀報》《時事報》和《新報》等幾家報紙，李劫人奔走在成都、重慶和樂山三地。

　　1942 年，嘉樂紙廠因為內因外患而減產，年產兩萬兩千多令。三臺機器只有 3 號機能夠正常生產，1、2 號機都因為機器破舊而減產；因為太平洋戰爭爆發，外國毛毯貨源斷絕而改用本地毛巾，這也是減產原因。嘉樂紙也為大量囤積居奇的商戶所把持，導致了利潤極低且資金周轉困難。貨幣貶值，嘉樂製紙廠股份有限公司的前途一片慘淡。梁彬文音訊全無，董事會決議總經理一職由董事長李劫人兼任。

　　1943 年教育部規定全國中小學教科書儘量採用嘉樂紙印刷，這好比雪中送炭，嘉樂紙的產量增為一年三萬多令，登記資本也漲到了五百萬元。不過在 4 月 1 日的股東大會上，因為部分股東還沒有看到這樣的發展勢態，對於董事長李劫人的經營管理頗多責難，李劫人憤而辭去總經理一職，並於會後立即返回成都，不再過問公司事務。新當選的吳照華副董事長代任總經理管理公司事務。不過到了 8 月份，誤會消除，董事會又聯名請回李劫人董事長負責。梁彬文也在 8 月 8 日到樂山就職。

　　1944 年股東大會決議將總公司遷往成都，增設程雲集為總經理協理，重

〔註66〕陳曉嵐（1900～1975），武勝人，北大畢業，德國留學學習造紙。曾任浙江嘉興民豐造紙廠工程師，抗戰時回川，任雲豐造紙廠、重慶四川造紙廠廠長，四川造紙廠與嘉樂造紙廠合併後任嘉樂造紙廠廠長兼總工程師。抗戰後回嘉興民豐造紙廠任工程師、廠長。

慶分公司由梁伯雍負責，樂山改設分公司，由陳曉嵐廠長兼經理。這一年教育部為供應國定本小學教科書，委託七家大印書局承辦，七家書局聯合成立「國定本教科書七家聯合購銷處」（簡稱七聯處），統一購訂嘉樂紙分配給各大小書局。嘉樂製紙廠有限公司全年產量三萬二千多令，七聯處購去一萬八千多令，其餘大半為中央日用品管理處購去作為各機關之用紙，由此嘉樂紙出現了供不應求的情形。股東會隨即決議向政府借款改造二號機，前後向工礦調整處借得二百四十萬元，向四聯總處借得八百萬元。陳曉嵐親自去重慶購買機器，年底機器多已運達嘉樂紙廠。這一年是嘉樂紙廠自開辦以來的黃金時代，生產、銷售均史無前例。

1945 年，因購買美國舊造紙機沒有結果，於是決議照發 1944 年的股紅息。第二號新機在 4 月 17 日試機。上半年供應七聯處國定本教科書用紙一萬五千令。從 1943 年到 1945 年 8 月，嘉樂製紙廠股份有限公司紙張銷售額有十多萬令，供應區域除四川外，還遠達甘、陝、滇、黔等省。而紙張百分之八十用於供應中小學教科書和後方各新聞紙的印製，真正實現了李劼人當年的「擬作中國西南部文化運動之踏實基礎」的初衷。

1945 年是抗戰勝利年，1945 年也是嘉樂紙廠建廠 20 週年。在 10 月 10 日嘉樂紙廠舉行了開辦二十週年紀念大會，眾股東齊聚一堂，「檢討過去，籌劃將來」。然而，這也是嘉樂製紙廠股份有限公司走向頹勢的開始。李劼人在其《自傳》中曾有這樣一段描述：

> 1945 年，抗日戰爭勝利，可是美援物資大量傾銷，許多任務廠倒閉。影響之下，嘉樂紙廠也就根本動搖了。加之這時陳曉嵐又回到他原來所在的工廠，我不得不又挑起工廠這副擔子。當時國民黨腐敗透頂，經濟一片混亂，法幣日益貶值，為了不使工廠倒閉，我真不知傷了多少腦筋。〔註67〕

（五）竭力維持：1946～1949 年間的嘉樂紙廠〔註68〕

抗戰勝利後，國民政府還都南京，上海及江浙等地各紙廠相繼復工，官僚

〔註67〕 李劼人：《李劼人自傳》，載徐州師範學院《中國現代作家傳略》編輯組編：《中國現代作家傳略》（上），成都：四川人民出版社，1981 年，第 317 頁。

〔註68〕 其時的嘉樂紙廠已經是嘉樂製紙廠股份有限公司的樂山分公司。此處的嘉樂紙廠與全書所用的嘉樂紙廠一樣，不是單純指樂山分公司，而是按照創建時所取的名字，包括成都總公司、重慶和樂山兩個分公司。

資本接班了日本在華經營的各紙廠，上海等地新設的紙廠林立，僅 1947 年上海等地新辦中小紙廠就有 8 家。四川政治經濟地位下降，紙張市場銷售疲滯、資金短缺。在這種情形下，嘉樂製紙廠股份有限公司也每況愈下，僅處於維持狀態。

1946 年，戰事結束，洋紙大舉入侵佔據市場。嘉樂紙一直走薄利多銷路線，但此時用戶都對紙張有了色澤方面的要求，強烈要求生產白色紙。要生產白色紙，需要增加投入，擴充設備、改良技術。而物價飛漲，職工薪水都難於維持生活。工人多次要求漲薪，而嘉樂製紙廠股份有限公司疲於應對。為圖發展，民生公司盧作孚邀集永利公司范旭東、金城銀行戴自牧一道與嘉樂公司協商合作在四川建設一大規模的紙廠，曾經邀請李劼人前往重慶集議。可惜還來不及協商，范旭東就去世了。之後陳曉嵐代表嘉樂紙廠多次與金城銀行商談合作聯合購買上海江南紙廠出售的現成紙版機，但終因耗資過大，雙方利益條件不能認可，只好放棄。嘉樂紙廠也在進行白紙試驗，試驗效果不錯，但是投放市場因為成本過高而收益不大。梁彬文總經理還曾經嘗試著與法國工商界商談合作大量生產白紙。李劼人為了公司業務，經常辦公在重慶分公司，即便不在重慶也與重慶分公司的職員保持密切聯繫，其經營策略理念都在與這些經理、廠長的來往信函中。

1947 年，這一年是嘉樂紙廠圖謀發展，屢戰屢敗的一年。合頂中央紙廠失敗，與嘉樂紙廠旁邊一戶人家黃用揆因為土地糾紛打官司，耗費了大量的人力物力。以「價廉而物不美」的營銷策略佔領市場也不見起色。李劼人這一時期與重慶分公司的職員沈迪群〔註 69〕通信頻繁，談的最多的都是紙張的生產銷售問題：

> 迪群君足下：
>
> 　一月廿九以後函電均悉。昨日雲集協理有電及快信來渝，希一切照辦。目前因洋紙恐慌，上海報紙價每令已達五萬元。將來川省一切用紙，大都不能外求，而必求之四川，故我紙前途並不黯淡，求售不必如過去之切，加以自去年底以來，各物暴漲，工廠支出斗（陡）增，以現在成本算來，每令非三萬六七千元不辦。《商務日報》

〔註 69〕沈迪群（1907～1949），四川南充人，中共黨員，文化工作者。時任嘉樂紙廠重慶分公司銷售主管。1948 年 8 月被捕，1949 年 10 月被害於重慶渣滓洞集中營。

開價，遠在成本之下，可以不必供應，倘照人情言，則在三萬五千元以下，可以不售。倘《大公報》《新民》各報採用，數量多，時間久，不妨另議。（但絕不能一次將售價議定，只可答應供應數量，紙則必需（須）按月照市價予以折扣可也。）目前我紙廠價已定為四萬，蓉市四萬二千元，報館用在二百令者九五折，五百令以上者九折，乃至另議；渝方零售不能下於四萬，不上二百令者，折扣不宜太大。總之，比照中國廠紙，每令少萬元，乃至萬二三千元可也，預貨最好不賣，二底期貨，不能超過五百令。廠紙必在二月半運出，汽車運太貴，不宜。如宜賓天元廠已出貨，則漂粉宜購宜貨，以運費可減一半，請即探明購入為要。此頌

　　近安。

李劼人頓首

二月五日

迪群君足下：

　　去年工廠存紙全運省，故渝莊所需紙，須待二月份新造者。工廠報來，自二月二日第一號紙機開工，每日本可出紙五十令，乃以井水太枯，機器有毛病，不能順暢開動，而自七日起，岷江電廠又須停工七天，作大修理，而我廠第三號機，亦在大修理中，故二月半以前，產紙實有限。但算來，在二月六日止，仍將有二百令，已飛函令廠限於二月九日前雇船搭運來渝，如無耽延，則二月半間可以運到。現省存紙亦只一千一百令，僅足供省方之需，不但不能分出運渝，再而成渝汽車運費每噸三十萬元。連同上下起力，每令將加七千元上下，現實際成本，每令為三萬五千元，在省零售為四萬二千元，萬一售有折扣，自九五至九折，算來略有利潤；而在重慶，恐難實收三萬七八千元，若連成本及汽車費加上。每令為四萬二千元，則是多售一令，多損失數千至萬元，此非生意經也；故汽車運渝一層，萬難辦到，何況存紙實少，趁此將紙提一提，未始非善也。至職工薪津，將行調整，暫時苦撐，必有辦法。此頌

　　近安！

李劼人頓首

二月七日

迪群君足下：

　　七日電悉。但何以前來電只說有人擬購預貨，而不說是《大公報》，足下蓋不知外紙已荒，上海洋報紙已漲至每令六萬五千元，根據上海《大公報》二月五日第二張價目表可查。尚有續漲之勢。其原因：一為洋紙缺貨。將來運華之量大減；二為美匯高漲，購貨成本已高；三為外紙購運已統制，所請外匯不易。有此三因，故洋紙將來必難運川。不惟在川印刷品將有盡採川紙之勢，即曾在上海印刷之件，若內銷教科書及雜誌等，亦將迫至不能不在川省印刷，而採用川紙，此川紙趨於活躍之一因。其次，即因土報紙之漲價，重慶熟料紙漲達二萬八千元，若將缺數破爛加入，則足抵我紙一令之用者，實須三萬三千六百元矣；而夾江土報紙之價，尚在熟料紙之上，最近蓉市售價已至三萬八千元，與我紙等矣，故各報社、各印刷廠苟迫至必採用川紙。而在熟料紙、夾江紙與我紙斟酌之間，勢必寧用我紙，其故為：一、訂貨交貨有信用，可顧及買主應用時之時間；二、不必一次蕆購幾萬令，或交信金三分之二，至低可省三個月之月息；三、用我紙可較省人工；四、我紙只色彩不好，而質地實較中國廠白報紙有韌性，而價又較廉。以此之故，《大公報》乃漸能掉頭而購我紙，……則每月造紙二千令，需費八千萬元，實際成本為每令四萬元也。然前次在渝在蓉，所以售價不敢提高，即在成本以下，亦須忍痛售之者，一為存貨多，供過於求，百物皆低，不售徒背月息，故在前時機未轉時，是只圖銷去，不計成本錢也；二為洋紙價廉物美，業已充斥市場，中國廠白報紙又出而應市，售價不高，雖不好但色白，一時風氣所趨，皆求用白紙，而中國廠紙實為我紙大敵，故不能不抑低售價，以爭銷場。此是以往形勢，今後之做法則不如是，請注意者，第一為中國廠紙中元廠紙之市價，必須隨時探聽，多方探聽，一有變動，即以電告，以使總處計算成本，計算售價；第二，為生熟料紙之售價，以及中國中元化工生熟料紙銷售之情形如何；第三，市場上需要情形如何，（此一點，必須切實打聽，切實觀察而估量之，總之，耳目要長）隨時報知，以便總處斟酌情形，預配銷額，以及斟酌應否加開一部或二部紙機。……

李劼人頓首

二月八日

　　……至總經理之非待飛機復航不回，決（絕）非辦法。前日曾去一電，囑其改乘汽車回川，因工廠現已停頓，非其回不能推動，但此電今日被退回，批覆昆明無此人，殊令人詫異。盼即刻由渝去一急電催之，仍請其即乘汽車回川。此間亦將再到電局查詢，並再電催之。匆此，即頌

　　刻安。

李劼人頓首

丗六年二月廿日

迪群君足下：

　　二月廿一日來函悉，工廠情形太不好，非待梁總經理去廠，不能說整頓，更說不上造白紙應市。……陳君又函告，中央紙廠已售出，為中元、天元合夥購得，實價十億元，可探聽確否。至銷場暫時停頓，為應有現象，至紙之需要量，將來四川只有激增，此因洋紙不易進口，售價運費過高，許多印刷品皆將逐漸移至後方，以人工現較便宜，又可省運費故也。與同業不妨接近，尤其中元，但公司情形，不能全部洩露，製造成本之高，不妨大加宣傳。《新民報》所需捲筒紙正商議，明後日可回信。此頌

　　近安！

李劼人頓首

二月廿四日

　　廿一日來信，後稱余家巷房屋房主要賣，對外喊價五千萬元，有人來洽，如我公司買，只要四千五百萬元（連地皮）云云。……

李劼人頓首

二月廿五日

　　……最近我紙成本頗高，每令在五萬二千元上下，故現定廠價六萬二千元，有折扣。蓉售價每令六萬四千元，亦有折扣，零售無折扣，大約平均實收每令為五萬七千元。重慶方面情形不同，可斟酌之，但實收總須在七萬元之八折上下，斷不能再低。要之，與中元、中國兩廠之紙價相差在一萬五至二萬二之間即可也。

李劼人頓首

三月四日

……工貸一億元，月息四分九，連同保險費算入，月息為六分。
除內報緊急工貸二千五百萬元外（原為三千萬，已還過五百萬），實
得七千五百萬元，已購水泥二百桶，去一千二百餘萬元，又付一月
份電費及工資外，現僅餘五千萬元之譜，已去函囑再購煤二百噸，
餘購宜賓之漂粉及液體城。算來，此次工貸之款即使用完，至方棚
馬達等，仍須購買，只好另自籌。

李劼人頓首

三月八日

短短一個多月的時間，李劼人就跟重慶的沈迪群通了 8 封信，從生產、銷售、運輸到貸款購買設備諸事事無鉅細，逐一過問，對競爭對手密切關注。董事長李劼人此時因為總經理梁彬文不在，身兼董事長和總經理的雙重職務，勞心勞力。這一年李劼人因為身體健康諸多原因基本都在成都，然而對樂山分工公司和重慶分公司的事務仍然非常關注，書信往來頻繁。

1948 年，梁彬文總經理病故，程雲集繼任總經理，吳書濃任協理，生產、經營舉步維艱。投資同益城廠，解決造紙需用城的問題，同時又因增辦城廠，嘉樂製紙廠股份有限公司擬改名為「嘉樂實業有限公司」，但後來因為種種麻煩，仍沿用原名。國民政府下令「重估資產調整資本」，嘉樂公司資本升值為法幣二十億元，分為十萬股，每股兩萬元。決議招收新股，籌集資金購買製城與造紙器材。

1949 年金融市場混亂到了極點，嘉樂紙積壓無法脫售。程雲集辭職，董事會決議縮小機構，吳書濃擔任經理，樂山專設工廠，重慶改設辦事處。1949年 5 月 25 日嘉樂紙廠因為缺乏資金周轉而停工，嘉樂製紙廠股份有限公司迫不得已靠售存紙、借債來維持職工生活。

從 1925 年開始籌辦紙廠到 1949 年嘉樂紙廠曾經六度停工，李劼人一直與嘉樂紙廠休戚相關。在草創時期他利用自己的社會關係，四處籌款募集資本；在經營困難的時候，他負債堅守；在快速發展的時候，他始終不忘初衷，資助於文化，效力於社會；在經濟衰退時，他殫精竭慮，力圖打破僵局。李劼人的親力親為在嘉樂董事會、嘉樂常務董事會、嘉樂股東大會會議記錄簿上、嘉樂紙廠廠務記錄上都有著清晰的記載。

李劼人實業檔案識讀

　　四川省樂山市檔案館館藏嘉樂紙廠從 1925 年創辦到 1998 年破產的檔案六千餘件，主要為嘉樂紙廠創辦和生產經營期間的各種原始文件，包括公司員工名冊、員工薪金、歷年公司銷售情況、股東名單、會議紀要以及公函、私函、便條等等原始文件。筆者大海撈針，從眾多檔案中精選出 1949 年前的股東大會、董事會、監事會的會議記錄，試圖從中一窺李劼人執掌期間的嘉樂紙廠的實業全貌，為全面評價實業家李劼人提供了翔實的第一手資料，也希冀為全面研究李劼人提供更多的史料。

　　檔案以時間為序：

　　中華民國二十七年三月一日第三屆股東大會記錄

　　開會地點：本廠

　　開會程序：列席股東劃到；檢查到會股權數；推舉主席；主席報告
　　　　　　　開會理由；經理報告廠務經過；提出議案；分別討論提
　　　　　　　案。

　　到會人數：嘉裕公司（代表黃遠謨到）、程宇春（代表程雲集即宇春
　　　　　　　子）、陳漸遠（親到）、李劼人（親到）、陳子立（代表仲
　　　　　　　光函託李劼人到）、鍾繼豪（函託李劼人到）、劉星垣（函
　　　　　　　託李劼人到）、陳益智堂（函託李劼人到，函後補）、朱
　　　　　　　良輔（函託李劼人到）、丕記（張壽林親到）、蜀新公司
　　　　　　　（代表陳鳳鳴到，有信）、泉生堂（陳子光親到）、王懷
　　　　　　　仲（親到）、吳書濃（代表王懷仲，有信）、梁仲子（代

表王懷仲，有信）、王惠風（代表王懷仲，有信）、王懷
季（代表王懷仲，有信）、陳仲昌（代表王懷仲，有信）、
陳光玉（代表陳子光到，有信）、陳曙光（列席）、董長
安（董問樵有信）、吳功福（親到）。以上出席股東共代
表股本五萬四千元正，公推張壽林先生為主席。

主席張壽林致開會理由，陳經理報告廠務著重點。

一、賬項之清理：自民國二十六年七月至年底賬項已由會計師
謝霖甫清理就緒。

二、自民國十九年至民二十六年六月底止係施前經理經手，因
施前經理病故，許多帳目皆不清楚，會計師不願負責清理，
僅由本廠人員清理，現已完畢，請求審核。

三、因二十六下半年稍有利潤，但除填補前欠外，所餘無幾，
故於職工僅付雙薪一月，資方關紅殊難分配。

討論：

第一案　審核賬項

議決：由主席指定程雲集、陳鳳鳴、陳曙光先就已經整理之賬項審
核後，於明日提出報告再憑眾商量處理辦法。

第二案　關於立案

議決：

一、變更前章決照公司法立案，每股一百元；

二、陳光玉名下股本由陳府先行劃分清楚，通知；

三、蜀新公司將來股票填寫一張交蜀新公司代表人執掌。

第三案　增加本廠生產

議決：

一、全體贊成增加生產；

二、贊成本身擴充由陳經理、王廠長就本身力量斟酌辦理；

三、至擴充第二廠，另推負責人員會同經理、廠長研究進行，
俟有頭緒，再由董事會召集股東大會會議之，並公推李劼
人、陳子光、王懷仲負責研究進行。

主席張壽林

三月二日繼續開會

　　陳漸逵（親到）、陳鳳鳴（到）、張壽林（親到）、李劼人（親到）、陳曙光（列席）、程雲集（親到）、陳子光（親到）、王懷仲（到）、黃遠謨（到）。

甲、主席提出昨日所指派三位審核賬項事：

　　先由陳鳳鳴報告前屆經手賬項人員有重帳，有舞弊：有一千元已由本廠付出，施興發賬上亦有此一筆，而嘉裕則無收賬；又曾多付施興發子金至一千餘元之多。總其錯誤之賬，達四千九百餘元外，更有工友多支一項，亦無實據。

　　繼由程雲集報告，陳鳳鳴係擔任審核十九年至二十二年之賬，陳曙光擔任審核二十三年至二十六年六月止之賬，本人則審核二十六年下半年之賬及各種表冊，知道資本六萬三千餘元已得安全，而折舊與公積金尚在外，總計二十六年下半年所獲利潤竟為歷年所無。倘以之抵償舊年所虧，則所餘實無幾。質而言之，本廠資產已達九萬餘元。

　　二十六年下半年帳目經眾一致認可合法，賬據表冊由主席、核賬員簽字蓋章。

議決：施興發已收未付嘉裕之一千元應由施興發負責清了，徐仲□經手之帳由眾股東公推陳鳳鳴君暫時留廠清理，查出實據向司法衙門起訴；施興發存款四千九百七十元暫時不付，俟訴訟事了再付，其月息截至本屆股東大會開會日停止，亦俟訴訟事了補付。施興發前年被盜損失二千元不承認賠償之。

乙、陳經理臨時動議：

一、施前經理之酬報案

議決：分精神、物質兩方酬報之。精神方面，陳宛溪先生、施步階先生遺像留廠以資紀念；物質方面，照嘉裕對待洪秉中經理辦法致送施前任經理原薪三年，自二十六年六月份起。

二、馬瑤生、李澄波退股案

議決：一面登報聲明上列兩股東退股，一面追收欠款，所欠之款仍按月生息。

三、川報欠款案

議決：歸入損失項下。

四、董監輿馬費案

議決：董事長月致輿馬費十元，董事、監察月致輿馬費五元。

五、前屆董監之如何應酬案

議決：在精神方面由大會當場一致致謝。

六、蜀新廠條約徹底研究案

決議：由大會致函蜀新公司代表陳鳳鳴君轉向蜀新公司股東提議本
　　　廠願望：

　　　1. 廢除條約整個加入本廠；

　　　2. 期滿後繼續延長。

　　　3. 本廠承佃陳月生租金及蜀新與陳月生家訴訟費，暫時撥入
　　　　　懸欠一，俟訴訟完畢再行決定。

七、已繳付本之股本如何辦法案

議決：

　　　1. 所有附本從交款日起至二十六年年底止，照前議決案支
　　　　　息，每年並復息一次，此項本息全數撥作股本；

　　　2. 此項股本以優先股本待遇章則另訂。

八、股款之先後繳來應如何待遇案

議決：照交款日起算息，倘有利潤俟分息之餘再算關紅，至分配關
　　　紅按照原訂章程辦法，新股配紅利十分之六，舊股配紅十分
　　　之四。

九、將來開會股東旅費案

議決：由董監會訂立章則。

十、陳光玉股東墊款案

議決：由陳府先行商定，共同來信，再付餘款。

十一、劉星垣股東墊款案

議決：照廠版還本，至於月息由李劼人向劉星垣君請求議讓部分。

十二、吳功甫股東攤款案

議決：照還。

十三、名義

議決：以「嘉樂紙業股份有限公司」名義立案，嗣後對內、對外皆以公司名義出之；嘉樂紙廠應改稱「嘉樂紙業股份有限公司樂山造紙廠」。

丙、改選董監

　　董事五人，當場推定張壽林、李劼人、陳鳳鳴、陳漸逵、程雲集；

　　董監一人，陳光玉，由陳曙光代。

　　本日由董事推定：李劼人君任董事長；張壽林君為副董事長。

　　由董事會聘請：陳子光君續任本廠經理；王懷仲君續任廠長兼工程師。

張壽林章

中華民國二十七年三月三日董監會記錄

開會地點：本廠

四川嘉樂紙業股份有限公司待遇新股、舊股及優先股辦法規則：

　　一、本規則根據中華民國二十七年三月一日股東大會臨時動議第七項第一、二兩款之決議案及民國十九年增募股本啟事所訂各款之辦法擬訂之；

　　二、凡民國十九年以前繳來股本為舊股，以後繳來股本為新股，各股東加入之附本（連同自交款之日起算至二十六年年底之利息在內）為優先股。

　　三、新、舊股及優先股年息均為八釐。

　　四、新股及優先股分配紅利十分之六，舊股分配紅利十分之四（例如新股每股分紅六元，則舊股每股分紅四元）。

　　五、新股及優先股每股所得紅息積至四十元時，則以後分紅即與舊股平等。

　　六、本規則自第三屆第一次董監聯席會議議決通過之日起有效。

四川嘉樂紙業股份有限公司召開股東大會各股東赴會往來旅費章則

　　一、本章則根據民國二十七年三月一日股東大會臨時動議第九項之議決案擬訂之；

二、本公司每年召開股東大會，暫定嘉定為開會地址；

三、本公司每年以二月二日為大會開會期；

四、各股東赴會，其旅費、宿費由公司擔任；

五、本公司各股東以居住地址暫分為嘉定地方股東、其他地方
　　股東；

六、其他地方股東赴會舟車旅費由本公司核實供應；

七、凡各股東自赴會之日起至閉會之日止，所有宿、食費由本
　　公司供應或由本公司預備地點供其宿、食。

本章則自第三屆第一次董監聯席會議通過之日起有效。本章則
如有未盡事宜，浔由董監聯席會議修改之。

陳漸逵、李劼人、陳鳳鳴、程雲集
二七.三.三

二十八年五月二十三日董事會常會會議錄

地點：本廠

時間：下午二時

出席者：李劼人、陳子光（章）、陳漸逵（章）、鍾繼豪（章）代表張
　　　　壽林、陳曙光〔註1〕（章）代表陳鳳鳴

主席：李劼人

記錄：鍾繼豪（章）

討論事項：

　　王廠長在渝殉職議決如下：

　　甲、致送王府撫恤金五千元正；

　　乙、致送王府治喪費二千元整；

　　丙、王故廠長月薪按月照送至應如何入帳，請經理陳曙光斟酌
　　　　情形辦理；

　　丁、王棺到後，依其家屬意見暫停蓮池寺山洞中；

　　戊、其靈柩運嘉費用及一切雜支，俟結束後由經理送交董事會
　　　　核銷入帳。

李劼人（簽名）

〔註1〕陳宛溪的另一個兒子。

嘉樂製紙廠股份有限公司增資股東會決議錄

日期：民國二十八年八月十五日

地點：樂山嘉樂門外徐家堰本公司

　　到會股東二十一戶，三百二十六股。查本公司股東共計三十戶，一千四百一十六股。

　　董事長李劼人主席。

　　甲、報告事項：

　　一、主席報告到會股東戶數及股數均已超過本公司股東戶數及股份總數之半，依法可以開會。

　　二、董事張壽林報告關於增加資本之事項。

　　乙、決議事項：

　　一、決議本公司為事實之需要增加資本二十萬零九千二百元，由股東分認，不足另募；

　　二、決議修正公司章程如另文。

　　　　　　　　　　　　　　　　　　　　　　主席李劼人

嘉樂製紙廠股份有限公司監察人調查報告書

　　茲遵公司法之規定，調查左列各項報告如下：

　　一、增加之資本二十萬零九千二百元已如數認定；

　　二、每股五十元，共計二十萬零九千二百元已如數收足；

　　三、各股東並無以金錢外之財產抵作股數者。

　　　　此致

股東會

　　　　　　　　　　　　　　　　　　　監察人鄧華民、黃遠謨

　　　　　　　　　　　　　　　　　　　民國二十八年十二月一日

嘉樂製紙廠股份有限公司增資股款收益股東會議記錄

日期：民國二十九年三月十五日

地點：樂山嘉樂門外徐家堰本公司

　　到會股東九十八戶，五千一百九十二股，查本公司新舊股東共計一百四十五戶，五千六百股。

　　董事長李劼人主席

甲、報告事項

一、主席報告到會股東戶數及股數均已超過本公司股東戶數及
　　股份總額之半，依法可以開會。

二、董事張壽林報告增加資本二十萬零九千二百元，業已收足
　　並已請監察人檢查；

乙、監察人鄧華民報告、黃遠謨報告：

一、增加之資本二十萬零九千二百元，已如數認定；

二、每股五十元，共計二十萬零九千二百元，已如數收足；

三、各股東並無以金錢外之財產抵作股數者。

眾無異議，通過。

主席李劼人

廿九年三月三十日董事會第七次議事錄

地點：本公司

時間：正午十二點

出席者：李劼人、陳子光、陳漸逵、黃遠謨〔註2〕（蒲濟川代）、鄧
　　　　華民（李劼人代）、程雲集（陳曙光代表）

記錄：鍾繼豪

討論事項：

1. 二十八年度紅利不在股東大會分配，但報告紅息共以二分計
　　算，於本年四月內付給；

2. 討論開會程序（程序表附黏）；

3. 董事會試辦一年之條例移交下屆董事；

4. 關於陳董事鳳鳴撫恤辦法以及懸帳之解決：

　　　　　代墊陳海波退出蜀新股本洋壹仟四百元，照前議在蜀新
　　二十八年度應得紅利之內扣除；代墊其父陳辦理喪事洋六百
　　元，分為職員治喪費二百元、董事治喪費四百元，核銷。又
　　陳鳳鳴長支洋一百四十四元六角七分，扣除其存洋三元三角
　　八分外，餘付損失賬。並擬向股東大會請恤陳故董事一千元，
　　內應扣除向譚伯祥所借之一百元，實付九百元。

〔註2〕黃遠謨，嘉裕城廠經理。

5. 王故廠長除以往撫恤費,曾經陳子光、陳漸逵兩董事送過五千元,治喪費二千元,並經黃遠謨、蒲濟川兩君商定,其子女學費在二十九年上屆送過五百元。

王故廠長薪金每月一百元,擬因生活費太貴,擬請增至一百五十元,以後本場職工加薪時,王故廠長仍當享受同等待遇,至其二子〔註3〕成立後,此項月薪再議。其二子以讀至大學畢業、其女以讀畢高中為限至。其次子王明適在大學畢業之後,倘有意志出洋學習造紙,承從父業,則本公司資送三年,俾其深造回國後服務本廠。再於廿九年元月起撫恤股本一百股,提請追認。

6. 擬向股東大會提議建立王懷仲廠長、陳宛溪董事長、施步階經理三公碑亭。

7. 討論對於王故廠長週年紀念辦法案:

五月四日本廠設位祭奠,在大佛寺誦經三日,由本廠供給費用。

議決通過

李劼人(章)

二十九年四月三日董監聯席會議議事錄

地點:本公司

時間:正午

出席者:謝勖哉(簽到)、王德威(簽到)、李劼人(簽到)、陳子光(簽到)、陳漸逵(簽到)

記錄:鍾繼豪

1. 公推李劼人先生為本公司連任董事長;

2. 公推陳子光先生、謝勖哉先生為常務董事;

討論事項:

1. 陳經理曙光昨具函董事會辭職

決議:挽留。

挽留方法:推董事長及謝勖哉董事親訪挽留。

2. 修改本公司章程

〔註 3〕王懷仲的兩個兒子王明毅和王明適、女兒王明詞均持有嘉樂股份。

……〔註4〕官廳早予了結。

7. 股東大會公舉查帳，四位所提各點雖經會計人員書面簽復，暫行擱置。

李劼人（簽名）

二十九年五月三十日董事會議事錄

地點：洙泗塘謝董事（筆者按：謝勖哉）公館

時間：上午十一點

出席者：李劼人（簽到）、陳子光（簽到）、謝勖哉（簽到）

主席：李劼人

記錄：鍾繼豪

討論事項：

一、強華公司前借嘉樂三千元已將截至，五月底之月息如數送來。查該公司與本公司雖性質各殊，然彼此仍有聯繫，此三仟元自本年六月一日起作為股本加入該公司，議決通過。

二、周會交來議恤劉百川事

議決：劉百川經受各項款子盡力清理，如十分無著即歸入呆帳內處理，其身後已送禮金百元，茲再一次撫恤五百元交其家屬。

三、李劼人提議成都文協分會募捐事

議決：自六月起，每月由駐省辦事處捐贈壹佰元，五個月截止。

四、梁廠長所訂空襲時間工作辦法請求追認

議決：追認有效。至本廠職工在工作時不幸遭遇空襲死傷，其詳細辦法令人事股另議決。聞全華公司已印刷有比較完備妥善之種種章則，請陳經理索取一份以為藍本，逕交人事股會同公司、工廠各有關方面擬後，再由經理送交董事會審之；

五、關於明年四月一日股東大會報告與提案

議決：今年帳目及各種表冊請經理會會計主任督促，執事人員在明年三月造具完備送董事會轉監察審察。

提案準備在明年三月二十日前後開會審核股東；提案請在二月二十八日以前送到董事會。

李劼人（簽名）

〔註4〕檔案缺失一頁。

嘉樂製紙廠股份有限公司增資股款收足股東會決議錄

日期：民國二十九年九月十五日

地點：樂山嘉樂門外徐家堋本公司

　　　到會股東一百五十六戶，九千五百一十二股，查本公司股東共二百〇七戶一萬二千股。

主席：董事長李劼人

甲、報告事項

一、主席報告到會股東戶數及股數均已超過本公司股東戶數及股份總額二分之一以上，依法可以開會。

二、董事陳子光報告增加資本三十二萬元業已收足，已請監察人檢查。

乙、監察人陳漸逵、廖偉成報告

一、增加之資本三十二萬元已如數收足；

二、每股五十元共計三十二萬元已如數收足；

三、各股東並無以金錢外之財產抵作股款者。

　　　眾無異議通過。

　　　　　　　　　　　　　　　　　　　　　　　　主席李劼人

三十年三月二十九日董事會議事錄

地點：洙泗塘謝董事公館

時間：上午十一點

出席者：李劼人、王德威、吳照華、謝勖哉（簽到）

列席者：陳曙光、許茲農、桂迺黃

主席：李劼人

記錄：鍾繼豪

討論事項：

一、二十九年度各項帳目經本會核定後送交監察人核察。許主任報告謂：二十九年度係為會計整理之年，雖增加資本三十餘萬元，然現金不多而增加設備幾占二分之一，遂令活資大半變為固定資產，因之周轉之間便感困難。幸經董事長及經理多方挪借，始克有此成績，比之往年資產，業已增加一倍以上（其中包括添購機器及建造房屋等事）。惟負債亦達二十九萬餘元。至於損

益之數，二十九年盈餘比往年增加三分之二，其詳列有表單，
經眾閱悉通過。

二、經理報告營業狀況。售紙價值已由去年八月增至每令一百元，
而百物奇漲，有一日千里之勢，兼之我紙素來供不應求，乃以
情勢變遷轉而為難以求售。中間有時為報館所包圍，又有中宣
部要求工礦調整處統制售賣之事，幸而交涉有方，未成事實。

三、主席謂：重慶因有黑市交易，又有手工紙乘機插入，以致我紙
滯銷。成都情形只復大同小異，予以隨時輔助，經理知之甚詳。
至於紙價自八月之後雖已加增，而以物價激增，故使我利潤為
之減少。

四、盈餘分配悉依左列之表分記之：

盈餘分配表（金額：元）

本期純益		175,372.03
應提公積金 10%	17,537.20	
所得稅（估計數字）	15,783.49	
利得稅（同上）	12,000.00	
股息（八釐）	35,960.00	81,280.39
純益餘額		94,091.34
紅息 65%（一分四釐）		61,159.37
職工紅酬		32,931.97

五、現有活動負債約十二萬元必須短期返還者。

六、桂廠長報告工務方面一切情形

桂廠長稱：第一新機至去年六月方始安裝完竣，其中復因毛毯、
動力種種關係，至其所期望生產增加達到每月三千令未能如願，實
際增加生產不過百分之二十五。因為安裝第二部新機特建廠房，乃
以人事、材料時有不濟，進展稍遲，第二部新機係於今年三月三日
方始動工安裝，現已安就百分之四十。今年六月或可完工。現正籌
備動力，擬用電力，且待岷江電廠引電來嘉。其中添買、購置各件，
桂廠長列有詳表，約計貳拾柒萬餘元。如果一一實現，則第三號機
每月二千令似屬可靠也。

七、經理估計：每月果能售盡一千五百令，今年四、五、六月……

〔註5〕存紙二千餘令業已售盡。

八、現在售紙情形，大約已無若何困難矣。

九、四行〔註6〕透支二十萬元，約在四月底可以辦到。

十、現在辦法：

為四川機器造紙廠已向陳曉嵐君交涉，謂於原則上已可合併。該廠機器大多數均為我廠可用者，其廠在重慶海棠溪有房基一座，有防空洞可作堆棧及辦事處。因該廠加入本公司，特加選董事四人（彼方二人，我方二人）。陳君已贊同。此次股東大會便須歡迎該廠加入本公司，由陳君代表該公司股東參加。

十一、本公司今年添選本屆董事四人，改選監察二人。

十二、決定增加資本額至一百二十萬元，除二十九年股紅息勸募轉入股本外，擬按照全股每股加添百分之四十，其詳細辦法由下次董事會議之。

十三、本公司組織決定予以變更，特聘現任廠長梁彬文為本公司總經理，總覽（攬）公司、工廠一切事務，組織大綱候梁君歸後再議。現加聘陳曉嵐君暫時入工廠代理廠長，將來職務如何只候梁君歸後再定。議決後由李劼人、謝勖哉二董事電知梁君，並促其立歸。

十四、決定向本屆股東大會之提案

　1. 四川紙廠原則加入；

　2. 增資至一百二十萬元；

　3. 修正章程，加選董事；

十五、強華公司、樂山銀行投資案亦向股東大會提出其辦法，移至下次董事會商議。

　　　　　　　　　　　　　　　　　　　李劼人（簽名）

嘉樂製紙廠股份有限公司第四屆董事監察人名單

董事長：李劼人、宋師度

〔註 5〕檔案殘缺。

〔註 6〕中央銀行、中國銀行、交通銀行、農業銀行，簡稱為四行。

按照本公司章程，經本屆董事會公推李劼人為董事長兼任公司總經理在案。任期中另推宋師度代理董事長職務。

董事：陳蘊崧、黃遠謨、陳子光、鄧華民、謝勖哉、何北衡、吳照華、張真如、胡為藎

監察人：陳漸逵、廖偉成

三十年四月二日董監聯席會議事錄

地點：洗泗塘　謝董事公館

時間：上午十一點

出席者：陳漸逵、廖偉成、李劼人、鄧華民（李劼人代）、吳照華、黃遠謨（簽到）、謝勖哉（簽到）、王德威（簽到）

主席：李劼人

記錄：鍾繼豪

報告事項

一、主席報告

1. 業已函電催促梁彬文即日返嘉擔任總經理職務，改組一切事務、工務。昨已接得覆電，大約可於最近回嘉矣。

2. 聘請陳曉嵐君代理本公司工廠廠長，已由本席躬親致送聘書，定於明日（三日）就職親事矣。

3. 當務之急惟在修正組織大綱，然必俟梁總經理回嘉後詳細磋商，方能逐一規劃適合需要。對陳廠長及桂副廠長責任如何分劃只留至是時規定了。

二、討論事項

1. 增加資本案既經股東大會議決增資至一百五十萬元，現在所當考慮者，惟四川紙廠折股合併究作若干數字。

2. 陳廠長前開清單，除四部馬達已信去外，其他機器、物料、原料估價尚屬公平。

3. 四川紙廠所租重慶海棠溪房屋以及添修房屋約費陸萬元，機器及工具共值十五萬元，其中有四川絲業公司借款七萬元，子金二萬餘元，實應折股若干。如何辦法均俟梁君回嘉時決定之。

4. 股東紅息暫定有四分之一轉股，其實增股數約計每股須加百分之六十。分為兩期，收款期以兩個月收定，之後足敷周轉，第二期自可緩收。

5. 現為安裝第三機充實設備，應需二十四千萬元。按照現在營業狀況，現金究嫌不足，仍須尋措三、四十萬元方可。

中、中、交、農四行透支約可成功，現在資本機器增加，可向四行加大透支之額至五、六拾萬元。

三、決議事項

1. 廠內有徐姓一塊地約二畝餘，向係租佃，今因原主願將主權賣出，擬以伍、陸仟元之數收買，仍勸賣主以一半入股。

議決：照辦。

2. 投資強華公司案

議決：俟我方經濟稍裕時可投資二萬元。

3. 投資樂山縣銀行案

議決：因該行為樂山縣士紳所營之業，決定投資三千元。

4. 捐助平民工讀社

議決：本年每月捐紙五令，有餘時交付。

5. 捐助文藝抗敵協會成都分會案

議決：一次捐紙六令。

6. 有人請為代售新蜀存紙

議決：代賣而不收買。

主席退席。

7. 關於董事長在蓉主持業務，除支輿馬費外，其一切辦公費用作正開支。

董事輿馬費照舊，每月各四十元。

監察人輿馬費照舊，每月各四十元。

以前常務董事、常駐監察人辦法暫不採用。

主席復席。

議決：每月須開董事會一次，俾各董事對進行各事全部明瞭。如果事實不能辦到，亦須以書面開會。甚望在嘉定董事隨時了悉公司一切大計。

　　　董監旅費仍由公司支付。

　　　　　　　　　　　　　　　　　　　李劼人（簽名）

嘉樂製紙廠股份有限公司第七屆股東大會議決案

日期：三十一年四月十日

地點：樂山徐家堋本公司工廠

到會股東：一百七十一戶計一七六九六股

查本公司股東共二百四十八戶，共計二萬股。

主席：宋師度

記錄：鍾繼豪

主席查報到會者已足法定數，宣布開會。

一、報告事項：

　　（一）報告增股情況：李總經理報告，數月來遵照董監聯席會議
　　　　　暨股東大會增加資本議決案，實行募集並且經過情形詳細
　　　　　報告，至今業已收足五百萬元，且舊股本所增加之數特別
　　　　　較多，其餘新股亦皆由舊股東考慮而後介紹加入云：
　　　　　眾無異議。

　　（二）報告半年來經濟情況：

　　　　（1）李總經理報告近數月中收款、借款、用款經過情形，
　　　　　　並就會計半年結算各項數字逐一加以說明。

　　　　（2）公司雖借用川康興業公司一百二十萬元，僅購存漬
　　　　　　棉、煤炭之實值已達此數，並非損失，餘債約一百
　　　　　　萬元，用於購買工具、原料者亦占六成上下。

　　　　（3）賬上尚有二十九年度股東應領股紅息二千餘元未來
　　　　　　領取，應如何處理

　　　　決議：隨同來年分發三十一年度股紅息時合併發給。

　　　　（4）職工因故未領紅酬如何處理

　　　　決議：撥歸職工福利委員會。

　　　　（5）卅年盈餘尾數如何處理

　　　　決議：併入本年計算。

　　（三）報告與川嘉接洽經過：李總經理、陳廠長先後報告甚詳。
　　　　　眾無異議，均主本既定方針，事來順應。

二、討論事項：

（一）增加董監名額案：主席同李總經理次第說明本公司股本多，事務益繁，環境須善應，助力宜加多。必須增加力能代表各部分股東之董監數人，內而領導一切外而應付一切，庶事業進行可更得叫大多數之扶持。

決議：增加董事六人（共十七人），增加董監一人（共三人），提請於臨時股東大會付議。

（二）修改章程案：主席說明本公司對外投資已依議案而成事實，章程第二條應加以補充庶足，資遵守而示限制；又第十九條董監名額增加則其數字應更改：

決議：提請臨時股東大會付議。

（三）兩學校請求捐助案：李總經理報告綿陽小學、樂嘉中學〔註7〕請求捐助學校基金，並說明與兩校之關係及其辦理之情況，似可根據本公司扶助文化事業章程酌為捐助。

決議：向綿陽小學一度捐助三千元正；向樂嘉中學一度捐助五千元正。

宋師度執筆

嘉樂製紙廠股份有限公司第七屆臨時股東大會記錄

日期：民國三十一年九月二十日

地點：樂山徐家堰本公司工廠

主席：宋師度

司儀兼記錄：鍾繼豪

（1）報告開會理由

主席報告：到會股東二百五十戶計八萬三千七百九十二股，七萬六千五百七十九權。蓋公司股份全數三百五十九戶，計一千萬股九萬零零八十權，到會者已達超過法定數，當然開會。

〔註7〕1941 年西遷的國立武漢大學教授涂允成私募 8000 元創建私立樂嘉中學，旨在解決武漢大學教師子女的教育問題，校址選在設在銅河壩 2 號——王爺廟。首任校長涂允成，教導主任張遠達，訓育主任夏震東，事務主任童詠春，1941 年 9 月開始招生。1946 年武漢大學回遷後，樂嘉中學由留下來的部分教師和學生繼續辦學。現樂山四中的前身就是樂嘉中學。

（２）報告增股情況

　　　　李兼總經理劼人報告，數月來遵照董監聯席會議暨股東大會增加資本議決案，實行募集並且經過情形詳細報告，至今業已收足五百萬元，且舊股本所增加之數特別較多，其餘新股亦皆由舊股東考慮而後介紹加入。

　　　　眾無異議。

（３）報告各部分經過情況及重要事件

　　（甲）李兼總經理報告本公司與川嘉紙廠有合作之可能。前接雲豐紙廠廠長楮經理來電，曾經特向董事會商酌機宜，曾委託陳廠長曉嵐赴渝作初度之接洽，並將我方所擬合作原則及彼方實際情況與接洽中相對之談話詳為述明，加以詳密之分析。主席復請各股東對此予以考慮。因此事較普通，一般向外投資事件關係較巨，現在尚未達到表決可否之時。將來在有利、互利之條件下應再提請決議遵行。近日所應請明白表示者，只在約集二度接洽我方，是否繼續前往接洽，以定進止而免徒勞。經眾股東討論後，旋由主席提請決定。

　　決議：於川嘉邀請時仍繼續接洽，俟達到相當條件後再行決定。

（４）增加董監案

　　　　主席說明最近董事會以本公司股本增加事務益繁，環境須善，應助力宜加多必須增加力，能代表各方股東之董監數人，內而領導一切，外而應付一切，庶事業進行上可多待較大之扶助。當將董事會建議提出。

　　議決：增加董事六人，增加監察一人，照案通過。

（５）修正章程案

　　　　主席謂本公司對外投資已議案而早成事實。因此，董事會為積極方面有所遵循計，消極方面應有限制計，擬請將章程第一章第二條請增改為「本公司以機器製造各種紙張為主要營業，於法定限制內得酌量向外投資」，又第四章第十九條請改為：本公司設董事十七人（原十一人），凡本公司股東股份足六

十股者均得當選。監察三人（原二人），凡本公司股東足四十股者均得當選。

決議：全體通過。

（6）選舉新增董事監察人

當場推定監察人陳曙光、許茲濃二股東按照手續舉行記名投票，後經監票、股東會同董事監察臨場開驗結果：

李伯申君得 70135 權；

田頌堯君得 70135 權；

楊新泉君得 69937 權；

陳曉嵐君得 69901 權；

孫靜山君得 68564 權；

向仙樵君得 67894 權。

以上六人當選為董事

何魯之君得 68655 權，當選為監察人。

主席宋師度

三十一年九月二十二日本屆第四次董監聯席會議錄

地點：本公司

時間：正午十二鐘

出席者：宋師度（簽到）、吳照華（簽到）、陳蘊崧（簽到）、陳子光（簽到）、張真如（簽到）、李劼人（簽到）、黃遠謨（簽到）、陳漸逵（簽到）、陳曉嵐（簽到）、謝勛哉（簽到）

主席：宋師度

記錄：鍾繼豪

一、報告事項：

1. 主席報告選舉結果，宣布新增董監選舉結果。歡迎當選人就職，其未到會者由董事長轉歡迎之意。

當選新增董監名單錄後：

李伯申君得 70135 權

田頌堯君得 70135 權

楊新泉君得 69937 權

陳曉嵐君得 69901 權

孫靜山君得 68564 權

向仙樵君得 67894 權

以上六人當選為董事

2. 李兼總經理報告最近各部人事上變更。

3. 總務部查七月本公司□總務部經理係……〔註8〕

主席提交討論。

決議：以六千元作為調養救助金出賬，其餘三……〔註9〕

二、討論事項：〔註10〕

1. 主席報告

本席兼帶總經理職務已近二年，其間所歷困難指不勝屈，兼之不感興趣，痛苦殊多，且為公司遠大之計，本席不得不隨時往來蓉、渝，對總經理職務未便更兼。茲特堅絕（決）辭職。煩諸同人詳細討論。鄙意仍以按照去年四月董會議定，歡迎宋董事長師度來嘉擔任總經理一職，於公於私裨益實多。擬由本席親到富順歡迎或由各位聯函及特別派員前往歡迎。

決議：聯名致函並派員攜聘前往富順歡迎。

2. 現在有健全董事會之必要，請同人詳細討論。

決議：設立常務董事會，由正副董事長各一人、常務董事三人組成之。公推吳董事照華任副董事長，張真如、楊新泉、謝勖哉三董事任常務董事，定期開會並劃定常務董事權限及辦事細則，並以此為提案提交本屆大會商討。

3. 修正章程，請吳董事照華擬改後併案提向股東大會通過。

決議：聞全華公司已印有比較完備妥善之種種章則，請陳經理索取一份以為藍本，徑交人事股會同公司、工廠各有關方面擬後，再由經理送交董事會審之。

〔註8〕檔案缺損。

〔註9〕檔案從 67 頁到 73 頁缺失。

〔註10〕由主席報告得知此非第四次董監聯席會議錄，因為此時的主席報告中提到辭去主席之職，邀請宋師度繼續擔任主席。此時的主席兼代總經理為李劼人。

4. 關於明年四月一日股東大會報告與提案

   決議：今年帳目及各種表冊請經理會會計主任督促，執事人員在明年三月造具完備送董事會轉監察審察。

        提案準備在明年三月二十日前後開會審核股東，提案請在二月二十八日以前送到董事會。

嘉樂製紙廠股份有限公司第八屆股東大會會議記錄

日期：民國三十二年四月十五日

地點：樂山縣徐家堋本公司工廠內

主席：吳照華

記錄：鍾繼豪

一、行禮如儀。

二、為故董事長陳宛溪先生、故經理施步階先生、故廠長王懷仲先生默哀三分鐘。

三、主席報告：

1. 李董事長因兼代總經理職務另有報告，故於本月十二日董事會推定本席代理大會主席；

2. 本公司股份全數共三百七十六戶，計十萬股，本日到會股東二百七十二戶，計八萬零四股，超過法定額數，宣布開會。

3. 三十一年股東大會議決增加股本為五百萬元，已於去年收足；

4. 本公司股票早已印就，一俟各董事蓋章完竣，即行分發。至以前所發股款憑證恐有遺失，俟正式股票分發後，即行登報公告一律作廢；

5. 李董事長因必須隨時往來成渝間，為公司作遠大計劃，向董事會堅決請辭兼代總經理職務，挽留不獲，經董事會議決推舉宋代董事長師度繼任總經理，日內即派專員攜帶各董事聯名信函前往富順，歡迎來嘉；

6. 為公司、工廠檢討過去，考察現狀，策畫將來起見，董事會職權實有加強之必要，因此特於本月十二日董監聯席會議增設常務董事會，由董事中推舉五人組織之，並就五人中選舉董事長一人，副董事長一人。除董事長仍由李劼人先生擔任

外，已推定吳董事照華為副董事長，謝董事勛哉、楊董事新泉、張董事真如為常務董事。

7. 常務董事會辦事細則由常務董事會擬定，提交全體董事會通過後實施。但須明白規定：（1）開會時得請監察人及在嘉董事列席；（2）職權；（3）開會期。

8. 添設購置委員會由常務董事五人、監察二人、公司總協理、工廠正副廠長共十一人組織之。凡購置或變動重要工具及材料價值在若乾元以上者，均應提交該會通過，其細則另定之。

四、修正章程

本公司添設常務董事會既經眾董事通過，則公司章程自應隨之增改：

1. 第十七條改為：股東開會以董事長為主，董事長因事缺席時，由副董事長代理之；

2. 第二十一條條改為：設常務董事會，由董事中互選五人組成之，並由常務董事中互選董事長一人，副董事長一人；

3. 增：第二十二條文曰：常務董事會辦事細則由常務董事會議定，提交董事會通過後實施；

4. 原第二十二條以下各條依次改為第二十三條……第三十條。提付表決，全體通過。

五、總經理報告

（略謂）去年實在對不起股東，沒能為股東賺錢；並對不起國家，沒能為國家增稅。其原因不外：

1. 公司活動資金太少，不足應用：

2. 原物料價波動過大，有意料所不及；

3. 煤價累次增高，運繳隨之而漲，有圖表記載，可以覆按；

4. 我紙銷戶多屬文化機關，所印教科書籍復受教育部限價，以致我紙不能比例漲價而影響文化前途；

5. 手工紙存底過豐，抑價傾銷後，與我紙之直價值過於懸殊；

6. 第三紙機所應補充之各件以及原物燃料。

民國三十三年四月二十八日董事會決議錄

地點：成都分公司

時間：午後五點鐘

出席者：李劼人、向仙樵、吳照華、孫靜山、田明誼、鄧華民、胡為藎、陳曉嵐、李伯申

主席：李劼人

記錄：鍾繼豪

一、報告事項：

1. 主席報告三十二年度經過情形及賬務案

謂去年營業稍有利潤，除補償前年度虧欠外尚可設法籌出五百萬元作為紅利，其分配擬即按照本公司章程規定：

以三百萬元作股東紅息；

以一百五十萬元作職工紅酬；

以二十五萬元作董監紅酬；

以二十五萬元作職工福利及補助文化基金。

2. 監察人查帳案

監察人魏時珍業已報告考核無訛，具有報告書一件，並議定明晨請會計課經理周安梁逕往金監察存良處商請查核、蓋章。

3. 請討論帳目通過案

決議：提交股東大會通過。

4. 副董事長吳照華、董事田頌堯（田明誼代表）、董事孫靜山等函稱，考查情形已覺公司設在樂山多感不便，為公司將來利益計，請移至成都案

決議：全體贊成提交股東大會討論

5. 按照營利法人戰時賠償增資草案及新近報載陪都工礦業重估固定資產價值案

查增資辦法頗有乘時趕辦之性質，若不預為議定，恐其到期不及開會，特為利用本會開會機會，請各股東詳加討論，並為預定數目，以利遠行。

6. 為謀戰後公司穩定計，擬設第二工廠於下流適當地方，添購
美國 1923 年製造之長網造紙几案

　　　該機係由新紀公司介紹出售，約值九萬美金，上油裝箱
約需六千美金。如能謀得外匯，利益甚大。應請提交股東大
會討論決議，然而事不宜遲，遲恐無濟。

二、討論事項：

1. 職員以生活激高請予調整案

決議：原則贊成，應如何辦理仍交總經理妥為斟酌辦理，以慰
　　　職員企望之殷。

2. 職員以分配酬勞曾吃大虧請予補救案

決議：請總經理斟酌妥辦。

3. 宋嘉會各股東聯名請改善收領股紅息手續案

決議：將印鑒辦妥分寄成渝分公司，各存全份以期手續簡便。

4. 董事宋師度、謝勛哉函請增加董事長與馬費案

決議：董事長另行具函提向股東大會，請允酌增董監酬勞以允
　　　平允。

5. 秘書鍾繼豪簽呈請領一年休養費案

決議：交由董事長斟酌核定，優予酬報，以慰勤勞。

6. 董事張真如提議維持武大教授案

決議：由輔助文化基金內撥撥款，並請梁總經理斟酌辦理。

7. 為紀念教授黃方剛及輔助湖南明德學校（請為追認）案

決議：應予追認。

8. 吳其昌教授紀念案

決議：酌予表意。

9. 同濟大學、樹德中學、川康農工學院、樂山孤兒院小學、醇
化中學、全國文藝界抗敵協會請撥文化輔助金案

決議：交下屆董事會辦理。

10. 內政部規定一人不得常用兩個名號或記查等字樣案

決議：於股東大會提出，喚起股東注意。

　　　　　　　　　　　　　　　　　　　　　李劼人

嘉樂製紙廠股份有限公司第九屆股東大會會議錄

日期：民國三十三年四月三十日

地點：成都寧夏街樹德中學

主席：李劼人

記錄：鍾繼豪

一、行禮如儀。

二、默念公司先靈——故董事長陳宛溪先生、故經理施步階先生、故廠長王懷仲先生，以表追念之誠。

三、報告事項：

1. 本公司股份全數共三百七十二戶，計一十萬股，本日到會股東一百九十九戶，計 78299 股，超過法定額數，宣布開會。

2. 報告本公司自創辦以來經過一切情形，中間飽經艱苦，履蹶履起，幸而得道多助，方有今日之基礎。所談往事歷歷如在目前，並及三十一年所售預貨之經過，當時以資金不敷周轉實有不得已之苦衷云云。

3. 吳副董事長報告去年設常務董事會於樂山，計常務董事五人，曾經開會二十七次。

4. 主席繼續報告：因政府重望我廠增加生產，本公司亦即向經濟部工礦調整處進行借款，意將第二號紙機推動，本人與梁總經理到渝，接洽有緒，最近陳廠長因公轉渝，始將此事完成，計辦到借款七百餘萬元，即以其數購買機器，以資擴充。

5. 梁總經理報告：本人去年因事回川，承李董事長囑託之書，特到樂山查視紙廠。乃蒙董事諸公之委託，擔任總經理一職。雖在樂之日不久，而對於公司、工廠頗盡調整之力，嗣與陳廠長數度研討，紙質得以改良，產量得以增加，而銷場方面現已形成供不應求之狀，至拋售捲紙三十萬磅、平版紙一千令，實為當時公司需款甚急，取其兩便矣。

6. 至此本應由陳廠長報告，因為時間太久，主席乃變更程序，讓其改用書面報告以後寄達。

7. 監察魏時珍以書面報告查核三十二年度公司帳務尚屬無訛，由主席朗誦，經眾認可。

四、討論事項：

1. 董事會提案：按照營利法人戰時估值增資辦法及報載孔部長談話，特請預作決議案：查此種辦法本公司前已重視，曾經主席到渝逕向徐部長、張處長多次磋商，初謂可增四倍或八倍，而報載又不僅八倍。陳廠長補充謂增資辦法以國防最高委員會否認在案，我公司宜與工廠聯合，切實聯絡，以便一致進行。且恐到期不及開會，特請諸公預定原則。

   決議：經眾詳加討論，仍以按照一般工廠增資情形相機斟酌辦理，謹將增資原則議定，以待時機。當付表決，全體起立，一致贊成。

2. 董事會提案：為戰後擴充產量、改良品質，以圖我公司可以生存，計擬購美國機器案，附有說明書一件，請眾股東察閱，計該項機器係由新紀公司介紹，須價九萬美金，又裝箱上油須六千美金，又配齊一切附帶機器共約須二十萬美金，以現在法幣黑市匯價計算在五千萬元以上。如果能請得法價外匯利益甚大，又如果購得此種機器必須另採適當地點以減低製造成本，惟以所需之數甚巨，應請諸公詳加考慮公司究應如何進行。

   決議：經眾討論後，認為係本公司生命所寄，應請下屆董事會設法完成此，第二工廠至將來籌措經費時再開臨時股東會商討。主席提議表決，全體起立，一致贊成。

3. 吳副董事長照華及連署八人提案，謂健全組織宜採用會計獨立案：

   決議：本公司素採會計獨立制，自無異議。惟主辦人員由董事會任免，其他會計人員仍由總經理考核。

4. 田頌堯、吳照華、孫靜山董事及連署十人提案，請將總公司遷移成都案。查公司重心現已不在樂山，應請遷至成都，而樂山地方須有健全機構方不至顧此失彼。

   決議：經眾從長討論後，咸認為公司營業及發展計劃總機構宜遷至成都。惟遷移前後應有種種準備、種種步驟。而樂

山方面於總機構遷去後尚應有一較具體之機構以代替之。此事宜交下屆董事會及經理會同商討，相機辦理。主席提付表決，全體起立贊成。

5. 李劼人股東臨時動議，謂董監與馬費應稍增益案：

決議：授權下屆常務董事會詳加斟酌決定之。

6. 主席提議本屆常務董事宜加二人案：

決議：去年既有五人，今年事務益繁，本屆應即增為七人，全體贊同。

7. 更正章程案：主席朗誦更正條文，附更正章程一份。

決議：全體通過。

8. 改選董事十七人，監察三人。經眾公推吳照華、程雲集、謝禹倫、鍾繼豪股東為查票人。選舉結果另附清單。

9. 畢會，聚餐。

主席李劼人

附件：

嘉樂製紙公司第五屆董事、監察人名單

董事長：李劼人

副董事長：吳照華

常務董事：湯萬宇、孫靜山、魏時珍、楊新泉、張真如

董事：梁彬文、李伯申、黃肅方、陳曉嵐、謝晶哉、宋師度、陳子光、胡為藎、程雲集、陳蘊崧

監察人：何北衡、廖偉成、劉星垣

第五屆首次董事會決議錄

日期：三十三年五月三日午後三鐘半

出席者：魏時珍、李劼人、湯萬宇、李伯申、梁彬文、黃肅方、吳照華、孫靜山、陳曉嵐、程雲集

主席：李劼人

記錄：鍾繼豪

（一）主席宣布本屆當選董事十七人，次多數十人；當選監察三人，次多數九人（有清單）。

（二）本屆常董，股東大會通過增加二人。在案請推定之：

　　1. 推定李劼人、吳照華、湯萬宇、孫靜山、魏時珍、楊新泉、張真如為本屆常務董事。

　　2. 就常董中推定董事長、副董事長，經眾公推李劼人為董事長，吳照華為副董事長。

　　3. 隨即議決常董會每週必須開會一次，董事會每兩個月開會一次，遇必要時得隨時召集之。

（三）本公司為集思廣益計，商定聘請向仙樵、李幼椿、余紹庚、歐陽里東、陳蔭池五位先生為顧問〔註11〕，田明誼先生為會計顧問。

（四）關於購買美國機器案：購買外匯手續極繁雜，仍請李董事長劼人、梁董事彬文、陳董事曉嵐斟酌進行，遇有必要須開會解決時即行召開臨時股東大會。

（五）董監輿馬費前經股東大會交由本會自行決議，茲議定：

　　1. 董事長待遇

　　　照本公司總經理薪津（金）致送，外加辦公費、應酬費；

　　2. 副董事長及常務董事每月各送輿馬費四千元；

　　3. 董事及監察人每月各送輿馬費二千元。

（六）公司職員呈請改善紅酬分配案

　　　職員去年吃虧甚大，自應允為所請，予以改善。請梁總經理斟酌情形妥為辦理。

（七）各學校請撥文化基金案，議決分配如下：

　　　同濟大學　一萬元；

　　　樹德中學　二十萬元（內扣舊欠十二萬餘元）；

　　　川康農工學院　二萬元；

　　　樂山孤兒院小學　五萬元；

　　　武勝醇化中學　七萬元（內扣所借予之五萬元）；

〔註11〕余紹庚、陳蔭池、歐陽里東都是樂山地方士紳。1944 年 3 月樂山縣制定了城區街道整修計劃，嘉樂紙廠的廠址所在地也在整修範圍。余紹庚、陳蔭池是新市區建設委員會中的常務委員，歐陽里東是委員。參見《樂山史志資料 1991 年～1992 年》第 28 期，第 192 頁。

以前公司捐助黃方剛教授獎學金一萬元，湖南明德中學復建費一萬元均追認之；

吳副董事長謂前捐銘章中學建設費久未提取，增為一萬元；

至於文藝界抗敵協會捐五千元，由通常捐助費出賬。

（八）補助武漢大學教授案

張真如董事來函請諸公察閱酌議，俟請董事長察酌情形，每人借予三千元，每年二次。即函樂山實行。

（九）職員消費合作社案

陳董事曉嵐謂公司尚有農民銀行透支額五十萬元，議准以該行支額撥歸福利委員會辦理之，所需子金由公司擔付。

（十）菁華染織公司函請投資案

議決：暫不投資，於可能時襄助之。

主席　李劼人（簽名）

本屆首次常務董事會議決議錄

日期：民國三十三年五月四日午前十點鐘

地點：成都分公司

出席者：李劼人、吳照華、湯萬宇、魏時珍、孫靜山

列席者：梁彬文、周安梁、程雲集、陳曉嵐

主席：李劼人

記錄：鍾繼豪

一、報告事項：

1. 三十二年度所訂常務董事會辦事細則未盡合理，應稍加修正，特將原細則朗誦一過，請即斟酌更正。附修正細則一份。

2. 以後常務董事會開會，如有常務董事因事不克出席時，得委託其他常務董事代表之開會，之後應將所議事件通知樂出席常務董事。

　　茲經議定，每週星期四日下午三點半鐘開會，甚望常務董事諸公屆時出席。

3. 卅一年度股紅息遲至卅三年四月尚未撥畢，殊為遺憾。卅二年度股紅息應急急籌備，撥給逾速逾妙。

4. 預算公司、工廠五、六兩月亟須 1700 餘萬元以應必需，甚望常務董事會及經理部門負責籌備。

二、討論事項：

1. 資助武漢大學教授案

決議：本會商同梁總經理，可聘者聘之，可資助者資助之。

2. 王故廠長懷仲先生撫恤案

　　查民國廿九年三月三十日曾經議定有案，此次王太太來省出席股東大會，將原案鈔件帶來，因恐董會人事變更，特請重行追認。

決議：由本日出席董事遵章追認。

主席李劼人

第五屆第二次董監聯席會決議錄

日期：卅三年六月廿四日午後四時

出席者：李劼人、魏時珍（李劼人代）、李伯申、湯萬宇、張真如、吳照華、劉星垣、程雲集、孫靜山、黃肅方（張真如代）

主席：李劼人

記錄：謝揚青〔註12〕

（一）請求政府增加本公司紙張售價以維成本案：

決議：函請梁總經理迅速據情向政府請求改善售價，一面積極進行推銷免遭停業。

（二）關於購買美機事，四月卅日股東大會決議提交董事會全權處理，惟以此項機器需支龐大，其責任實非本會所能擔負與處理，似應即時召集臨時股東大會共同商討案：

決議：於七月底召開臨時股東大會共策進行，並於通知發出時連同提案引發。

第六次常務董事會決議錄

日期：卅三年六月廿九日午後四點鐘

出席者：李劼人、魏時珍、張真如、湯萬宇、孫靜山（湯萬宇代）

〔註12〕謝揚青（1916～1994），樂山人，謝勖哉之子，排行名為謝嘉謨，曾任嘉樂紙廠董事會秘書，《誠報》主編，曾任中華全國文藝界抗敵協會成都分會秘書。

列席者：程雲集

主席：李劼人

記錄：謝揚青

（一）據梁總經理來函謂：渝市本廠紙銷路困難，其滯銷原因：（1）秋季用紙戶不及趕辦印務；（2）貨尚多不急需紙。本廠紙在渝官價每令二千元，非至每令四千元實難維繫。但七聯非用嘉樂紙不可，故本廠紙滯銷乃暫時現象，且本廠紙現價較土紙為低，只需忍耐，前途定樂觀。前擬向政府請求加價之擬是否仍照原擬進行案：

決議：董監聯席會議決定向政府請求加價之擬暫緩進行。

（二）陳子光董事來函要求沿王故廠長例，請求多予補助並請增加總稽核薪金案：

決議：俟陳董事來蓉後當面解釋，原信存查。

第七次常務董事會決議錄

日期：卅三年七月十四日午後四點鐘

出席者：張真如、李劼人、吳照華、湯萬宇、魏時珍（湯萬宇代）

列席者：程雲集

主席：李劼人

記錄：謝揚青

（一）以目前公司情形而言，大批用紙戶（即中小學教科書印製者）用紙時期待於秋季來臨，故本公司之紙至六、七兩月可謂最淡季節，微呈疲滯之狀。唯本公司一切開支月需八百餘萬，雖處於淡月仍須設法彌補以免生產停頓，原擬於此期力發付股東紅息，因本公司經濟緊縮之故，又告無法付給□如何□生案：

決議：通知各董事說明目前情形，請各董事分別轉致各股東鑒諒。

（二）樂山分公司會計主任湯人絜薪級案：

決議：常務董事會致函曹經理、周經理，按鄭魚龍、楊民意薪級為標準，而在鄭、楊之間為原則，擬具呈報。

（三）樂山工廠現存煤今足夠半年應用，刻因煤價增長，公司經紀緊縮，似應即時停購案：

決議：由常董會致函樂工廠，相機處理，能暫停不購為妙。

（四）李幼椿股東介紹王慧齡女士在廠服務案：

決議：常董會函復，俟臨時股東大會時經理、部門負責人員來蓉商
　　　量，視工廠之需要而定。

第八次常務董事會決議錄

日期：卅三年七月廿六日午前十時

出席者：李劼人、張真如、吳照華、孫靜山、湯萬宇、魏時珍

地點：成都公司

列席者：程雲集

主席：李劼人

記錄：謝揚青

（一）臨時股東大會延期舉行案：

　　　本屆大會原定本月卅日舉行，但致各方通知因郵誤關係迄今未
收到。如按期開會不足法定人數，兼之此次大會關係本公司前途至
巨，須廣集意見，務使每一股東均有發表意見機會，而各地股東因
時日逼迫不及趕來，請求延期。

決議：通知在蓉股東俟各地股東意見大部分匯齊後再行定期開會，
　　　樂山方面專函通知樂山公司改期，再由樂山公司另函通知，
　　　並請赴蓉出席會議。

（二）會計部遷蓉案：

決議：俟職員宿舍覓定後再函知完全遷蓉，宿舍請程經理迅速尋覓。

（三）董事會秘書謝揚青、消費合作社經理鄧作楷薪級案：

決議：董事會秘書謝揚青薪級以三等三級二度開支，合作社經理鄧
　　　作楷薪級以二等四級一度開支，均自卅三年六月份起始。

第九次常務董事會決議錄

日期：卅三年八月二日

出席者：李劼人、湯萬宇、吳照華、張真如、魏時珍、孫靜山

列席者：陳子光、程雲集、周安梁

主席：李劼人

記錄：謝揚青

（一）程雲集經理請假一月返，樂、蓉公司由何人負責案：

決議：推孫靜山董事暫行代理。

（二）梁總經理在渝因公致疾病並感人手不齊，而渝公司事務蝟集，應如何解決案：

決議：全體常董聯名函慰，並請加緊健全渝公司人事組織，重新尋覓幹員再報董事會追認。

（三）總公司遷蓉僅地址問題，會計部已前來，關於賬務應自何日始案：

決議：自八月一日起，各分公司賬務應逕報蓉會計部。

（四）關於售賣預貨是否依物價之漲落而定收款案：

決議：應辦到以水漲船高為原則，應使合乎米、草、城、炭、電價之時價。如不能，儘量囤儲原料時，須妥為訂立合同。

第五屆第三次董監聯席會決議錄

日期：卅三年八月十一日上午九時

出席者：劉星垣、孫靜山、陳子光、李劼人、張真如、湯萬宇、魏時珍（湯萬宇代）、黃肅方、吳照華（孫靜山代）

主席：李劼人

記錄：謝揚青

（一）購買新機增辦二廠，專賴自力更生方可實現。故擬停付 33 年度、34 年度股東紅息，以之購儲美金作為增辦二廠之資案；

（二）本會董事現為十七人，將來籌辦新機要務增加恐嫌人事不濟，擬推舉二人案：

決議：由董事會擬一提案，送請大會通過。

（三）停付今、明年股東紅息後，對於學校股東應舉代表根據本日之討論向其申述案：

決議：推舉孫靜山董事前往接洽。

（四）陳總稽核子光薪級案：

決議：協理待遇，薪級為一等三級三度。

第十次常務董事會議決議錄

日期：卅三年八月十七日午後四時

出席者：李劼人、魏時珍（李劼人代）、孫靜山、湯萬宇、陳子光、張真如

主席：李劼人

記錄：謝揚青

（一）本公司黃肅方、董事李幼椿股友即將赴渝出席國民參政會議，本會應供給關於物價資料請求政府切實限價，無論國營、民營應請一律待遇，以維民營業案：

決議：通知樂山工廠將嘉陽煤價、岷江電價、永利城價自去年六月份起至今年六月份止，將每次所提實價、原價以及提價之月、日迅速詳為列表寄蓉，交請李、黃兩君作為提案資料。

（二）本年做賬應由陳廠長負責製備各種單據，惟陳廠長來函請由董事會正式通知，以明責任案：

決議：由董事會函知。

（三）據合作社鄧經理來函以廢毯、二炭等變賣後作為合作社資金一事甚有困難，擬請公司撥足提倡股一百萬元。

決議：由公司撥助合作社提倡股一百萬元，至合作社職工薪金仍由社自行開支。

（四）合作社來函請購萬金油、八卦丹、九一四各十打，並請代製練習本三萬冊案：

決議：除萬金油等項即日購請陳子光董事帶樂外，練習冊簿由秘書室涉及代製，所購各物款項由公司墊付，將來在提倡股項下扣除。

（五）近年生活陡漲，致有若干股東或與本公司有關人士對於子女之教育費用無法維持，導致失學，本公司應加以補助案：

決議：在文化事業補助項下每學期補助數萬元。

第十一次常務董事會議決議錄

日期：卅三年九月十三日上午十時

出席者：李劼人、湯萬宇、孫靜山、吳照華、張真如

主席：李劼人

記錄：謝揚青

（一）關於卅二年度股東紅息究竟如何籌付案：

決議：由成都公司籌足一百五十萬元發給成都全區及樂山部分股東之股紅息，惟全數尚差小單（約一百二十萬元），函請梁總經

理設法籌付，期於本年九月底前全部發清。至職工紅酬予緩分發，候有餘款先行籌發工人，再次分配職員。

（二）關於韓文源在樂山提議援助武大清貧教授應如何辦理案：

決議：

 （1）致函韓文源謂所見相同，但本公司原定有補助辦法，不日本會即有常董去樂，當與武大當事人商酌進行所擬補助，不致較其所提為低，而人數亦不僅二三人；

 （2）原定致送者仍照原議人數略加，需費方面決定在五萬至六萬元之間，其他人選俟張真如董事返樂商洽後再定；

 （3）每人以三千元為標準，每年致送四次。

第十二次常務董事會議決議錄

日期：卅三年九月廿六日上午十時

出席者：李劼人、魏時珍、張真如、湯萬宇

列席者：陳曉嵐

主席：李劼人

記錄：謝揚青

本公司常年法律顧問蔣思道、傅應奎兩律師年費案：

決議：本年各致送年費國幣二萬元。

第十三次常務董事會議決議錄

日期：卅三年十月十七日

出席者：李劼人、吳照華、湯萬宇、孫靜山、魏時珍

列席者：程雲集

主席：李劼人

記錄：謝揚青

本次會議僅有主席報告無決議。

第十四次常務董事會議決議錄

日期：十月廿五日上午十時

出席者：李劼人、湯萬宇、吳照華、魏時珍、孫靜山

列席者：程雲集、周安梁

一、程雲集經理主持樂公司業務案：

決議：准梁總經理提議，調派程雲集以協理名義主持樂山分公司業
　　　務，即日赴樂辦理一切，遺缺暫時請由孫靜山董事代理；

二、李董事長請辭強華公司董事長案：

決議：以李董事長名，函強華公司董事會請辭該公司董事長職務，
　　　並請另舉楊新泉先生任董事長，至李董事長原在該公司之董
　　　事名義仍請照章保留。

第十五次常務董事會議決議錄

日期：卅三年十一月二日上午十時

出席者：李劼人、魏時珍（湯代）、吳照華（孫代）、湯萬宇、孫靜山

主席：李劼人

記錄：謝揚青

關於援助武漢大學教授案：

決議：援助武漢大學教授辦法略加變動：

　　　（一）顧問每人每月致送輿馬費國幣三千元；

　　　（二）無期無息貸款者此項每人可貸予國幣四千元。

第十六次常務董事會議決議錄

日期：卅三年十一月十五日上午十時

出席者：李劼人、湯萬宇、吳照華、孫靜山、魏時珍

主席：李劼人

記錄：謝揚青

一、許茲農股東來函願將彼名下股本——謝記三萬元、培記二萬零
　　四百元共五萬零四百元以五倍或六倍出讓案

決議：許君股票如外間無人購買時，由公司在公積金項下撥款購置
　　　之，但其索價過高，公司僅能以四倍接收，至多不得超過四
　　　倍半，並須將本年度紅息包括在內，不另計算；

二、關於強華公司董事長繼任人選楊新泉董事懇辭，本公司應如何
　　表示案

決議：函楊新泉董事表示慰留，並請程協理就近代為致意。如楊氏
　　　辭意堅決，則唯任強華公司董事會另選賢能，但李董事長代
　　　表本公司出任該會董事仍須請其照章保留。

第十七次常務董事會議決議錄

日期：卅三年十二月廿八日上午十時

出席者：魏時珍、吳照華、湯萬宇、李劼人、孫靜山

列席者：程雲集

主席：李劼人

記錄：謝揚青

關於明年一月至三月開支不敷問題究竟如何籌集以解決迫切需要案

決議：根據報告請董事長函梁總經理，以公司大宗款項向在渝市流
　　　通，故在渝設法大宗款項必易，請梁總經理預為籌劃。至蓉、
　　　樂兩地，亦應分別進行，早作準備。

第十八次常務董事會議決議錄

日期：卅四年一月三日上午十時

出席者：李劼人、吳照華、孫靜山、魏時珍、湯萬宇

列席者：陳曉嵐、程雲集

主席：李劼人

記錄：謝揚青

（一）程協理以樂山事重須即去樂，孫代經理靜山於不日赴前線，
　　　蓉方事務究應推選何人負責案：

決議：蓉公司事務於孫代經理靜山請假期中，由吳副董事長照華暫代。

（二）廿六、廿七年本公司職工來分紅，會設法除陽曆十二月發雙
　　　薪外，於陰曆年底多發一兩次薪水，今年是否沿例辦理案：

決議：陰曆年關本公司再普遍增發全體職工薪俸一月，於一月底分
　　　別發給。

第十九次常務董事會議決議錄

日期：卅四年一月十八日上午十一時

出席者：李劼人、魏時珍、吳照華、湯萬宇、孫靜山

列席者：梁彬文

主席：李劼人

記錄：謝揚青

本次會議僅有報告，無決議。

第二十次常務董事會會議

日期：三十四年二月二十一日上午十一時

一、本公司職員增薪案：自本年一月起加生活津貼百分之五十，（一月份雙薪既經發給，不再照加後標準發給）至以後職員生活津貼，按本廠二號紙張之廠價比例增減，並廢止以前每三月調整薪金八塊之諾言。

二、三十三年度職員考績案：依照幹部審查會議意見通過。

三、關於合作社案：交李董事長赴樂全權處理。

第二十一次常務董事會會議

日期：三十四年三月二十二日上午十時

一、報告事項

李董事長報告

1. 赴樂經過，暨二號機自敘運樂滯留情形，並舉行駐樂董事座談會；

2. 岷江二千基羅電力已發，我機每分鐘可以開至六轉，川康毛布織得太鬆，不耐用；

3. 一號機已舊，不經濟；二號機用電雖貴但較划算；現城將漲至每噸二十八萬元，煤將漲百分之五十，稻草每斤漲至七元半。

4. 用廢紙為料，每令紙成本至少可減低至三四百元；

5. 今年紙之製造毋庸悲觀，價亦可穩定；

6. 去年營業共一萬三千多萬元，獲利三千萬元，其中二千萬元已早擺在機器房屋上；

7. 總公司遷蓉已在樂山縣府備案，樂山分公司亦即成立，合作社已略改組。

二、議決事項

1. 本公司三十四年度第十屆股東大會會期如何決定案

決議：四月二十二日在蓉舉行。

2. 樂山股東較多，路局車輛有限，故來蓉出席大會定感困難，擬租車迎送案

決議：如足一輛以上之人數時，決租專車迎送。

3. 宋董事師度公子文儒君在樂服務，其夫人高林筠女士現為會
   計師，擬聘為本公司會計顧問案

決議：已通過，支與馬費一千元。

4. 馬寅初先生為我國經濟名家，現聞生活困苦，渝各公司均有
   補助，本公司擬聘為經濟顧問，酌予資助案

決議：通過。每月致送與馬費五千元。

5. 本公司高級職員年終進俸如何決定案

決議：梁總經理彬文進俸二度，程協理雲集調職不久毋庸進，
      陳廠長曉嵐進俸三度，曹經理青萍進俸三度，梁經理伯
      雍任職不久不進，周經理安梁進俸一度，袁副理天錡進
      俸一度，賈副理畢塵任職不久不進。

第五屆第四次董監聯席會議決議事項

日期：三十四年四月十四日下午五時

一、關於已用在機器、房屋、原料上之二千多萬元，應如何立賬案

決議：擬於公債金項下一千萬元，戰時準備金一千四百萬元，日後
      再設法轉帳。

二、三十三年度營業略有盈餘，應如何分配案

決議：按照本公司章程分配如下：

   1. 以六十萬元作股東紅息；

   2. 以三十萬元作職工紅酬；

   3. 以五萬元作董監紅酬；

   4. 以五萬元作職工福利及補助文化事業費。

三、帳目如何表現案

決議：帳目表現按照往年之例辦理。

四、我廠機器有賬上有而機器售去，有機器存而賬上未有。經周安
    梁經理調查後，定至三十三年十二月止製一帳目表，但以後關
    於機器部門之賬務應如何辦理案

決議：按實報實銷原則辦理。

嘉樂製紙廠股份有限公司第十屆股東大會決議錄

日期：民國三十四年四月二十二日上午十時

地點：成都樹德中學校禮堂

出席戶數：二百三十八戶

出席股份：七萬九千九百三十五股

出席股權：七萬零八百七十九股

主席：李劼人

記錄：謝揚青

一、行禮如儀

二、主席報告（略）

三、監察報告：由劉星垣監察做書面報告

四、討論議案：

　　查去年八月十三日臨時股東大會時，曾因計劃購買美國造紙機，由董事會提議，請通過停付卅三、卅四兩年股紅息，以為購買該機、增辦新廠之準備案，以當時出席股數足額，而戶數不足法定，遂成假決議案。茲因購買美機之事，以情況變化關係，已不可能：（一）官價外匯不足購買；（二）黑市美金漲至八倍，總計非三萬萬元法幣莫辦。乃徵詢各方意見，均認為美機既失，仍將卅三、卅四年股紅息發還股東，並請董事會提交本屆大會商決，究竟如何決定案：

決議：全體一致通過變更卅三年八月十三日臨時股東大會假決議，
　　　仍將卅三、卅四兩年股紅息按照章程發給股東。

五、選舉監察：

　　廖偉成 67586 票；張仲銘 65593 票；歐陽里東 65575 票。

　　選舉結果：廖偉成、張仲銘、歐陽里東當選為本屆監察。

六、畢會，聚餐。

第六屆首次董監聯席會議記錄

日期：三十四年四月廿六日下午三時

地點：成都公司

出席者：李劼人、宋師度、陳蘊崧、張仲銘（陳曉嵐代）、陳曉嵐、
　　　　黃肅方、魏時珍、湯萬宇、李伯申、程雲集

主席：李劼人

記錄：謝揚青

（一）今年賬務未按往年方式處理，蓋今年有兩千餘萬元存於貨底，

曾於五屆四次董監聯席會議時決議撥一千萬元為公積金，撥一千四百萬元為戰時準備金，應如何辦理案

決議：賬務因法令種種限制關係，其虛懸一項，仍須保持，並按月以八分利率行息，以資明年應用。

（二）總公司計議遷蓉後，經第九屆股東大會決議於樂山成立分公司，計時已有一年。因總公司遷移非易，直至現在始將各種手續辦理清楚，至樂山分公司是否如議成立案

決議：樂山分公司為執行股東大會決議，仍須成立；惟使公司與工廠工作上之協調起見，內部管理由工廠執行，外部往來由分公司負責，並加聘陳廠長曉嵐兼任分公司經理，曹青萍君調聘為該分公司副經理兼副廠長，暫定試辦期間為一年。

（三）職工戰時津貼百分之五十加入薪額計算，去年職工亦照辦理，如仍循向例，則差額稍大，應如何決定案

決議：發給職員紅酬時，就戰時津貼百分之二十至三十之間，斟酌撥一數目加入薪額計算，工人照舊由會計課考查實際情形，呈請董事長斟酌決定。

（四）技術人員與事務人員勞逸差別甚大，如技術人員須值夜班，每月只休息二日，而星期日工作又無薪給，為使待遇平均，應加以調整，如何決定案

（五）新裝二號紙機下月可望出紙，按本公司安裝機器向有獎勵辦法，今次又如何表示案

決議：四、五兩案合併辦理，關於獎金一項，准提伍拾萬元分撥；至技術人員之名義薪給辦法由陳廠長擬具意見，提交常務董事會審核決定。

（六）關於文化補助費，按本公司章程規定費，現已接請求補助者有：樹德中學、醇化中學、敬業中學，均為本公司股東。此外如樂山孤兒院、平民工讀社、兌陽小學、復興小學等以及成都市救濟院請求捐助貧兒寫字紙若干，如何決定案

決議：樹德中學補助法幣三十萬元；醇化中學補助法幣十萬元；敬業中學補助法幣六萬元。其他如孤兒院、兌陽小學等容待常務董事會議決定。成都救濟院准捐十六開小紙八千張。

（七）樂山華新、鳳翔兩絲廠各向四行貸五千萬元，請本公司擔保，華新廠因我公司前向四行貸款八百萬元時曾為作保，故有擔保義務，鳳翔關係較淺，如何決定案

決議：華新廠因有義務關係決定擔保。鳳翔廠須照下列兩項任擇其一辦理：1. 只擔保一部分；2. 擔保前須明瞭其經濟情形。

（八）董事監察紅酬分配案

決議：照章提五十萬元分配如下：

    1. 董事監察十五人，每人二萬四千元；

    2. 常務董事五人，每人二萬八千元；

    3. 周用五等五戶三十三年股紅息六萬元平均分配與各董監，每人三千元。

（九）樂山方面職工增多，住地不夠分配，演武街公司有空地一塊，職工擬在彼處修造宿舍，由公司出料，職工擔負工價：查修造職工宿舍，安定工作人員生活，為公司應有之設施，公司原擬為彼等修造，嗣以地皮未收回，經濟不許，致未進行。今既有需要，應由公司修造，其所需費約一百萬元。再廠內鄰近有王姓房地一棟，前曾託人求售，索價百餘萬元，可否購買，均盼決定案

決議：樂山演武街職員宿舍，由公司撥款修造，所需費用暫駐入於職工懸款項下，至相當時期再行處理。王姓房地可購買，由陳廠長斟酌辦理，惟不能超過一百六十萬元。

（十）珠璣印書股份有限公司函請認股案

    查珠璣公司為本會秘書謝揚青君所組織，資本定為二千萬元，分為一萬股，現已募有相當股款，而其所經營之業務與本公司甚有密切關係，應加以贊助案：

決議：允予投資，至認股數目由常董會議決定。

第二十二次常務董事會會議

日期：三十四年五月二十四日上午十時

一、李董事長報告

    1. 報告去渝與七聯交涉之艱難情形；

2. 渝市大小生意湧至，紙不夠銷；

3. 前後匯樂三千六百一十萬元，匯蓉二千萬元，渝還債一千萬元，將續購銅絲布等器材，渝存二千萬元甚鬆動。

二、決議事項

（一）樂山孤兒院等七單位請求資助案：於文化補助金分別補助之。

    1. 樂山孤兒院八萬元

    2. 樂山兌陽小學三萬元

    3. 樂山復興小學四萬元

    4. 樂山平民工讀社五萬元

    5. 新世紀學會五萬元

    6. 王光祈音樂獎學金六萬元

    7. 四川國醫專科學校六萬元

（二）馬寅初顧問輿馬費擬予增加案：除原定每月致送輿馬費五千元外，自本年六月份起，每月增送五千元，連前每月共致送一萬元。所贈之數，列於本公司職工教育費項下。

（三）三十三年度職工紅酬分配案：照原議職工撥戰時津貼百分之五十加入薪金計算；職員撥戰時津貼百分之二十五加入薪金計算。

（四）宋師度董事擬議：鑒於目前董監輿馬較之職工實太菲薄，而輿以前第一次大會議定之最低輿馬亦嫌過低。但本人覺得各董監未必斤斤計較於此，當李董事長擬於本屆大會提出時，余曾加以阻止。後來聞同事中有言未能輿職工待遇取得適當比例，是否略加調整，請同仁決定案：以目前幣制愈趨低落，現時本公司董監之輿馬費自感菲薄，而職工薪金迭有增加，故董事監察之輿馬費實應加以適當調整。至於如何增加，則請李董事長代為決定，再提請下屆股東大會追認。

（五）李董事長循常董會請求：將本公司董監輿馬費自本年五月份起，經各董事同意，作如下之調整：

1. 常務董事每人每月一萬四千元；
2. 董事監察每人每月八千元。

第二十三次常務董事會議

日期：三十四年六月十五日上午十時

一、報告事項：

梁總經理報告

1. 在樂曾請駐樂董事舉行業務報告；
2. 二號機已出紙，每月可產五十令上下，現正改裝電力；
3. 七聯秋季用紙計現售中華四六五〇令，商務三〇〇〇令；大東一五〇〇令，世界一九〇〇令，開明一一〇〇令，文通六〇〇令，共售一三，〇〇〇令，各書局尚需二千令以上；
4. 六月份紙已售完，除購馬達等項外，渝存三千多萬元，我紙造至七月份有二千多令，如此尚可拖走；
5. 返渝擬請日用品管理處調整我紙售價；
6. 明年春季營業甚有把握最低可售二萬令；
7. 本公司售貨硬性，但有錢即取貨，信譽確立，大部對我公司印象……〔註13〕
8. 今年二、三月交易□並各書局利用政府□意欲低價購紙□適當

二、議決事項：

1. 渝公司職員沈迪群君函請籌辦圖館，查公司原擬開一小型圖書室，嗣因經濟及其他事務所羈關係，未克進行。沈君建議極當，應如何籌備案：

   決議：自本年七月一日起，公司每月撥三萬元酌購圖書，逐漸成立圖書室。因樂山分公司人多，先行在該廠試辦，其他處所，稍後進行。惟可先酌訂報章什誌。

2. 楊新泉董事來函言宜賓中國造紙廠設置情形，並希注意起業務，以為警覺案：

   決議：由董事長函復楊新泉董事關於中國紙廠詳情。

〔註13〕此處檔案有破損。

3. 總公司在蓉登記暨外東房地繳稅案：

決議：通知程雲集經理實即辦理。

4. 本年十月十日，成立二十週年，應否舉行紀念案：

決議：本公司成立已歷二十年，向未舉行紀念，今屆二十周歲，
實應擴大舉行，以示慶祝。並由本公司董事會董事、監
察組成「嘉樂製紙廠股份有限公司二十週年紀念大會籌
備委員會」，其辦法由籌備委員會商議進行。

5. 梁總經理提議：本人才疏學淺，蒙諸公不棄，委以重任；然
自入公司以來，雖努力不夠，但於公司不無成績，此為本人
可告慰者。惟前入公司時，曾訂一合同於本年七月底截止，
先至截止之日將近，為全手續計，特為提出，尚請公裁：

決議：一致贊同繼續留任。

第二十四次常務董事會議

日期：三十四年六月二十九日上午十時

地點：蓉公司

出席者：李劼人、湯萬宇、吳照華、魏時珍（李劼人代）

列席者：陳曉嵐、程雲集

主席：李劼人

記錄：謝揚青

一、決議事項：

（一）關於樂山花紗布管制局經辦……〔註14〕賤價收買公司所
存廢棉案

決議：一面由樂山分公司派員與之交涉，拖延時日，一面由總
公司備文向有關機關申述，並請梁總經理就近交涉，轉
請財政部花紗布管制局撤銷原令。

（二）陳曉嵐廠長提請訂購銅絲布、毛巾等物案

決議：由公司備文向戰時生產局交涉訂購毛布、銅絲布、皮帶
等物。

〔註14〕檔案破損。

（三）陳曉嵐廠長提請設置實驗室案

決議：依照陳廠長所擬辦法設立，其尚未購買之器材，應即備辦。

（四）陳廠長曉嵐提請改裝第一號紙几案

決議：為增加生產減低成本計，一號紙機不宜停而不用，應加簡單改裝，以備日後改造厚紙。其改造工程可斟酌招商承辦，並準備全部改用電力。惟是項改裝事宜，先宜由廠長估計後，再行決定。

（五）陳廠長曉嵐提請調整工廠工作人員生產獎金案

決議：自本年七月份起，工廠工作人員生產獎金其最高額按原薪二十倍發給。

（六）關於永利城廠，願以每噸四十五萬元，預售三十噸城與我公司案

決議：應即交涉購買。

（七）關於救助武漢大學教授案

決議：1. 陳登恪、萬卓恒、汪詒蓀、張挺四位由樂山分公司貸予醫藥費各一萬元，交請張真如轉交；

2. 武大教授本公司顧問徐賢恭（章）、葉之真（章）兩先生輿馬費自本年七月始起，每月各增為五千元，由樂山分公司辦理。

（八）改建工廠濾水池案

決議：由陳廠長造具預算後，再行商議決定。

本公司二十週年紀念大會經費應如何決定案：

決議：經費暫定為二百萬元，並精印紀念冊一千份。

二、報告事項

陳廠長報告：

此次在渝購買：四十五四馬達一部，價為一百萬元；紙機所需二十五四馬達一部，連開關，價為八十八萬元。現尚缺十五四馬達一部，二十四馬達一部，且另需馬達一部以作準備。此外購有推板皮帶盤一隻，橡皮滾筒二個（去一百五十多萬元），連皮帶、開關、五金等總共去國幣一千多萬元。現烘缸部分尚須交數十萬元，以上

帳目已向渝公司報明，不日可轉告總公司。關於前年向安利洋行訂購銅絲布訂款，在渝曾有探得，該款業早匯美，後太平洋戰事發生，該款遂凍結於美國，故只好等待凍後才可用；幸該款為數不多，暫時不用亦無妨礙。工廠所存銅絲布，僅能用至明年，各種器材，如毛布、皮帶等均正需要，故函生產局訂購，須早為進行。

主席李劼人

第廿五次常務董事會議事錄
時日：卅四年八月十五日上午十時
地點：成都公司
出席者：魏時珍、湯萬宇、李劼人、吳照華（湯萬宇代）
列席者：程雲集
主席：李劼人
紀錄：謝揚青
主席報告：

　　近日，國貨均慘跌，僅紙……〔註15〕公司負債達二千多萬元，產紙早售罄，須待八月二十日以後所產者供應市面。而目前原料及各種開支每月需一千三百萬元。刻下所收各款，除開支而外，均作購儲大量原料之用，如煤炭、毛布曾購儲相當數量，並購存美鈔四萬元。故除負債而外，現尚需借貸三千餘萬元，蓋擬於新穀登市，購足一年食用之穀米一千七百石，估計約需一千七百萬元，購存足供八個月使用之稻草五百萬斤，需數不少，應積極加以準備。

　　中國勝利後，據余觀測，恢復秩序，當在一年以後。關於我工廠之戰後計劃，前在渝曾與熊祖同談，據謂中國工業復員計劃均擬定，惟紙業之計劃尚未著手，然其大權在翁文灝。如我工廠擴充……〔註16〕行政長官從旁相助，並強調……〔註17〕再與翁相談，則可獲優待。前曉嵐在蓉談，現廠決難……〔註18〕故須重新布置一完備工廠……〔註19〕此一新型工廠，估計非美金百萬元莫辦，甚望政府輔

〔註15〕檔案破損。
〔註16〕檔案破損。
〔註17〕檔案破損。
〔註18〕檔案破損。
〔註19〕檔案破損。

助。再者遷川紙廠，均無意在川設立，故我新型工廠，實應加以縝密計劃。

主席李劼人

第二十六次常務董事會會議錄

時日：三十四年九月三日上午十時

地點：成都公司

出席者：李劼人、吳照華、魏時珍、湯萬宇、孫靜山（湯代）

主席：李劼人

記錄：謝揚青

甲、主席報告

一、本次會議曾先後召集四次□會，而月來時局急轉直下，公司面臨□問題，皆亟待商討，今為勝利放假日，亦不得不勞玉步來此商量。

二、我公司已購美匯四萬元，第一次美匯去法幣一千三百二十萬元，第二次美匯去法幣三千七百萬元，共去法幣五千零二十萬元，平均每美元合法幣一千二百五十元，此用為穩固我廠基礎之準備金，決不動用；

三、我公司現總共負債約三千五百萬元，其中方面共一千萬元，樂山約一千六百萬元，又向交通後期借款八百萬元（今年十一月滿期），預算我廠生產至本月五日為止，已足夠交付預定□目前急需解決者，為九月份需開支一千五百萬元。處此勝利驟臨，市場疲滯，預貨不能售賣，籌借頗感不易，而重慶除售一百令外，亦無市。但公司業務較諸其他廠商，仍□因索存原料甚多，毛布可用至□至年底，草敷二月應用，煤足三月應用□底子厚，所成問題者，乃九月份繳□本半比期設法籌措。

四、關於經撿隊封存我公司之廢棉□華紗布管制局以每斤十九元半收買。現因多時未曾啟封，恐有半數腐爛。該局去歲曾有函致公司，說明收購之原因與辦法，但樂山公司迄未抄來，耽誤至本年七月，華紗布局樂山負責人吳會來蓉面談後，始洞悉其事之經過。當時因不及召集會議，商討對

付之策，當由余作主與之交涉。吳會來意：（一）收購一半；（二）餘一半由彼等私人售賣，余立拒絕，蓋此項棉花，若以利息加入計算，每斤合卅餘元。不過，現時棉價大跌，廢棉尤不值錢，故願讓其收買，公司損失至多不過一二百萬元，而可免去許多麻煩。

五、勝利驟臨，工商受波折不小，我公司因經營較穩健，所受影響不大，但將來如望我公司永立不敗，則非充實設備不可。□添之設備為壓光機與烘缸。壓光機□紀元公司在美代購，發來電言已覓妥一部，二十七噸，價為美金九十元，但因尺寸不合，□電請其另行購辦。目前市場至□，預貨已不可能，然預料我紙銷路於□尚無多大問題，蓋外紙非短時間所能運來者也。至十月，市場可望活動，至時我紙存貨增多，業務可望有起色。七月份因雷雨停電影響，我紙僅生產二千二百令，每令成本合一萬六千五百元，損失不小。八月又因水漲關係生產恐亦不佳，但可望至三千令。

六、張真如董事因抗戰勝利，重見曙光，將樂本會提議早日著手於將來計劃，並盼即赴渝與政府接洽，而樂山各董監亦曾因此事召座談會，熱情洋溢，極堪欽佩！但余感樂山各董監實過分樂觀，事實上今日之政府，因勝利驟臨，除復員外幾不可計其他，尚有何能力協助民營廠商，尤其□外來工廠之嘉樂？此以近日渝蓉邊川工廠崩潰，而政府無以為助之情形可概知也。

七、曉嵐來函謂雲豐紙廠褚□赴昆，褚則返浙接收前雲豐廠，並附來函。但曉嵐函中於其意向未加說明，可見無前往之意，其時因雨延會，故未待商量。

乙、決議事項

一、關於本公司九月份頭襯甚緊，而該月份需要開支約一千五百萬元，應如何籌措案

決議：由各董事於九月半前設法籌貸：魏時珍董事籌貸二百萬元，湯萬宇董事籌貸四百萬元，吳照華董事籌貸三百萬元，外向劉星垣股東借貸五百萬元，皆以一個月為期。

二、關於二十週年紀念會，原定於十月十日擴大舉行，藉以將
我廠之艱苦情形，向外宣傳，茲以大局轉變，一切開支均
須緊縮，且對象已更，如仍舉辦，已失原定意義，而耗費
又甚多，實應暫緩舉行案

決議：通過。

三、樂山分公司會計股主任湯人絜呈請長假，遺缺由何人繼任
案

決議：湯人絜准給長假，樂山分公司會計股主任，派會計課經
理周安梁即日前往暫行兼代。

四、在幣制高漲，物價逐步下落聲中，應如何折算實際成本及
損失案

決議：照會計課所擬折算實際成本及損益辦法實行，為便工作
需要起見，儘量與工廠統計室取得切實聯絡。

五、關於鮑冠儒薪級案

決議：准如陳廠長來函所請，自卅四年八月份起，比照周安梁
經所支辦公費如數發給，作辦公費。

李劼人

第六屆二次董監聯席會議記錄

日期：卅四年十月廿八日上午八時

地點：奎星樓十七號

出席者：李劼人、陳曉嵐、宋師度（李劼人代）、梁彬文（李劼人代）、
陳子光、吳照華、魏時珍、湯萬宇、孫靜山、李伯申

主席：李劼人

記錄：謝揚青

一、主席報告

（一）今值星期日，猶勞煩諸位來此與會，殊覺歉歉！但公司
各重要事急待商決辦理，時間實甚迫促，兼之本人去渝、
樂，幾達一月半，尤須將此行所獲報告諸位。

（二）目前公司之不景氣象，乃人心不安之結果，原擬秋季售
與七聯大批紙張，殊勝利後，一般人作心理上動搖，認
為戰事結束，各貨定必湧至，故七聯與政府，自然亦呈

觀望態度，繼聞上海存紙不多，交通困難，一口氣尚難購足二十令，七聯不得不著手準備。但現四川九家紙廠，半數關門，紙量減少。現存者僅造鈔票紙之中央、中元與造一般用紙之中國與我公司。然中國出品為機器木漿紙，紙厚而無韌性，開價亦高，故供給一般用紙，實僅我公司一家而已。

（三）七聯現將兩湖區教科書，劃歸漢口印製，故後方用紙不過萬令，而中國廠遂以現貨六千令每令二萬六千元向七聯兜售，其紙較佳，並向七聯言：「中國廠在敘府交貨，每令二萬六千元，建國只要二萬四千元。」於是七聯未提及採購我紙。渝同人曾努力活動，盼七聯以長來往關係，續用我紙，並願降低售價。後七聯定十月二十二日在渝開第四次會決定用紙。二十五日彬文電余（時在樂山），謂七聯會主用白紙，我紙難銷。

（四）余在渝曾提防七聯有此舉動，為自願計擬緊縮減產，並向新聞界打開銷路，此主張在樂山已徵得該處董監同意。關於緊縮減產之辦法為：

（甲）緊縮人事：擬裁撤職員四分之一，粗工、童工六十餘名，技術工全部保留；

（乙）減產方面：停用二號紙機，該機出產量低，每日需煤九噸，以停用為佳。三號機產量甚好，每日平均產量為陸拾令，每月平均可保持一千五百至一千八百令。

如緊縮減產後，每月平均開支大約為電費每月四百五十萬元上下；草每月一百五十萬元上下；人工雜用每月六百萬元上下。成渝開支，每月三百萬元上下。總共每月約需一千五百萬元上下，如每令紙以一萬五千元計，則每月售足千令即夠開支。現廠存原料，城、煤均夠九個月，毛布九月後尚餘幾百公尺，草夠二月，余尚存三千元美金之毛布，故原料甚豐。惟九個月後又如何辦？曉嵐曾於九月六日向樂山董監建議：（甲）以一部紙

機改造紙版，估計每日可出八噸，草、石灰等原料無問題，僅需添備壓光機，現已託國際公司以美金九千元訂購兩部。此外，須另加圓網兩個，滾筒四個，烘缸十二個，估計需現價五千萬元，如此可造成四川唯一之紙版工廠。(乙)三號機係仿江南紙廠機樣製造，日後改造有光連史無問題。

（五）目前公司負債：政府工貸三千萬元（後樂山交通銀行扣舊貸八百萬元，明年十一月開始還），樂山以前九百多萬元，成都以前五百多萬元，重慶最近押借七百萬元又將借七百元，如果三千令紙售出，可望還帳，但二十五日渝電，運渝二千令之紙船，在渝兜子背失吉，損失甚重，故現倒欠世界七百令。

（六）梁、陳均將於短期赴東北，工廠技術方面，乏人主持，故由彬文、曉嵐介紹技專造紙科主任裴鴻光為工廠造紙工程師，管理造紙工務，裴係懷伸、彬文在法國先後同學，於造紙技術，頗有經驗。殊知鮑冠儒君又生問題，此君常發神經，故決置之不理。

（七）我公司將來之計劃，決不放棄。余赴渝期中，時時均在作此項之打算，現已獲三條路子：

1. 據翁部長向余表示，四川文化甚高，印刷廠不遷，日後將辦西南造紙之中心，嘉樂歷史悠久，於抗戰亦有貢獻，自然願予扶助。

2. 據盧作孚謂前次訂船經過：美國工業組織龐大，其機器不適用於中國，而美貨較英貨高三分之一，但荷蘭自顧不暇，乃由加拿大自動請伊前往參觀，結果滿意，當訂船十六條，共費一千二百餘每元，並由加政府向船廠擔保，十年分期付清，年息四釐。但加政府需我政府擔保，我官方手續煩多，久無下文。最近始聞願擔保百分之八十五。後余以嘉樂擬籌日出二十噸紙之廠詢伊，當要求與我合作，並謂多約團體投資為佳，如永利、金城等皆可以合作。繼彼約范旭東、戴自牧

餐會，殊范於次日即逝世。余後又見作孚，謂嘉樂亦
可向加拿大訂購紙機，加使館願協助，惟不必再找我
政府擔保，僅需銀行作保可也。

3. 東北敵遺一千三百七十餘家，其中紙公司有二十八家，
包括三十多家工廠，紙業界已由錢子寧領銜，將於最
近前往接收或接辦。我公司亦派彬文、曉嵐隨往，如
能接收一完整之紙廠，亦為實現我新組織之最好途徑。

二、決議事項：

（一）我國工業近因受社會經濟不景氣影響，引起普遍不安，
我公司業務亦受波及，瀕臨危境，應如何挽救備存案：

決議：1. 自本年十月三十一日起作初步之人事緊縮：

（1）樂山分公司停用職員鄧涵、王毅夫、徐箴訓、喻
厚材、喻吉成、程霽雲。

（2）重慶分公司停用職員賈革塵、廖國鎮。以上停用
職員各給遣散費（薪金家屬米）三個月，伙食不
計。

（3）工人方面：照陳廠長所擬各冊遣散，各給遣散費
（薪金）三個月，伙食不計；孤兒祝德泰仍留用。

2. 自本年十一月一日起停用二號紙機。（3）眉山草場仍
保留，以備採購草料。

（二）關於人事調動案：

決議：1. 會計課經理周安梁辭職照准，遺缺派鄭雨龍暫行代理；
樂山分公司會計組主任雷令宣暫行代理。

2. 聘請裴鴻光教授為本公司工廠造紙工程師，自本年十
月二十六日起以二等二級一度敘用。

（三）樂山各董監九月六日建議暨梁總經理建議案：

決議：通過。

主席李劼人

第六屆三次董監聯席會議錄

日期：三十四年十二月二十五日下午四時

地點：成都公司

出席者：李劼人、孫靜山、宋師度、程雲集、吳照華、黃肅方、張真
　　　　如、湯萬宇、李伯申

主席李劼人

記錄：謝揚青

甲、主席報告

（一）勝利後，渝市銷紙數量日萎，均感恐慌。樂山董監有戰後我
　　　廠究將如何之感覺，同意不進原料，實行緊縮，三號機改造
　　　毛邊紙，二號機再加改裝等，均經上次會議討論實行。惟前
　　　所言東北接收計劃，因時事變化關係已無進行必要。次如向
　　　翁部長接洽四十萬美金事，翁已將公司及余與翁之函件交生
　　　產局辦理，該局已來函索取外國機器估價單、生產計劃書等
　　　文件，但翁交機關辦理，實不方便；余又與經濟部中人談，
　　　擬走直接路子，而彼等則稱生產局將撤銷，全國經濟委員會
　　　將成立，以後經濟部全權將操在宋院長手，而宋院長在官債
　　　外匯未定之前，決不簽發一文。又聞翁、宋間頗有齟齬，國
　　　營、民營之政策未定，恐無多大效果，於是第二條路不得不
　　　謂之絕望。

（二）余在渝與彬文、雲集商談曉嵐建議改製紙版之事，彬文認為
　　　二號機花費太多，又須改造實不划算。公司營業已較曉嵐去
　　　滬時好轉，而洋紙來源非想像之順暢，故各方仍得採購我紙。
　　　曉嵐去滬後，已來信五次，余去信十二次。彼認為四川適宜
　　　造紙版，因其需用原料簡單。在余與曉嵐信中特別強調三點：

　　　1. 購買整套；

　　　2. 須有報價單寄回審核；

　　　3. 所有配件配齊。

　　　　其最近來信，謂竟成廠機器正估價中，一萬元則非嘉樂
　　　之力所能勝任，須另設法；而場地問題現有實不敷用，聞川
　　　嘉紙廠有廠地將轉讓，前曾以此事詢王雲五，謂如決定賣時，
　　　准先通知。至於新式紙廠，原定計劃已不可能，聞救濟總署
　　　有造紙機六千噸將分配與在渝陷區受損及在後方有成績之
　　　廠家，刻正備辦申請及各種表冊，寄滬請曉嵐就近接洽。如

紙版廠成功，二、三號仍保持，三號機改出毛邊紙，商務書館將全部採用，惟王雲五談須低於滬運渝價始採用。二號機改出包裝紙，請盧作孚代為接洽之機器，須俟其出國後始能決定。

（三）彬文已去樂，

　　1. 使三號機增產至二千令；

　　2. 與裴鴻光工程師商談工廠事務；

　　3. 視察二號機情形。二號紙機每月平均生產七百令（每日三十令），需煤每日九噸，紙質甚厚，造二十幾令紙，需五十多令的料，太不經濟。現須改為馬達方能用，但仍得燒鍋爐，每日比三號機多燒一噸至一噸半，故二號機若改不好，余意不能再開。

乙、討論事項

　　關於紙版機所需貨款，如何籌措支付案：

　　決議：俟估價單寄來後再作商議。

　　　　　　　　　　　　　　　　　　　主席李劼人

第二十八次常務董事會

時日：三十五年元月十九日上午十時半

出席人：李劼人、吳照華（李劼人代）、魏時珍、湯萬宇、孫靜山

列席人：梁彬文、程雲集

主席報告

一、此次由樂山歸來，本擬召集全體董監會議，以解決曉嵐在滬洽購紙版機事。但因時間迫促，故召開常董會，以便迅速決定。曉嵐擬一紙版廠計劃書，機價總共約二億五千萬元，再加入三個月之活動資金約一億五千萬元。依其計算，價值並不見高，但目前公司並無如此大款。現在可能投資，至多不過三四千萬元左右。照伊所估計，與在渝所談者相差甚大，故此機是否購買，希多討論。

二、自彬文去樂後，將樂山工廠分公司人事略加調整，生產獎金亦自一千五百令起算。電路改裝後，電力極強，工人努力，故本年一月生產量估計可達二千四百令，即就一月一日至十四日計

算,已生產一千一百二十一令多,平均每日可產八十令,此數字較去歲一、二號機產量為大。只要產量多,成本可以降低。新二號機經彬文檢查,因係新機,一切未能校正關係,俟將來外國毛毯壓光機運到後,可做包裹紙,若改紙版機,所費太多,不如另辦。但曉嵐洽購者,與原來估計相差太大,進行頗有問題,如需設立,樂山一切均便,惟長壽水電較低,將來廠地以設該地為宜。

三、嘉樂目前情況,半年內尚無大變化,蓋三號機已走上路,自三月起,每月可望平均產二千一百令。依現時成本計算,稍可降低售價。太平洋保險公司尚須付我保險損失紙款一千九百餘萬元,不過三個月內尚難過手。目前業務最重要者,在覓銷場。成都已為我紙之銷市中心,盼雲集多多努力,但須降低成本。現在急待進行者,(一)前在美所訂毛布,須即刻往洽運回,紙張可望產好,並可省消耗;(二)二號機準備開,現正裝置電動部門,擬慢慢校正,使其能作正常生產。故對此事並不悲觀,只須換置新鍋爐,即可省炭也。

四、曉嵐前擬於本月內去東北,頃奉函謂東北之行,恐有變化。因聞東北紙廠擬全為國營,交資源委員會辦理。但政院尚未正式發表,故謂去東北已無意義。緣陳擬去東北就廠長職,前曾表示辭去嘉樂職務,現彼雖不能去東北,但民豐亦有挽留之意。日後本公司在滬工作,恐其不能兼辦,似須請彬文二月赴滬一行。

五、關於調整人事,樂山分公司經理,由曹青萍暫代,樂山工廠廠長由裴鴻光代理,工廠總工程師由鮑冠儒代理,成都總公司聘鄭雨龍為襄理,派代會計課經理,樂山公司會計股主任以雷令先升任。

乙、討論事項

關於籌設紙版工廠事:陳廠長迭次來函,謂已在滬洽妥一部紙版廠機器,並擬一計劃書,核實計算總共約需四億元以上,是否購置已備擴充案:

又此間建國紙廠奉命結束,出售所有生產器具,公司是否洽購一、二重要器材案:

決議：紙版廠需數龐大，本公司現有經濟能力實感不足。目前本身急需改進之處尚多，而現時經濟情況不定，向外集資極難，應從緩辦理，並即電滬停止進行。至建國廠出售器材，如價值合宜，可往洽購一、二，以為暫時充實設備。

第六屆四次董監聯席會議記錄

時日：卅五年二月十四日午後五時

地點：成都公司

出席人：宋師度、李劼人、程雲集、吳照華、孫靜山、張仲銘、湯萬宇、李伯申

主席：李劼人

記錄：謝揚青

甲、主席報告

一、建國紙廠出售全盤生財器具、房屋，已向我公司接洽多次，並在外揚言已獲我之買價，實則我公司僅需要其一號紙機，壓光機、造料間全部及其他部分零件。但其索價太昂，且不近情理，依其估價為三萬五千餘萬元，實際上只值一萬萬餘元左右，故在是項數字內，我公司尚有力量作發起人再邀外股購進，現正交涉中。

二、日來各貨又漲，永利城及煤已漲百分之四十五，樂蓉水運每噸漲至七萬餘元，工廠方面現因電廠停電，故自四日至十一日停工。一月份紙之生產量，因紙機電路改裝直接由岷江輸電暨工人慾獲生產獎金特別賣力諸關係，故是月產紙量打破二千五百令記錄。川康毛布已不敷用，現曉嵐已在滬向美綸訂購較好毛布，每床可用半月，價格每公尺二萬元，川康出品現每公尺已漲至二萬幾，故較划算。

乙、決議事項

一、關於新機之購置案：

決議：陳廠長在滬洽購之紙版機，以所費太大，函請其停止接洽。建國紙廠之紙機，可購其造紙、造料傳動部門，但須反覆交涉，以待其分零出售。

二、關於陳曉嵐廠長簽請辭去本兼各職案：

決議：以本會名義去函慰留。如彼因特殊事故不克返任，則須另予
　　　名義俾與公司繼續發生關係。

主席李劼人

第六屆首次董事會議

時間：三十五年三月十日上午九時半

出席人：李劼人、宋師度、黃肅方、孫靜山、湯萬宇、吳照華、程雲
　　　　集、魏時珍（李劼人代）、李伯申

一、關於調整職工薪金案：現因物價增長，我紙大半售予報館，而
　　報館價格又不能過高，致營業上時有取長補短，以資彌補，故
　　製造成本實不能與樂山公司售價同列。本公司所有職工薪金，
　　自三月份起，悉按在樂山工廠每令二萬元作比例調整，月撥如
　　廠價增減，均准此比例辦理。

二、關於三十四年度之賬務案：三十四年度賬務應按政府規定加添
　　戰時準備金一項，而幣值低落，公司生財略俱，歷有年餘，故
　　折舊率亦應比例加大。

三、關於樹德中學等校輔助案：自本年三月份迄明年二月份止，樹
　　德中學准於每月向本公司借支法幣三十萬元，隨市認息歸還。
　　但如幣制與幣值有變時，當另行洽辦。其他如醇化中學、敬業
　　中學亦可按文化補助之數額作比例貸助。

四、關於本年度股東大會日期案：本年度第十一屆常年股東大會訂
　　於農曆四月十四日上午十時在成都寧夏街樹德中學舉行。

第二十九次常務董事會

時日：三十五年三月十九日上午十時

出席人：李劼人、吳照華、湯萬宇、孫靜山

列席人：程雲集

甲、主席報告

（一）建國紙廠之機器，據程雲集向此間中國銀行探詢結果，謂該
　　　機現已售與中國紙廠，蓋建國董事會決議，如我公司能全購
　　　則售我，否則售與中國銀行有關係之中國紙廠。聞該廠以一

萬（億）二千萬元購去，與我所予之價格，相差無幾，殊覺可惜。且中國廠今後將為我公司一大勁敵，不得不加以注意。中國用電費甚低，並係機器木漿紙，其費用較用化學草漿為低。據該廠經理金翰言，大約一斤木料，可用十分之七八，而我造紙則須三斤草始造一斤料，木漿又不需蒸汽與城料，故如依其估計，則我紙之成本將較彼為高也。中國廠原產紙每日兩噸多，今與建國合併，每日可生產七、八噸，即每日出三百五十令。

（二）本月八日，我紙提價，零銷未受波動。渝市已做一筆生意，大公報購六百令，每令一萬九千八百元，新民報購三百五十令，紙商二百令（實收二萬一千幾），所餘無多，故電樂山催速運紙，現樂山已運去一千八百令，渝仍有餘紙。究竟餘若干，則未報來。惟現渝公司匯蓉三百萬，知紙已售出，並推測售價定必甚高。

（三）曉嵐頃來信謂竟成紙版機，已經敵偽產業管理處，允我公司購買，現正交評價會評價。據曉嵐估計僅需二千四百餘萬元。如果係此數，當然願意購入。已函彼四初來蓉面商。

乙、決議事項

（一）關於產紙品質案：中國紙廠現已接購建國紙廠紙機，我公司產紙應從本身作切實之改進，尤於造紙技術上，應就現有設備詳為研究，盡力加以改善，以期提高品質，使紙張厚薄均勻，顏色力求潔澤，俟作業務上之競爭。並函各董事及職工，詳言中國紙廠接購建國紙機後予我公司之威脅，與我公司擴充計劃之進行。

（二）關於樂山職工函請變更薪金，按製造費用作比例調整案：樂山職工所請之處尚無不合，惟查公司營業零銷與批發價格懸殊，俟短期內出入數字稍能接近時，再請經理部妥為調整。

主席李劼人

第六屆五次董監聯席會議記錄

時日：三十五年四月二日上午十時

地點：成都公司

出席人：李劼人、張仲銘、宋師度、陳子光、黃肅方、湯萬宇、歐陽
　　　里東（陳代）、吳照華、孫靜山、程雲集、李伯申

主席：李劼人

記錄：謝揚青

甲、程協理報告

　　關於職工薪金日前第六屆首次董事會決定按二萬元作比例調整，核樂山職工以私函請按過去所訂辦法照廠價二萬二千元調整。經常董會決議允可，並予同情，唯因董會先有按二萬元調整之決議，為顧全威信起見，未便隨定隨改，故當決定稍俟時日批發與零售之價目比較接近時，即行照二萬二千調整。後陳顧全實際情形，乃於三月二十七日通知公司自四月份起按常董會決定廠價二萬二千元調整津貼。殊樂山職工於通知之同一日，又簽呈來省要求增加百分之百，並似認為薪金隨紙價增減甚為吃虧，請另採方式。信到後，董事長與余均認情形嚴重，乃函電樂山謂即召開董事會解決，並由李董事長私函曹青萍經理詳細說明原委，與公司方面之苦衷，並指示只要公司吃得住，無不為職工盡力，若作過奢之要求，將來難免兩敗俱傷，於公於私均無益處，盼伊將職工究竟有何肯定要求，詳為答覆，以便商酌辦理。迄今樂山尚無信息，惟本會今天又不得不新作決定，以免影響廠務，蓋今日之罷工怠工已成為流行病，而此次公教人員之加薪，亦為重要影響之一。本公司職工薪津，主任級月入可達四萬餘元，在勝利之前，確較一般薪水為高，但與現時通常薪級相比，似稍覺低落。物價亦在不斷增漲，生活確甚維艱，故有今日之要求。然目前我紙逐漸疲滯且有中國紙廠之競爭，故門市價格雖高，而批發實紙，如全准職工之要求，公司實難繼續生存，且售貨係斟酌市場情形隨時變動，若我紙無論批發零售，成渝均為二萬五千元，樂山為二萬二千元，則實有錢賺。但事實上並不如此，故彼輩所計算成本，極不合理。至薪津按紙價為標準，在昨歲因時時漲價，故職工甚覺划算。今我紙迄未隨物價而上漲，致薪津標準仍舊，乃有此風波耳。

　　綜上所述究竟如何決定，請各董事多多考慮。

乙、決議事項

一、關於樂山職工簽呈調整薪津案：

決議：原則上同意調整，俟樂山分公司將實際情形報來後，由常董會根據本次所議原則，斟酌作適當調整。

二、關於股東大會提案：

1. 由董事長主席報告三十四年度公司概況及擴充設備之經過及其發展。

2. 由梁總經理作業務報告，如梁不及參加，由程協理代為報告。

3. 由陳廠長做工務報告與新機新廠之購辦。

4. 關於撥給股紅息案。

5. 關於擴充設備或另設新廠如何籌集資本預早實現案。

6. 關於改選第六屆董事、十二屆監察案。

第六屆二次董事會議

時日：三十五年四月八日上午十時

出席人：李劼人、魏時珍（李劼人代）、孫靜山（湯萬宇代）、宋師度、吳照華、黃肅方、陳子光、程雲集

列席人：曹青萍

（一）關於樂山分公司職工二次簽呈要挾加薪案：

決議：本公司樂山分公司及工廠職工薪金，以目前所造紙張粗劣，色澤過差，致營業不振，而其他紙廠之紙價又較本公司成本價低關係，只能按照廠價貳萬貳仟元調整。惟顧念職工生活起見，准予從三月份起追加，盼各職工顧及事業，體念公司困難繼續安心工作。

（二）本公司為降低生產成本，發展業務，應即縮小組織，再度緊縮，分別裁去不必要員工，以期減輕負擔而維生存案：

決議：通過。

嘉樂製紙公司第十一屆股東大會會議記錄

日期：三十五年四月十四日上午十時

地點：成都樹德中學禮堂

出席戶數：二百四十八戶

出席股數：七萬九千一百四十二股

主席：李劼人

秘書：謝揚青

一、主席報告：

去歲董事會工作，可分為兩方面言之：（一）勝利未臨之前，本公司業務相當安定，故曾擬於戰爭期內，從事穩定本身之基礎，再謀業務之發展，並先由補充新二號機，購買壓光機入手，但董事會因陷於財力，除第一步工作已實現外，其餘均因後來社會經濟急劇變化而停頓；（二）勝利後一般以為社會經濟將復員，物價降落，情形將趨穩定，而交通順暢，外貨亦將源源輸入，一般均呈樂觀氣象。但從本身而言，則非常擔憂，蓋後來之經濟情形不如一般之想向（像），反激起莫大變化，各種商業關門者不少，工業方面亦受嚴重打擊，尤其是與政府有關之重工業均紛紛關門，甚有連門都關不起的。本公司在此風雨飄搖之局面中，亦遭受向所未有之打擊，因只有向政府貸款，遣散人員，縮小組織。但其時因準備新廠工作，遣散不能徹底，〔註20〕

第七屆首次董監聯席會議

時日：三十五年四月十六日下午三時

出席人：李劼人、魏時珍、陳子光、歐陽里東（陳子光代）、陳曉嵐、湯萬宇、吳照華、劉星垣、張真如、宋師度、李伯申、孫靜山、程雲集、張仲銘

（一）推選主席：一致推選李劼人為主席。

（二）推選本屆常務董事暨董事長、副董事長：一致推選李劼人、吳照華、湯萬宇、魏時珍、孫靜山、張真如、楊新泉七人為本屆常務董事，李劼人為董事長，吳照華為副董事長。

（三）主席報告

1. 樂山職工第一度要求加薪為百分之二十，繼要求增加百分之百，並外增小菜津貼為三千元。經上屆末次全體董事會

〔註20〕檔案缺失。

決定仍按廠價二萬二千元調整。據曹青萍來函謂可望暫時無事，惟職工又有簽呈希望於二十日以前有所解決，樂山負責人切盼彬文與曉嵐赴樂一行。同時，上屆董事會感覺職員工人均有從新調整之必要，此事望曉嵐去樂後斟酌辦理。

2. 陳曉嵐廠長前簽呈辭職，本會曾一致決議挽留。今曉嵐辭意甚堅，並極懇切。是否准如所請，尚希公裁！

3. 渝分公司職員來函謂大公報擬於五月一日起改用中國廠紙，惟嫌其質地柔脆，如我能造較白之紙，准定每月購用三千令。昨與曉嵐、雲集等曾詳細研究此事，咸認為無論大公報有無誠意，我紙均應趁此時機力求改進，故決定擬用夾江土報紙作為紙料，俟曉嵐去樂，加以實驗後再為決定。

4. 渝分公司經理梁伯雍因伊父年老電催返鄉，已於曉嵐來蓉之前一日離職，並將公司圖章勉強交與前渝分公司經理傅匯川，故渝分公司刻已形成無政府狀態。此外，渝分公司會計主任自楊民意離去後，推薦曾文燦繼任，而曾君原任職機關並未離去，不常到公司，刻以商務書館正向我洽購紙張，渝公司亟需重要職員前往洽辦，如何決定，尚請公裁。

（四）決定事項

1. 關於陳廠長兼樂山分公司經理堅請辭職案

決議：陳廠長堅請辭職，為顧及公私便利起見，應予照准。改聘陳曉嵐為本公司董事會代表，負在滬洽辦購置新機之責，必需費用，作正開支，實報實銷。

2. 關於職工薪金調整案：

決議：依照上屆末次董事會決議儘量實行裁員，戰時津貼已逾時效，應即廢止。以後津貼費用按日常生活必需品如米、油、柴同時上漲至百分之若干時，隨市價而調整。

3. 關於渝公司人事案：

　　決議：請程協理迅速先行赴渝接洽商務生意、推銷紙張。渝
　　　　　公司經理人選候梁總經理返川後再行定奪。至於公司
　　　　　會計股主任曹君既未離原機關職務，應另就蓉、樂公
　　　　　司會計職員中調派一人前往負責。

第三十次常務董事會議

時日：三十五年四月二十一日上午十時

出席人：李劼人、張真如、魏時珍、吳照華、孫靜山

列席人：陳子光、陳曉嵐、程雲集

主席：李劼人

記錄：謝揚青

甲、陳廠長報告

　　此次赴樂，曾於十八日召集工廠領班談話，各領班表示：本次
未作罷工準備，因於己無益。但對職員之罷工，頗表同情，其原因
為工人生活津貼與職員比較，相差甚多，最高有差至一萬五千至兩
萬元者，佑認為不平。希望能作適當調整。而薪津以紙為標準，本
無異議，但公司不能作澈（徹）底實行，表示遺憾。余當說明公司
之苦衷，謂取消薪津以紙為標準，公司甚表同意，決轉請公司作適
當處置。前數日因職員要挾工人怠工，限制每次只開五轉，工人甚
感恐慌。自余去後，即改開六轉，並語彼等怠工係自殺，因怠工而
致成本加多，於彼等本身收益甚有影響。同時舉滬市實情為例，希
望彼等安心工作，使此事能得合理解決。蓋公司實無意於此不生不
死狀態中繼續下去，尚有遠大之計劃也。關於裁員之事，經余在樂
作實地考察後，認為技術工人並不感多，粗工似覺不少，但多與技
工有友誼或戚誼關係，故採「准出不准進」方式，職員方面有幾位
須裁去，如何決定，尚請公裁！

乙、主席報告

　　關於工廠詳情，已由曉嵐報告，其中須加以簡單說明者，為我
職工薪金問題。據陳廠長在樂調查各工廠職工薪金，一般均較我公
司為高，我公司之高中低三級職員新近與樂山各工廠現時情形相比，
均覺稍低，尤以工人所差最多，故望先作決定，以便提早調整。

丙、決議事項

一、工人津貼先行調整案

決議：本公司技術工人生活津貼自本年四月份起，不依等級一概予以調整，所增加之數，至最高點不能超過七千元，最低點勿下於五千元，粗工除外。

二、職員工人津貼普遍調整案

決議：本公司職員工人津貼自本年五月份起，根據本年二月份已增加之百分之二十二外，再普遍增加百分之三十，即依照本年二月份津貼額數實增為百分之五十五發給，又粗工工資調整由樂處斟酌當地情形，自行辦理。

三、取消戰時津貼與將來生活津貼調整標準案

決議：本公司戰時津貼因戰事已過，自即日起廢止。自本年五月份起，其生活津貼，悉以日常生活必需品米、煤、油、鹽四項漲跌為標準，並以五月二十五日之上列物價為基數，至時再詳細調查公布之。六月份工人薪金，上半月照常暫為借發款一部分，俟至六月二十五日物價基數比較，如有增減即照此比例調整，以後按月均如此辦理。至於詳細辦法及米油煤鹽四項占生活之百分比及品種價值標準，由經理部門擬具呈核後，公布施行。

四、技術員領取生產獎金案

決議：所有本公司工廠技術管理人員之生產獎金，自本年五月份起，只能支領應得之二分之一。

五、職工星期日加工案

決議：本公司職員星期日加薪一事，自本年五月份起廢止，而事實上有當星期日而照常工作者，於年終另給獎勵。

六、曹青萍、鮑冠儒、裴鴻光三君提議：

1. 關於職工撫恤案

決議：俟參考各方撫恤情形，再擬具辦法，交下次董事會討論。

2. 三十四年度紅酬是否扣借支案

決議：職工借支應予發給紅酬時扣除。

3. 職員借支在薪金調整後准借與否案

決議：此案仍照前訂所有借支數額不得超過薪金，並須於
當月份薪金項下扣除之辦法辦理。

4. 樂山分處負責人仍請照舊案

決議：樂山分公司經理一職著由曹青萍正式接任；樂山工
廠廠長一職，為避免推動業務困難，暫由裴鴻光君
代理；原任廠長陳曉嵐暫不開缺，樂山工廠總工程
師一職著由鮑冠儒君正式接任。

主席李劼人

第三十一次常務董事會

時日：三十五年五月十八日上午十時

出席人：張真如、魏時珍、湯萬宇、吳照華、孫靜山

列席人：陳子光、程雲集

主席：李劼人

記錄：謝揚青

甲、主席報告

一、渝市我紙銷路已呈疲滯之狀，本月份文通書局購紙二百令。
購城之事，經雲集多方設法，已購城三十噸，可用四個多
月，連前存城可用六個月，故半年無虞。樂山下月需一千
四百萬元，此款已有眼子，蓋七聯擬在蓉印大批教科書，
曾由商務來洽，周內可有消息。

二、樂山方面職工又有三件簽呈來蓉，對於星期加工及職工津
貼復有所表示。余意俟彬文來此後再議。今日曹青萍來信，
言已抵樂，裴、鮑二君已獲瞭解，並皆於五月十四日布告
就職。

三、彬文近來啟行，連電催促，均答候機困難。據云集來信，
渝一般用戶皆屬意於竹料所製新紙，故須加緊籌備，以便
供應，並為我公司業務之一大出路。據夾江紙商本公司股
東童登桂在樂與青萍談，謂□不必用生料，只用成紙作料，
較為便利，蓋土報紙銷場不佳，存貨甚多。夾江每月出紙
一百數十萬斤，如我製竹料紙，每月僅需六十萬斤，故原

料供給不成問題。此事甚望彬文速返計劃。因彼於竹料造紙，最稱熟手也。

乙、決議事項

一、關於本公司職工死亡撫恤條例案：修正通過。

二、關於裴鴻光君繼任廠長案：追認。

三、關於製造竹料紙籌劃案：電催梁總經理來蓉商討，再赴樂山籌劃竹料紙製造並振頓廠務。

四、關於紙版廠與金城銀行合資籌劃案：

決議：

1. 資本問題：

因法幣幣值變動甚大，紙版廠之資本，暫時以美幣為單位，俾便計算。

依原估訂紙版廠所需費用為標準，暫定資本為美幣貳拾萬元，嘉樂願投入之資本，亦以美幣為標準，至低不致少於三分之一。

2. 組織問題：

（1）董事會：董事名額至多七人，至低五人，本公司參加為董事者，如為七人則占三人，五人則占二人。常務董事亦應按投資數額占三分之一，或幾分之幾。

（2）總稽核：設總稽核一人，由本公司提請董事會任命之，總稽核得切實執行其任務。

（3）經理部：公司經理部門如以經理為首，則其副經理一職，須由本公司參加。

（4）工廠與技術部門完全由本公司負責主持推動。

3. 籌備人如何產生：

（1）初步磋商時由陳曉嵐代表負責。

（2）嘉樂參加籌備會之籌備人選，由全體董事會議推定之。

主席李劼人

第七屆首次董事會議

時日：三十五年五月二十五日上午十時

出席人：李劼人、劉星垣（李代）、魏時珍、程雲集、張真如、吳照華、湯萬宇、孫靜山、陳子光（程雲集代）

（一）函電催梁總經理急速來蓉商討□紙改良案：一致通過。

（二）推舉紙版廠家方籌備人案：推舉李劼人、吳照華、陳曉嵐為本公司出席籌備人。

第三十二次常務董事會

時日：三十五年六月二十一日下午四時半

出席人：李劼人、魏時珍（李劼人代）、湯萬宇、吳照華、孫靜山

列席人：程雲集

主席：李劼人

記錄：謝揚青

甲、主席報告

一、彬文於本月六日來蓉，次日當將董事會決議交伊，促其早日赴樂，整頓公司人事及以二號紙機改制竹料紙，時間匆迫，致來不及召開董事會，惟伊於樂山工作完畢，將來蓉向諸位報告。

二、曉嵐來函中，須彬文解決者，俟伊歸來再辦。拔柏葛克公司鍋爐原訂約先付50%，餘俟貨到再付。後曉嵐至滬，云我已請准外匯，每一英鎊合國幣七千餘元，現已簽訂合同，但付款辦法略有變更。

乙、討論事項

關於金城銀行擬與我合資在川籌備紙版廠，該行總經理戴自牧所提原則已由陳曉嵐代表寄來，究竟如何決定案：

決議：

一、金城銀行擬以附屬公司名義，出面與我廠合資籌辦紙版廠一點，完全同意。

二、全部資本定為美鈔十萬元，其餘美鈔十萬元，用借款方式借入，亦同意。惟貨款一項，須由將來成立新公司負責，而固定資本之比例，則照近□所議，我應占總額十分之四。

三、公司組織由金城負責起草，提交我公司修正，亦同意。

四、人事方面：初步同意經理部由金城派員負責，技術部由我派員負責。至於總稽核是否設置及總經理以下人員是否由我遣派一二人參加問題，容待籌備處成立後，再為磋商，毋庸列為條件之一點，亦同意。

五、籌備處在滬成立之提議，我應表示：

   1. 將來工廠係在四川設立，公司成立前之籌備工作，如登記、調查原料、查勘場地、計算成本、建設廠房、安裝機器、召開創立會等，均須在四川進行，故籌備處以設於重慶為宜。

   2. 滬市工作，僅限於器材之採購，運輸之接洽，為臨時性之工作，無設立籌備處之必要。如事實上需要一機構時，盡可於金城滬行設一辦事處或通訊處，辦理採購運輸工作。

六、我為使磋商順利起見，推請孫靜山董事去滬與戴商談。

第七屆二次董監聯席會議

時日：三十五年七月八日下午四時

出席人：張仲銘、李劼人、黃肅方、謝勖哉、劉星垣、吳照華、程雲集、孫靜山、李伯申、魏時珍

關於紙版廠成立事，因時局緊張，金城銀行總經理戴自牧君持觀望猶豫態度，迄無進一度之表示，本公司應如何決定案：

決議：在金城方面不作進一步表示前，本公司應靜待時局澄清後再定進行，故延後議。

第三十三次常務董事會議

時日：三十五年八月二十八日下午四時半

出席人：李劼人、魏時珍、吳照華、孫靜山、湯萬宇

列席人：程雲集、謝勖哉

主席：李劼人

記錄：謝揚青

甲、程協理業務報告

一、自五月起，我紙與蓉市各報訂約供應，三個月來是項訂紙每月達一千三百令，米一千五百令，零銷約三四百令，故我紙銷場幾乎全部在蓉市。而以新新新聞供應最多，幾占全數十分之六七，價亦較低，每令二萬四千五百元，其他報館每令二萬六千五百元。但此項銷紙售價五月份平均約為二萬二千幾，六七月份二萬四千幾，八月份二萬五千幾。

二、關於廠繳七月份電價增加，又兼二號機試車，故成本加多，現岷江廠自八月份起，允諾用電如在白晝至晚間十二點以前，倘在四萬五千度以上，可能打一折扣，而路線損失，原為百分之十五，現減為百分之十。

三、渝公司存紙現已售五百多令，尚餘一千四百多令。因渝市外紙充斥，銷市稍疲，廠中數日已運紙去渝。但外匯提價，外紙勢減，或可好轉。至於樂山僅有少數銷量，每月僅數十令而已。

四、政府通令公營事業不准漲價，而我目前所需原料唯城，但永利川廠停工，現擬將天津燒鹼運川銷售，但川廠刻尚存七八十噸，最好能在九月份購進，每噸約一百萬元，我廠至少須購廿噸，始可用至年底。現草料已減價，公司私人存款，除有關者外，已停收，故每月利息亦減少至一百萬元之譜。

乙、決議事項

一、年前經濟部曾頒發表格令我廠將戰時損失情形填報，初以為乃政府一紙公文，必難實現，故曾將大略損失填報。刻又奉工協總會轉來經濟部令再詳填報，以便轉戰債委員會核定清償，茲仍根據前所擬之直接、間接損失表，從新折合當時美金填報，計算共損失美金約三十餘萬元，法幣（民國二十八年）約二百餘萬元，至於所列項目表中已詳載，請予裁定：

決議：通過，照表具報。

二、謝勛哉董事在五通橋經營鹽業甚久，近因政府廢止官收問題，代表犍樂鹽商來蓉呼籲。年來官方對鹽商無理抑制。而謝董事長之鹽廠因毘牛河乾，鹽款衍期，改用電力，致資金不敷周轉。犍樂貸款子金太高，故趁來此之便，擬貸低利款若干，以資充裕；在蓉貸款一千萬元，請由我公司擔保，而以其字據作抵押。查謝董事與我公司關係甚深，並於二十八年我樂公司貸款三十萬元，即由渠個人負責以嘉裕公司擔保，二十九年貸款五萬元，完全由渠私人擔保。按我公司往例，實有相互擔保之義務案：

決議：謝董事既為公司擔保，自有作保之義務，字據可交存公司，以為手續。

三、據程協理談：新中國日報有將餘紙以較低之售價拋售，影響我公司營業甚巨，應如何解決案：

決議：由程協理妥為交涉，如對方不接受忠告，決即停止供應，並補清損失。

主席李劼人

第三十四次常務董事會議

時日：三十五年九月二十八日上午十時

出席人：李劼人、湯萬宇、吳照華、孫靜山、張真如

列席人：程雲集

主席：李劼人

記錄：謝揚青

甲、主席報告

（一）去年政府為救濟後方工廠，曾舉辦緊急工貸（實際貸出數字為二十七億元），關係由國庫開支，並徵四行貸出，但由四行撥出，有津貼後方工廠之意，故如四川機器廠、嘉華廠等未作償還之計，甚有連利均未付與者。我公司是項貸款為三千萬元，今年十一月滿期，我已付利至八月，刻關上項情形，已函曹青萍於九月份停止付息。項接伊來信對於此事尚不明了，當再函解釋照辦。

（二）嘉華水泥廠向四行洽借兩億元，又向省方貸五十萬元，指令由我與全華廠兩家擔保，已允辦。此項貸款，我亦須進行，已函彬文與陳蘊崧洽辦二億至三億元貸款。如成功亦可覓嘉華擔保。

（三）毛布十床亦由渝運樂，數月來開支最大者為毛布；川康出品，愈織愈壞，幾乎兩天即須一床，若上海美綸毛布可用十天，且可省時十餘小時。

（四）三號機原已試車，後因樹（塑）膠滾筒損壞，便須俟在滬訂購者運來後，始可開工，預料明年二三月三號機停工修理，尚能使之參加生產。同時，我紙運銷形勢恰與產量相等，致常斷莊，故每月須保存二千令存貨，免臨時發生問題，乃決開二號機，方能濟事。目前預計二號機可望於十一月半開工，每月估計產紙一千五百令。關於造白紙與二號機開工事，甚望彬文來蓉一商。

（五）關於毛布尚須補充說明者，川康出品與美綸出品相較，美綸價低三分之一。但加上運費則超過川康者也。現已匯一千二百萬元去滬定購外國毛巾，並將前向美訂購銅絲布之三千元美金，已函曉嵐調回在滬訂瑞典貨。頃接曉嵐來信，銅絲布滬市有現貨，瑞典毛布約未簽訂，因須需費六個月，故已改訂三個月交之美貨矣。

（六）至於城已向永利訂購三十噸，分三期付款。煤以擬開二號機，每月須一百五十噸，現已向銅河及嘉陽訂購二千萬元之貨，可用至明年二、三月。因煤價跌，九月份電價每度減六元，趨於穩定。如超過四萬五千度，可得折扣，預料我紙成本可能降低。

乙、決議事項

（一）近來物價又趨上漲，本公司職工生活津貼有重新調整必要，應如何辦理案：決議：暫時照以往之例，自十月份起，職工生活津貼，各按照增額百分之四十發給，用維生活。

（二）強華公司因資金近感不敷，經該公司董監會議決定分向
　　各有關方面貸款以為周轉，並寄來八月五日開會決議
　　錄，但我日前始收得該項決議，事已逾一月而該公司董
　　事長或經理部負責人迄無函電來催，預料已不再需款，
　　應如何決定案：

決議：紀錄存檔。

（三）據樂山孤兒院等請求按往年例加以補助案：

決議：孤兒院補助國幣十六萬元，復興小學補助國幣十萬元，
　　兌陽小學補助國幣六萬元。

主席李劼人

常務董事會議第 35 次

時間：三十五年十月九日上午十時

出席人：李劼人、張真如、湯萬宇、吳照華（孫靜山代）、孫靜山

列席人：陳子光、程雲集

主席：李劼人

記錄：謝揚青

一、主席報告

（一）關於紐約存款事：我公司在紐約花旗銀行存入美金二萬
　　元，當時授權梁總經理簽發支票書寄去，於九月十三日
　　得其回信，謂授權書業已收到，並云支票一本，已另寄
　　來，該信係八月三十日由紐約發出，但至九月二十七日
　　彬文仍未收到，擬去信催問。至於曉嵐攜滬之美金抬頭
　　支票二萬元，未曾使用，已交彬文於十日陸續寄存花旗
　　銀行，計共存入紐約花旗銀行美金四萬元。

（二）在美購買壓光機事，必須等待花旗銀行支票寄來後，始
　　可簽發交去。

（三）關於中央銀行公布，迄至今年九底止，所有未用外匯，
　　如尚未用，擬由該行全部收購事：根據連日報載之情形
　　分析，實與所存之美金無甚影響。摘述《大公報》所載
　　消息，藉以說明：

1. 十月一日上海《大公報》：中央銀行昨通知各中外銀行，迄九月三十日止，各該行所有之外幣存款餘額，應按本日央行美匯買進價格結售於中央銀行，自十月一日起國內各銀行之外幣存款，將不再存在。

2. 十月二日渝《大公報》舊金山廣播：所有開設於中國之外國銀行（美行在內），今日奉令將各該行之外幣存款，按照官方之三千三百三十元美匯比例折合為國幣，並應轉交中央銀行。

3. 中央社南京一日電：關於徵借人民外匯事，因英美政府在法律上並無強迫各家銀行申報存戶姓名數額之權，然以目前情形推測，此事之進行確有困難。按此業首先由財部草擬徵借人民外匯資產辦法案：經政院令外、財兩部，先商諸英美政府，再行核辦，尚無結果。而美政府已於去年十二月頒布解凍，同時英政府亦宣布解凍。當經我國請求繼續封存，結果僅得美國一方同意凍結我國人民在美已被凍之外匯資產及其資金，惟對於上年十二月十七日以後存入者，不予凍結。

4. 依據中央銀行管理外匯暫行辦法第九條第三項之規定對於指定銀行之「外幣賬戶」規定：凡於三十五年九月三十日止，各銀行所有外幣賬戶額，應於卅五年十月一日由各該行改算國幣存入存戶新開之國幣帳內。中央銀行收到支票，即發還與外幣票相等數量之法幣本票交與銀行，美金按三千三百三十元折算，英鎊按一萬五千二百元折算。

綜觀各方面情形，此事並不如一般傳說之嚴重，況我存款係在去年十二月十七日後存入，且非存入中國境內之外國銀行，故無可慮。

二、決議：我公司所存美金，既係於去年十二月十七日後存入者，與政府規定凍結無關，故仍繼續放存，暫不動用。

主席李劼人

第七屆三次董監聯席會議錄

時日：卅五年十一月二日下午四時

地點：成都公司

出席人：李劼人、陳子光、孫靜山、魏時珍、湯萬宇、黃肅方、吳照
　　　　華、劉星垣、程雲集、李伯申（李劼人代）

甲、主席報告

（一）依現在趨勢來看，黃紙已能銷行成都，但能行銷多少，
　　　則無把握。瀘市洋紙充斥，當地紙廠紛紛停工，而洋紙
　　　以加拿大報紙為最多，每令售國幣二萬六七千元，若運
　　　渝單以運費及噸位價每噸需一百萬元（每令即合二萬五
　　　千元），若運蓉則每令至少售六萬元以上，始較划算，因
　　　之外紙大量傾銷後方，實為不可能之事。故我廠之受威
　　　脅，不在外紙，而為宜賓之中國紙廠。目前該廠出品，
　　　尚未運蓉大量傾銷，但重慶情形則大不同矣。我紙在渝
　　　去年迄今僅售賣不到一千令，視此情形，我公司為謀將
　　　來永立於不敗計，非積極籌造白紙不可，否則不能生存
　　　也。但現在財力，不足以配置製造木漿器材，故只能照
　　　前所議，用竹料製造，或夾江增產熟料。關於夾江熟料，
　　　余曾詢該地紙業有關人士，據謂夾江紙戶散漫，約三千
　　　用戶皆為家庭工業，平日完全依賴紙商預購，似非目前
　　　我所能辦到。而其麻煩實多，吃力又不討好，故今之計，
　　　唯以自購竹、麻加工製為熟料，較為可行。然竹麻之成
　　　本將數倍於稻草，開支自然加大，但為本身之生存，應
　　　竭全力以赴。俟彬文來蓉，切實商談計算成本後，再與
　　　雲集去樂進行。此事關係我公司之存亡至巨，故須抱定
　　　決心做去。對於此事，余意有兩點：

　　　1. 先暫不估計成本，俟試造若干後再說。

　　　2. 先須打開市場，寧肯不賺錢，只要夠本。

（二）自十月份加薪後，公司負擔加重，三號機因毛布問題解
　　　決，每月可保持生產二千二百令，但電力常不斷扯拐，
　　　影響生產頗大，故決加開一號紙機，每月估計可增產一

千二百令，成本自然降低。若三部紙機全開，則成本更加減低也。

（三）造白紙仍不擬放棄，蓋此為本公司日後之生路，但非至必要時期，不擬試造。理由如下：1、漂白粉、竹料等須事先大量收購。目前公司負債達八千萬元左右，雖我預存之堿、毛布、煤可用達四月之久及渝存紙一千令，尚勉可相抵。然收購造白紙之原料，則須另行籌措。2、所存美金為本公司基本，非以添置設備，不擬動用。

（四）四聯工貸決定繼續辦理，已函彬文在渝進行，彼已向經濟部駐渝辦事人商談數次。至去歲所貸之三千萬，已於九月份起停止付息，擬在借得大批款項中扣還。據曹青萍來信云，交通行已允進行，須請梁、程前往洽辦。而我之希望為：1. 數額二億元內扣三千萬元；2. 期間一年；3. 利息不能超過三分四釐。

乙、決議事項

（一）關於改造白紙案

決議：增造白紙事，務須克速進行，並應視為本公司目前刻不容緩之業務。將來白紙出貨時，為便於推銷起見，寧可於相當時間，廉價推銷，如與成本微有出入，亦在所不惜，以期把握市場，另闢新出路。關於技術、原料等問題，望經理部門與製造部門同人從速詳為計算研究，並於短期內即行開工添造。至於明年洪水時期，用水問題，亦應提前準備，清水池必須早期修復，以免洪水期間影響製造白紙工作。

（二）關於張真如董事函辭常務董事案：

決議：於卅六年度股東大會前，推請劉星垣董事暫行代理，俟後年大會舉行後，再另行推舉。至於張常務董事任期內之輿馬費五萬元，在劉董事代理期中，仍按月匯至張董事。

主席李劼人

第七屆二次全體董事會議

時曰：三十五年十一月十二日下午四時

出席人：李劼人、吳照華（李劼人代）、陳子光、宋師度、梁彬文、
　　　　湯萬宇、程雲集、魏時珍、劉星垣

關於增加生產，減輕成本，再以低廉售價，推廣銷場案：

（一）按「價廉而物不美」方式爭取市場，期以平安度過此困苦時
　　　期。

（二）三號機之產量已達最高限度，唯望增開紙機，產量增多，則
　　　成本自然減輕。

（三）增加生產使成本降低，再以低廉售價，以推廣銷場，一面推
　　　廣，然後增加生產，庶使資本不致停滯。

決議：原則通過。

第三十六次常務董事會議事錄

時曰：卅五年十二月十九日上午十時

出席人：李劼人、湯萬宇、劉星垣、孫靜山、魏時珍

列席人：程雲集

主席：李劼人

記錄：謝揚青

甲、主席報告

一、關於白紙製造

（一）白紙試驗成功，成績滿意，一般均感興奮。蓋紙料純用
　　　稻草，而色白，有韌性，有光澤，開世界造紙之新紀元。
　　　但目前不能大量製造，蓋每令須加成本約二萬元，其中
　　　漂粉占二分之一，明年敘府天原開工，以後漂粉供給均
　　　甚方便，每百斤稻草須漂粉二十五磅，每磅合八百元，
　　　故每令須加漂粉費一萬元，黃色紙每百斤草，可收百分
　　　之八十，造白紙則草料只收百分之六十，加上人工（打
　　　漿）如黃紙漿每四個鐘頭打一缸，白紙則需十個鐘頭始
　　　能打一缸，故其成本較黃紙為高。

（二）此紙在成都可比照中國紙賣，但在重慶因中國紙運輸較
　　　便，如依蓉價，似嫌略高。白紙目前不擬大量製造，只

將現存之一百罐漂粉造完為止，並抽空做白紙，每月生產幾十令，將來大量製造分為三個步驟。大量製造白紙時，分下列三個步驟：

1. 以一號機造白紙，須添置 100kv 變壓器一個；50～30 馬達二部，須加五千萬元整修清水池，每月可生產 100 令；

2. 一般如需全改白紙，需增打漿缸六個，並準備五千令產量需用之清水池；

3. 擬與法國工商界合作，此事彬文已與此間領事館及法國駐川工業專員有所接頭。彼對我改制之白紙印象甚深。

二、彬文此次赴樂造白紙，貢獻最大。目前返蓉原擬董事會同仁晤談，但因必須返昆度聖誕節，而昆渝飛機票已定，需趕赴重慶轉昆明，故不及與各同仁晤談也。

三、我以稻草製造白紙成功，開造紙業之先河，故擬於新年招待新聞界，報告此紙製造成功之經過，或待彬文來蓉再舉行。

四、黃用揆訟案，已向高分院提起駁回上訴。

主席李劼人

第七屆四次董監聯席會議事錄

時日：卅六年二月十二日下午三時

地點：成都公司

出席人：李劼人、吳照華、劉星垣、湯萬宇、孫靜山、程雲集、張仲銘、魏時珍、李伯申、黃肅方（李代）

主席：李劼人

記錄：謝揚青

決議事項：

（一）程雲集協理近以常患病痛，尤以咳嗽纏綿甚久，致體力日漸衰弱，精神益感疲乏，對公司職務實難繼續擔任，特函懇辭協理職務，應如何決定案：

決議：值此絡繹之交，籌畫經營，諸多不便，倘毅然抽身，是欲將

五年服務成績，擲諸虛牝，於公於私，皆甚不便，故一致決
議挽留，三年之後再議去留可也。

（二）關於人事調動案：

決議：袁副經理既在他處任職，不宜再兼本公司方面事務，一人精
力有限，各方兼顧必不能周，其所任職務，即於二月終止，
例送薪金三月，以示公司微意。龔襄理宜昭亦因離職過久，
公司正在需人之際，不宜因之懸缺，其所任職務，即於二月
終止，例送薪金三月。

主席李劼人

第三十七次常務董事會議事錄

時日：卅六年二月廿九日下午三時

出席人：李劼人、孫靜山、吳照華、湯萬宇、劉星垣

列席人：程雲集

主席：李劼人

記錄：謝揚青

主席報告

一、關於美鈔問題

1. 我在美存款約美金四萬元，原可稍為損增，即能用之於購辦
器材，終因第九屆臨時股東會對於董事會儘量購儲美金提案
未獲通過，不敢放手營謀，繼則資力不足，時事變動，以及
美國物價上漲二三倍之故，原存數字貶值，數目縮小，已無
作為。

2. 自政府實施經濟緊急措施後，對於美匯美金及在美存款，通
令嚴加管制，收購或調回，我在美存款係用公司名義，昭然
若揭，無法隱藏。故若①政府加以凍結，最屬可能，而凍結
後將徵購四成，捐獻四成，實得亦僅剩餘之二成而已。②調
迴向央行掉換，則按官價收，每元合一萬一千六百元。③自
行掉換，獲益較多，然非相當時日與精力不可。

3. 去年幾無紅利可言，今事已如此，只好按股分攤，以示公司
對股東利益，未稍疏虞。

4. 若以分攤，對公司職工之精神鼓舞亦大，將來各事推動，尤具刺激作用。

二、工貸成功，需彌補手續，已在辦理中。函樂山注意用於建設造白紙設備。

三、渝公司房舍，房主童家擬出售，價四千五百萬元，已函渝洽詢。

四、法國工業界代表賈善納曾在廠寄住多日，對我廠印象甚深，尤於我造白紙工作最具興趣，故與彬文談，願以機器投資我公司。以日前之情形而言，我公司之擴充，非如此不可，故此實為一最佳機會，俟彬文來後再商進行。

五、壓光問題：現只能將原配置一號機烘缸，換於三號機上，可使兩面稍光。至於美國購壓光機事，因進口被政府限制，已不可能矣。

乙、程協理業務報告

一、蓉市被中國紙侵銷後，原擬打開渝市銷路，後因美匯提高，並禁入口，故中國、中央兩紙廠業務好轉，我紙自不待言。如中國廠紙，去年六月廠價每令三萬六，臘月三萬八，正月四萬五，六萬，現已售至八萬。我紙情形亦如中國廠，比照物價，續將售價提起。但中國廠價高，用戶負擔不起，漸又採用我紙。

二、蓉市新新新聞用我紙最多，但其條件過奢，故與銷售其他報紙情形，略有不同。

丙、決議事項

關於美鈔處理問題應如何決定案

決議：主席所言辦法，原則通過，俟函各董監徵求意見，由董事會討論後，再提請股東大會通過。

主席李劼人

第七屆五次董監聯席會議議事錄

時日：三十六年三月十四日下午三時

出席人：李劼人、黃肅方、吳照華、劉星垣、湯萬宇、魏時珍、孫靜山、程雲集

一、主席報告

（一）我向英國拔柏葛克公司之鍋爐，原議定價格為一千三百

英鎊，已付百分之五十，每磅合美金三元五角。現該公司來信謂鍋爐已做好，但運繳保險尚須二百五十磅，現共差八百磅。而擬以存世界公司三千餘元美金付之，惟後又購銅絲布、毛布等，恐現只存二千餘元。今接曉嵐電謂美匯已不能結，已另外向央行接洽外匯，共約需四千二百萬法幣，現已去信將二千八百元（但不知是否仍有斯數）售出交去，此外再在蓉籌一千多萬，估計將來由滬運等繳算內，總共須法幣九千餘萬元，不謂不昂也。

（二）渝分公司房舍原擬出售，現又嫌租少索租，其意仍在出售，故已函渝公司再往交涉。

（三）工貸已成功，原請與二億元，現准為一億元，但除扣去前年二千五百萬元工貸外，僅餘七千五百萬元，擬用於清水池

（四）水泥及馬達等設備，總之不使該款浮存一文。

（五）我公司現時負債，計蓉有二千萬元，樂有一千多萬，工貸一億元。

（六）工廠情況：三號機修理耽延最久，故至三月十二日始開工，而後河打水間修造耽擱亦最大。在此停工期內，只開一號機，但水井水量不足，停電七日，致二月份實際工作只十八天，生產不足六百令。現因兩月無紙，蓉存貨已拉空，渝市銷場漸趨活躍，俟彬文來後，方能決定開幾部紙機。伊現仍因無飛機滯留昆明，約數日可來料理也。

二、決定事項

（一）關於三十五年度股東大會日期案：

決議：四月二十日仍假樹德中學舉行。

（二）關於黃用揆案：

決議：請歐陽里東監察會同在樂謝勖哉董事、楊新泉董事及律師與黃用揆交涉調解，其息事之費用，如在五百萬元以內，則我可考慮，如黃仍貪多，則不惜再訴諸法律。（按：此案經二月間第六高分院判決我方勝訴，僅於地方賠償損失部分尚需瞭解也。）

第七屆六次董監聯席會議會議決議事項

時日：卅六年四月十五日下午二時半

地點：成都公司

出席人：李劼人、魏時珍、陳子光、梁彬文、孫靜山、程雲集、吳照
　　　　華、宋師度、湯萬宇、歐陽里東（陳子光代）

主席：李劼人

記錄：謝揚青

一、本公司資本總額自廿八年聲請登記為五百萬元後，年來物價激
　　漲，法幣貶值，公司每日進出數字，亦超過資總類多倍，致業
　　務推行因資本額之微小而感不便，此係一般工廠情形，頃政府
　　亦注意及此，乃於卅五年十二月廿八日國防最高委員會通過頒
　　布《工礦運輸事業重估固定資產價值，調整資本辦法》，明令重
　　估調整，本公司是否遵令作合理調整案：

決議：作為提案，並建議本公司資本升資肆億元，增資一億元，共
　　　為伍億元，交股東大會審議。

二、新公司法頒布之資本調整後，原定公司章程，已不合實際情形，
　　應提請股東大會修正通過案：

決議：通過。

三、關於存款處理案：

決議：以中央銀行掛牌市價以二億餘元分配股東，一億元獎勵職工，
　　　餘數則用為擴充工廠設備之用，並委請梁總經理負責辦理掉
　　　兌。

嘉樂製紙廠股份有限公司股東會決議錄

時間：三十六年四月二十日上午十時

地點：成都寧夏街樹德中學大禮堂

出席股數：七萬一千一百一十三股

出席股權：六萬三千九百四十權

主席：李劼人

一、主席宣布

　　三十五年四月十二日國民政府公布施行之新公司法規定：「股東
之決議應有代表股份總數過半數之股東出席，以出席股東表決權過

半數之同意行之」。查本公司股份總數為一十萬股,股權九萬餘權,今日出席者已足法定股數股權,戶數雖新公司法無此規定,但亦到半數以上。

二、報告事項(略)

三、討論事項

　　(一)董事會提議:重估固定資產價值,調整資本案:

　　　　　說明:本公司資本再三十一年申請登記為五百萬元,數年來物價激漲,貨幣貶值,本公司全部資產實在價值,較之賬面數字,超過甚多,而逐月營業數字,亦較資本為多,故業務之推行,因資本額微少而不便,此亦係一般工廠情形。政府於數年中,屢經工業方面之呼籲,乃於三十五年十二月二十八日國防最高委員會第二一二次常務會議通過「工礦運輸業重估固定資產價值調整資本辦法」,明令工礦運輸事業重估資產,調整資本,並限於三十六年度內辦理完竣。本會鑒於客觀情勢所需,自應按照規定從速辦理。俾本公司資本得作合理調整,茲將擬具調整方案(方案全文另印撥發)提請公司討論公決:

　　決議:1. 本公司固定資產價值,依照調整方案所列原則重估,但其重估後總值至多不得超過十九億零九百七十六萬元。

　　　　2. 授權董事會延請專家及會計師辦理重估固定資產價值事宜,並根據其估計之結果,核定本公司固定資產經重估而增加之實在金額比例分配各股東,作為資產升值增權。

　　　　3. 本公司另增加現金新股四億元,僅先由舊股東比例分認,有不願認者,另募補足之;而有新認股款,統限於本年七月一日一次繳清。

　　　　一致通過。

（二）董事會提請：新公司法頒布，以及本公司將來資本調整
　　　後，原定之公司章程，已不合實際情形，應否根據新公
　　　司法，略加修改，請公決！

決議：根據新公司法實際情形，授權董事會辦理之。

　　　一致通過。

第八屆首次董監聯席會議記錄

時日：卅六年四月廿三日

地點：成都公司

出席人：李劼人、湯萬宇、陳子光、歐陽里東（子光代）、吳照華、
　　　　孫靜山、宋師度、劉星垣、李伯申、張仲銘

主席：李劼人

記錄：謝揚青

　1. 關於重估本公司資產調整資本如何進行案：

　決議：聘請楊吉甫會計師為本公司會計顧問，辦理重估資產及
　　　　升資登記事宜。

　2. 關於各有關文化團體請求補助案：

　決議：往年補助辦法太覺零星，今年分配方式，應使受、與兩
　　　　方均得其便，故以一筆較整數字撥為基金，於相當時期
　　　　將之息作為補助。

第三十八次常務董事會議事錄

時日：卅六年七月二十九日

出席人：李劼人、魏時珍、孫靜山、吳照華、湯萬宇、劉星垣

主席：李劼人

記錄：謝揚青

甲、主席報告

　一、此次川西南水災，我公司工廠損失不小。計停工二十餘日，
　　　減少生產紙張二千令，合售價四億餘元。洋灰損失二百餘
　　　桶，以及其他共約計七八千萬元；而半月來無生產，廠繳
　　　又不能不維持，先後已匯去一億元，出入共約損失約計五
　　　億八千餘萬元。

二、關於中央紙廠經何北衡之介紹，擬由我廠與中元、銅梁三
　　廠傾購合辦事，正進行中。查此廠現由中央銀行主持價賣，
　　何在滬曾與張公權談。返蓉又以鄧晉康名義電張，已得其
　　回電：（一）作股加入不可能；（二）作價則可。唯我方希
　　望能分三期付款。該廠原估價為十三億，而錢子寧只願出
　　十億，並以續製鈔票紙作抵，以為要挾。正待簽字時，其
　　支持者中行負責人貝松蓀〔註21〕因金案事發，此事遂被擱
　　置。何在滬晤張，原從新估價，但昨得錢函，始知估價為
　　四十八億元，據錢來函及我迭次電邀伊來渝商談被拒而
　　言，顯然：錢不願 1. 省政府參加；2. 擬單獨經營。

三、中央廠設備尚覺完備，計有多烘灶長網紙機一部，一千二
　　百五十啟羅電機一部。並以所餘五百啟羅電力售與隔壁天
　　原廠，再加以廠房、清水池、建築考究，故在川中尚屬較
　　有規模之廠。其生產能力為打漿設備所限，每日可出上等
　　紙四噸，計兩百令，估計值價約六千萬元，而渝市煤價較
　　樂山為低，兼以其城、漂粉之取用，仰給於近在咫尺之天
　　原廠，自身又能發電，其成本自較一般為低。

乙、決議事項

一、據一般情形而言，本公司對接辦中央紙廠事是應表明態度，
　　確實向何北衡言明，如何決定，即希立決出議

決議：（一）主張一次向中央銀行價購，惟價款要求分期交付；
　　　　（二）股份攤派
　　　　　　　1. 中元擔負百分之四十五；
　　　　　　　2. 嘉樂擔負百分之四十；
　　　　　　　3. 其餘百分之十五由銅梁廠擔負。

〔註21〕 貝祖詒（1892～1982），號淞蓀，蘇州人。曾供職於盛宣懷創辦的漢冶萍煤鐵
　　　　公司統計部，1914 年貝祖詒進入中國銀行北京總行，先後擔任廣州、香港、
　　　　上海分行經理及總行副總經理，1946 年 3 月 1 日出任中央銀行總裁。一年的
　　　　任期內，貝祖詒致力於外匯管理，被視為最有才幹的財務官員。後為了對付通
　　　　貨膨脹，主張開放外匯，拋售黃金，因外匯枯竭引起黃金風潮，再加上國民黨
　　　　內部的派系鬥爭，1947 年 2 月貝祖詒被迫下臺。1973 年貝在任香港上海商業
　　　　銀行辦事董事 11 年後退休，寓居紐約，1982 年 12 月 27 日去世。

（三）組織：按公司法規定組織股份有限公司

　　1. 董事：按各股份投資比例出任之；

　　2. 製造部門：聘請陳曉嵐君擔任；

　　3. 經理部門：假定為總經理制外，總經理一職由中元舉任，副總經理由嘉樂舉任。

　　4. 會計部門：嘉樂、銅梁會同提請董事會負責聘任之。

二、關於推派代表赴渝與何、錢等會商案：

決議：推派程協理雲集代表出席，其協理職務推請孫靜山董事代理。

第卅九次常務董事會議事錄

時日：卅六年八月十一日上午十時

地點：成都公司

出席人：李劼人、魏時珍、吳照華、孫靜山、湯萬宇

列席人：陳子光、劉星垣、張仲銘

決議事項：

一、關於文化事業補助費即職工教育費案

決議：籌撥國幣三千萬元，按月以八分息息存公司「文化事業基金」項下，再以此項存款應獲利息，分配各單位：

樹德中學，全年補助陸佰萬元，每月付五十萬，卅六年八月起；

敬業中學，全年補助二百四十萬元，每月二十萬，卅六年八月起；

醇化中學，全年補助三百六十萬元，每月三十萬，卅六年八月起；

王明毅，全年補助六百萬元，每月五十萬，卅六年八月起；

成公中學，全年補助六十萬元，每年兩次，卅七年起；

成都文協會全年補助三十萬元，每年一次付，卅六年一月起；

職工教育費，全年補助六百萬元；

孤兒院，全年補助一百二十萬，每年兩次，卅七年起；

復興小學，全年補助六十萬元，每年兩次，卅七年起；

兌陽小學，全年補助六十萬元，每年兩次，卅七年起；

平民工讀社，全年補助三十萬元，每年一次，卅六年十月起。

二、關於綜合新聞印刷廠函請加認股資六百股即六百萬元案

決議：該廠與本公司業務有關，且與本公司日後發展西南文化計劃
　　　相謀合，準再投資六百萬元。

三、梁總經理銜命赴港經辦之事，業已結束，賬單亦寄來，於七月
　　　卅日在港照幣合價，計共開出支票三萬九千五百元（留五百元
　　　存原銀行，保留戶頭）。除去旅費、雜支、九五扣傭金等外，計
　　　實得國幣十四億四千四百四十二萬五千六百二十元，已於八月
　　　二日匯渝二億五千萬元，匯蓉十二億元。賬單在此，請推請代
　　　表數人審核：

決議：推請吳照華、湯萬宇、劉星垣、張仲銘為審核人。

　　　　　　　　　　　　　　　　　　　　　　主席李劼人

第四十次常務董事會議事錄

日期：卅六年八月廿七日上午十時〔註22〕

地點：成都公司

出席人：吳兆〔照〕華（湯代）、湯萬宇、魏時珍、孫靜山

列席人：劉星垣

主席：李劼人

記錄：謝揚青

甲：主席報告

　　　李董事長因雨阻未入城，由程協理雲集代表報告：

　　　一、中央紙廠事：余接何北衡、陳曉嵐電邀赴滬，洽商與中元、
　　　　　銅梁合頂中央廠事，因飛機訂座不易，遲至 8 月 16 日午後
　　　　　五時方專車赴渝，次日深夜抵達。擬於到渝之第二日飛滬，

〔註22〕此次會議李劼人沒有參加，為此他專門致函給董事會：「今日常董會議，愚為
　　　雨阻不克進城。主席即煩湯董事萬宇代為主席。誠以所提議案湯董事昨到公
　　　司曾面談，一是較為熟知內情，易為決策。故未煩吳副董事長代勞此也。此致
　　　常董諸士　李劼人敬啟　三十六年七月廿九日」。參見《李劼人全集·書信》
　　　第 10 卷第 79 頁。不過，按照信件內容為 7 月 29 日，常務董事會記錄為 8 月
　　　27 日。7 月 27 日的簽到簿上有李劼人的簽名，8 月 27 日的簽到簿上李劼人沒
　　　有簽到。

但抵渝後見報載何氏返川，當以電話詢問，屬實，約定次日晤面。據談：（一）在滬曾與曉嵐晤面數次，並未與錢子寧接談。而曉嵐提出錢氏之意，需佔股百分之六十，嘉樂與銅梁總佔百分之四十。（二）曉嵐似相信錢子寧能力較強，而漠視嘉樂、銅梁兩廠。何表不滿，故臨行亦未通知曉嵐。（三）此事經何與張嘉璈決定，先由央行派代表一人，由央廠廠長一人，及何氏本人會同赴央廠切實估計資產。（四）何氏向張提出具體辦法：1. 由央行作為部分投資。2. 全部價賣。（五）何氏意如估價不多，而為嘉樂、銅梁能力所及，即由兩場全數負擔，不必知會錢子明；如估價太大，亦可由央行作為投資部分。（六）彼擬於廿三、四日返蓉，再晤李董事長面詳談。（七）曉嵐一再表示彼一年以內不能抽身來渝幫忙（此與彼以前表示不同）。（八）此事需何氏與央行等確實估價後方能再做商量。

二、在渝曾參觀華西、華元、華倫、中工造紙及造紙學校等紙廠。規模雖小，但均嬌小玲瓏，不可忽視。現華倫廠自有鐵工廠設備，故紙機均係自製，並有八烘缸之大紙機正製造中，預料一年後可安裝。綜觀各廠紙機，除網絲布外，皆係渝市製造，此為造紙業之一大喜訊。

三、梁總經理原擬十八日飛蓉，因其公子在渝獲病，需稍緩時日方能來蓉。

四、拔柏葛鍋爐，接陳曉嵐電告，已抵滬，即運渝轉廠。惟需轉口稅二千萬元，滬渝運費六千萬元，刻正籌措中。

五、楊新泉董事函詢公司情形，已由李董事長詳函答覆（詳致楊函底稿）。

乙、決議事項

一、主席提議：公司業務日益發展，現時重要負責人每有人手不濟之感，而將來如中央紙廠洽項成功，必須派員參加首腦部門以利業務，故擬聘請本公司股東吳書濃為經理，即希公決案：

決議：通過。

二、魏時珍、湯萬宇、孫靜山提議：1. 央廠合頂成功，自屬欣幸之事，若一旦難於實現，應即由擴充或補充本身著手，方能立定腳跟。而於擴充或補充時，應先作通盤籌劃，以免耗費精力、財力，於事無補。2. 技術人才之培養與訓練，公司應作全盤籌劃，俾收儲才之效案。

決議：通過。

第四十一次常務董事會議事錄

時日：卅六年九月二日上午十時

地點：蓉公司

出席人：李劼人、湯萬宇、魏時珍（湯萬宇代）、吳照華、孫靜山

列席人：梁彬文、張仲銘

主席：李劼人

記錄：謝揚青

甲、主席報告

一、廿七日何北衡約余談中央紙廠事，因座中尚有其他客人，不便詳談，只由伊敘述在滬恰辦此事經過：

（一）接頂央廠需在渝解決，而不能在滬解決。銅梁紙廠代表顧鶴皋曾在滬與錢子寧商談並立約，但顧函何表示立約非常強免。稱伊本意，而願望此事由川康人士辦理，故伊按預定之計劃進行。

（二）在滬晤得與央行有關方面人士，1. 張公權謂已放棄購買央廠之意；2. 央廠監察張納川表示，廠價未定，錢子寧四十萬美金不確，但價格須由張總裁決定；3. 因央廠曾向財部貸款，領有外匯，故曾訪財部錢幣司戴某，據云，錢未來洽。希與張公權解決。

（三）不過，前所言值美金四十八萬等語，皆係錢駕空之詞，不足憑信。何赴滬即約陳曉嵐晤面，但陳已傾心於錢子寧，何氏正欲與陳深談，而陳即推委須約錢來，第二次亦復如是，故一切均不能談。且陳表示二年內不能回四川，復言錢對造鈔票紙有經驗，極力推介。再談及錢氏之意：1. 中元占股份百分之

六十；2. 由錢氏出任總經理；3. 製造與經理部門人
事業務不得過問；4. 嘉樂與銅梁資本共占百分之四
十，並只能任董事。故何對陳頗不高興。

二、視此情形，與中元合作，已不可能，而央廠之債務情形，
實際如此：

（一）央廠原資本為六十萬元，余為向央行貸款，連透支
有十二億元，利息未付，將來合頂成功，成立公司
時，只承認債務，而不□□資，日後償還時只付利
息。

（二）此廠曾向財部撥有外匯，向國外購買器材，其一半
已消耗，另一半因央廠停廠，被物資局接收，故其
已被接收者，自不能承認計入售價內，但須由省政
府及新公司名義，向財部請求撥賬。

（三）其最困難者，實無過於剩餘材料之處置及遣散員工
三百多人之三億元，亦為我絕不能承認者。現時員
工生活僅賴電力之售賣與剩餘材料。據聞現又購進
廢鈔一百噸，約可用六個月。

（四）刻擬由央廠長、何廳長、中央銀行組織三人委員會，
於本月內在渝作切實調查。余意，俟各項清冊接手，
央廠即停工，而由新組織接辦。

三、所存之款，迄至目前為止，共有十四億五千萬元，公司借
用二億三千萬元。

主席李劼人

第四十二次常務董事會議事錄
時曰：卅六年十一月七日上午十時
地點：成都公司
出席人：李劼人、湯萬宇、吳照華、魏時珍、孫靜山
列席人：程雲集
主席：李劼人
記錄：謝揚青

甲、主席報告

一、央廠之事，已有變化。晤何，據談：

（一）伊晤張公權，謂有人主張，仍由央行自辦，不必移交四川省政府。何當謂已不可能。公權謂既不行，請與央廠理事長張納川商量。

（二）何不承認用租佃方式，而須按前談轉移主權。後有人折衷為，將廠估為美金，現作為租，每年以實物為租金，再每年提折舊，若干年後，折舊提光，則轉移主權。譬如第一年折舊十分之一，照央行美金牌價折算，第二年一月起至往後若干年，逐年提取，而於若干年後提光。何認為尚可。故徵求吾人意見，決定為若干年，如何提付。但尤某復提出折價至最後一年，需再另行估價作售。何認為此點無論如何辦不到，必須堅持。後尤又擬有一方案，與所談不同。何僅允攜回提交大家決定。

（三）後何於一宴會中，晤張禹九（張公權弟）。張願幫忙，並謂此事非經濟的而係政治的問題。

（四）顧鶴象即返川，並將來蓉商談此事，決定央行提出諸點，但租金百分之五，則決加堅持。惟時日恐不如預期，似須稍後一二月矣。

（五）錢子寧現又找何，而且談話甚洽。錢表示：為保全中元將來業務，故非合作不可。何感覺錢氏為人精明強幹，對製造鈔票紙最熟悉，故對錢之要求加入，頗表願意。錢氏加入，已推翻前意，願參加股份降為百分之，並願以新近在美訂購之磨木機參加，但須任第一任之總經理，並不來渝執行職務，僅在滬與央行經理經常洽談鈔票紙之推銷等事。蓋伊與央行中下層人物均甚熟悉也。又言，陳曉嵐無論如何須任將來新廠協理兼廠長，如不相信伊，能否由曉嵐作為中間人，而由陳代表股份。何表示可能容許。余謂嘉樂、銅梁合作以趨具體，新公司名稱已定為

「嘉梁紙業公司」。錢之參加，余個人極為高興，而陳曉嵐之參加，更無異議。當時陳不願意回川，是伊自己的意思。我今天雖可以答應，但不知顧鶴皋之意又認為如何？須待伊來蓉商量。

二、此次去工廠住十一月，一切均上軌道。終須幹部努力。裴廠長亦較過去為努力。彼因幾次失敗，故頗氣餒。余曾與伊作切實談話，並當眾宣布一切意見均需由廠長轉達，蓋意在加重裴之責任。工廠情形分述如次：

（一）鹼。頗感恐慌，價高得不成話。經多方設法，始向樂江購鹼 20 噸，每噸二千萬元。川中各鹼廠近相率改製硫化鹼，將來恐大成問題。故擬利用現存製鹼器材自行造鹼，現已交裴廠長主持籌劃。

（二）煤。現已加價，所存尚足敷用。

（三）關於增加生產。今年停工達三月……產紙 3900 令，二月份 4000 令，十一月份 3500 令（因安裝烘缸少產）。綜觀今後增產無問題（每月利用切紙機，每次少切若干，即可多出 3500 令）。現在平均二號車日出 50 多令，三號車日出 80 多令，每日平均生產在 130 令。二號車每秒鐘四轉，三號車每秒鐘五轉，如多加馬達，其轉數不只此。轉數加多，打漿杆又不夠，刀片亦不夠，在渝添置之刀片，正趕運回廠，則四部漿缸可全開，但蒸料又不夠，現已添西門子 50 匹一部，尚需電工 60 匹及 50 匹馬力，則共有 370 匹馬達，可打細料增產。清水池修成，烘缸加上，則每月可出兩面光好紙。但現在只有三具方棚，尚需添 100KVA 者，則每月可生產五千令好紙也。此為余此次在樂，每日向逐部門詢問所得，而為平日未注意者。如照此補充，則明年無需再添置。迄至目前為止，總共補充已有十四億元，尚待補充者約二億元。

三、關於升資問題：刻正抄造表報，日內即可寄出，蓋前寄出資申請書，以得經濟部批示，須撿呈購買器材時之原始單據也。

乙、討論事項

關於合頂央廠成功後新機構之組織，本日應商量幾項原則，以便提交何北衡君商談時參考：

一、中元紙廠加入，由錢子寧君任新組織之總經理案

決議：原則上表示歡迎。

二、新組織成立是否由陳曉嵐君任協理並兼廠長案

決議：新組織總經理以下，分設業務處與會計處，兩處各以協理兼理之，業務處由嘉樂派程雲集充任，會計處由銅梁派員負責。陳曉嵐君軍專任廠長，藉專責成。

三、股額是否增大及如何分配案

決議：總股額增加為二百億元，中原占百分之三十，嘉樂、銅梁合占百分之七十。

四、董監事如何產生案

決議：仍照投資比例出任。

主席李劼人

第八屆二次董監聯席會議記錄

時日：卅六年十月一日上午十時

地點：蓉公司

出席人：黃肅方、李劼人、梁彬文、孫靜山、吳照華（孫代）、程雲集、魏時珍（李劼人代）、湯萬宇（黃肅方代）、李伯申、張仲銘

甲、主席報告

一、升資問題

（一）關於本公司資本之事，本年度股東常會決定，按照經濟部規定辦理。當時決定升資為四億元，增資為一億元，總共增資為伍億元。繼因物價波動太大，上列數字顯得太小，而公司每月營業數字，由數千萬元增為四五億元，

故如股額太小，有失升資意義。但當時因恐經濟穩定，若升值太大，將來股紅息之籌措，頗難照規定之辦理，爰乃作大體之決定，交與本會酌情進行登記。

（二）本會當即按照部頒法令，先進行財產估價登記，以為升資之依據。此項工作自五月開始，然因須將所有財產，從新以現價估出，頗為不易，致五六兩月均遲延未辦。七月工廠遭水災亦未辦理，至八月工廠方面因未找獲原始單據，只將各項器材名目寄來，並未估定數字，當又寄樂山重估，俟得重估數字甚低，全部財產合計僅二十餘億元。時物價急劇上揚，經濟情形較前又有變化，若照上數再加折扣，得五六億元，恐距實際太遠，反引人懷疑。而我之營業數字，隨物價而增加，如資本仍為五六億元，實等於未行增資。同時我公司準備向四聯貸款，若資產過小，則貸款之額有限，且帳目與升資數字應相合，否則難免稅收之紛擾。蓋上年度盈餘約二億元，賬面實有如此之數，以現在經濟情形估定，下半年盈餘可能達五六億元。若不將資本額擴大，則將來不必重蹈虛盈實數之覆轍也。

（三）近月經與本會委託之會計師楊吉甫多方研究，擬將本公司資本，趁此次政府規定從新估計之時，升為十五億九千五百萬元，加入原有股本五百萬元，共為十六億元。另增四億元，總共資本為二十億元，至增加之數，已由公司購買鍋爐等補充器材。

（四）新添置設備：

100KVA 方棚一只，3,000,000 元；

烘缸二只，4,000,000 元；

100HP 馬達，20,000,000 元；

打漿缸一具，150,000,000 元；

鍋爐一具，三億餘元；

清水池上年估需一億三千萬元，現估需三億餘元。

（五）尚待補充設備：

100KVA 方棚一個，打漿缸一部。除存款十億元備投資央廠外，補充者約去十二億元，故非向四聯貸款，不能打開目前緊俏局面。

（六）央廠問題：何北衡去渝，邀梁彬文以顧問身份同往，與央行派員及央廠交換意見，情況已漸具體，請彬文報告，迨至目前為止，現金尚有七億二千萬元，其差額已以我紙抵補。

乙、梁總經理報告與央廠商談略情：

余以建設廳顧問之超然立場，隨何北衡前往洽談，故談話時均以建設廳為主體。

一、央行提出保息合資經營。所謂合資係以其建設費四十萬元美金（官價折合法幣五十多億元）作為資本，將來按彼此數額分紅。

二、又提出由建設廳承租，每月月租按產量之比例，以產品納租。

三、余曾提出如交建設廳接辦，流動資金必需交出，彼答應可以，惟須照原價折合付款。

四、該廠生產能力每月可達一萬令，但製料設備不夠，尚須添置。今年該廠一至八月份只開小車，已賺十五餘億元。

五、該廠優點：動力自給，製紙設備完善，機器生產量大，城與漂粉由相鄰之天原廠供應，基礎好，條件優良，大有發展。

六、已向中央銀行洽妥，央廠與央行所訂供給廢鈔約繼續有效。

七、如以租賃方式接辦，我方資本非一萬億元莫辦。1.每月生產成本占得五十億元，八折計之，四十億元。2.接收其流動資產如毛布等，值四十億元。

八、其內部情形：1.習慣不好，將來開支恐浩大。2.工人有組織的，現有二百多人，產量與原八百多人生產者相同。

九、關於一百億元資金，曾徵詢顧鶴皋意見，彼表示待嘉樂投資後，餘數由銅梁廠與集成公司認定。

十、預料如獲成功，移交當在卅七年一月。在渝曾與何談，將來非完全商管不可，並另組織一新機構，向中央銀行承租。

丙、決議事項

（1）關於復位增資、升資數款案：查本公司增資、升資之進行，係遵奉政府規定辦理，曾經上屆末次董監聯席會議提請本屆股東大會，通過升資四億元，增資一億元，共計資本為五億元，並授權董事會辦理。茲以月來物價波動太鉅，原定之資本總款五億元，已不合目前實際情形，及政府提倡重估固定資產調整資本之旨意，故擬請比照本公司現時實際資產，再予估計增加，以便業務推動。

如何決定案：

決議：本公司資本總額決定增加為國幣二十億元，計升資為國幣一十五億元，計國幣五百萬元，加入原有已登記之股本國幣五百萬元，另增資本四億元，由原有股東照舊股額分別攤認之（實際仍由公司揆帳），所攤認之數目，仍由公司按股出賬，並於明年股東常年大會時提請追認。

（2）楊吉甫會計顧問與馬費如何致送案：

決議：每月致送與馬費十萬元。

第八屆三次董監聯席會議

時日：卅六年十一月五日下午五時

地點：蓉公司

出席人：李劼人、李伯申、魏時珍、湯萬宇、吳照華、孫靜山、黃肅方、張仲銘、劉星垣、陳子光

甲、主席報告

一、渝分公司業務去年及今歲上年業務均較佳，原因為有七家小型紙廠皆產「嘉樂紙」，估計其產量每月可達二千七百令左右，予我紙銷路不無影響（因全用廢紙為料，開價特低，如我紙每令售五十萬，其開價每令為四十萬元。）中國紙廠修理機器停工，然其將來之銷路，當在京、滬、漢等地，中央紙廠出品有價無紙，七家小型紙廠亦擬另尋途徑。過去我紙在渝大抵為中國商人所操縱，現已派員逐日趕市，

把握直接銷戶。目前渝嘉存紙不多，時時弔當，現已逐漸設法改善。

二、渝分公司原地點偏窄，不敷應用，故刻租定中正路一百五十六號新華銀行舊址為分公司，租金每年一八〇市石中熟米，以渝米為標準，卅日付款時，每石作價卅萬元，合五千四百萬元，一次交足，押金作米六十石，折價一千八百萬元。此房地處繁盛市區，對於業務幫助甚大，約於新年前可遷入。

三、關於中央紙廠事：

（一）新組織方面：擬定名稱為「嘉梁公司」，參加單位現只嘉樂與銅梁，但銅梁目前每月只產二十令紙（非通用紙），恐只以銅梁名義參加，而實際出資者為集成公司與重慶市銀行加華康等。嘉樂方面擬投資三至四十億元，本身投資十至二十億，孫靜山十億，楊典章十億（楊曾表示如以三百億購入亦值得）。新組織籌備處業於十月三十日在渝成立，推定胡子昂君為籌備主任，顧鶴皋為副主任，並擬請將來之董事會組織董事七人，常董五人。我曾建議由梁彬文任新組織之協理兼廠長，其他現有職工均不予更動。

（二）目前此事之進展情形尚不可知，故仍保持緘默，原定一日在渝與留京之何北衡通話商量，但一日胡因事未通話，後羅承烈將赴京，胡子昂當託羅在京與何面談。故如央行願採承租方式，則交價當在近兩月也。

乙、決議事項

查此次接辦中央紙廠，係以歷年經營所獲資力參加，故勞、資兩方，按規均有權利，方盡情理，茲特提出，希先作原則上之考慮案：

決議：照章程規定之比例，以三億元作為本公司職工福利基金名義，參加投資，將來如有盈餘，在職之職工方得享受。此項詳細辦法，當另行規定之。

嘉樂紙廠廠務會議記錄

日期：卅六年十一月十九日午後三點鐘

地點：樂山本廠經理室

出席人：李董事長劼人、裴廠長鴻光、陳松如、陳定波〔註23〕（記錄）

議決事項如下：

（一）三號紙機所可出紙原為 443/4 英寸，二號機所出紙原為 431/2 英寸。等截紙刀片運到時，裝好截紙機則一律改為出紙 43 英寸，以求節省紙料而合於標準化。截紙刀到時，截紙機五天之後即可裝畢。

（二）有買捲筒紙者，暫時只能以磅數等量計值。

（三）本年十二月半打漿缸底刀可以運到。

（四）二號紙機本年十二月十三日停工修理至十一日下午六點即可開工，但到明年舊曆正月不再停工修理矣。

（五）二號紙機電力，除將第三號紙機之 25 匹馬力、馬達移往安置外，另須添增 60 匹電工牌馬達一部，以為拖漿缸之用。老廠電力共為 128 匹馬力。

（六）三號紙機須加添 50 匹電工牌馬達一部，以為拖紙機之用（渝正在進行購買之 50 匹馬達除外，如購買不成則須另購）。新廠電力共為 243 匹馬力。

（七）全廠須新添 100kv 方棚一座及其附件全套。

（八）打水部門須添 15 匹馬力之外國貨馬達一部，連同吸水機（此種設備可視為備用）。

（九）修理三號紙機——必須於明年舊曆正月二十五日完成。

（十）二號紙機准於明年舊曆正月初五日即行開工，不得延遲。

（十一）修理堤壩埋地下水管及裝修鐵架須於明年洪水發動以前完工。

〔註23〕陳翔鶴（1901～1969），四川巴縣人。1938 年參加中國共產黨，在成都負責文協成都分會工作。化名陳定波（1947 年秋），為避國民黨之命捕，用此名去樂山，隱蔽於李劼人主持的嘉樂紙廠，直到四川解放中華人民共和國成立後任川西文教廳副廳長。1953 年調到中國作協，主編《文學遺產》。「文革」中含冤去世。發表有《陶淵明寫「輓歌」》《廣陵散》。早年散作見《沉鐘》，後見《世界文藝季刊》《文藝陣地》《萌芽》《中原》《文藝雜誌》等。

（十二）新鍋爐安裝須於明年正月廿五日以前完工，不足人力可雇
傭零工或另外包工。

（十三）製碱工作希望於明年舊曆正月十五以前出貨。

中華民國卅六年十一月十九日

第八屆首次全體董事會議（卅六年十二月十三日）

關於與中央銀行訂約及與中元紙廠錢子寧，合作租營中央紙廠事，經連日與銅梁紙廠顧鶴臬總經理磋商，已擬有：

（1）向中央銀行承租中央紙廠草約一份；

（2）與中元錢子寧合作條款一份，原草約及合作條款另附，請諸位仔細研究後，決定如何辦理：

決議：修正通過。

第八屆二次全體董事會議

時間：卅七年一月二十日下午四時

地點：成都公司

出席人：李劼人、陳子光、吳照華、湯萬宇、劉星垣、魏時珍、程雲集

一、報告事項

1. 渝公司已售紙一部分，在渝我紙牌價每令九十五萬元（中國紙渝價為每令 150 萬元），而我之成本如每令售價在七十八萬元或八十萬元，仍夠。目前廠中正值農歇收草之時，故須大量之款。

2. 二號機已加添烘缸，兩面已能平，但因技術問題，尚未達理想之光勻。此機每日原只產紙四十令，加烘缸後，每日已能產紙六十五至七十令。三號機產量亦加多，去年全年我生產 31,000 令，今年可達 45,000 令至 50,000 令。水池工程亦將完好。目前因碱價太高，品質低劣，故決心自行製碱，現硝礦已租定，正積極籌備，其他製碱所需器材，我均備有，開工僅添設爐灶而已。預料開工之期不遠，可以接我存碱銷量。此種自製之碱，其成本每噸僅均合一千二百萬元，其他現價售四千五百萬至五千萬元，如我用液體碱，成本尚可減低。彬文刻在廠督率各種工程，預料三四月間可出部分白紙。

3. 目前為增加生產，改良品質，補充器材，並大量存儲原料關係，故原前存款十二億元已用去，餘十六億元自八月份起，陸續用在添置設備及購儲原料上，如下列之原料：

   煤一九五〇噸。原購價九億四千萬元，現價十億五千七百五十萬元；

   城五五噸。原購價十三億八千萬元，現價廿二億元；

   菜油五八〇〇市斤。原購價五千八百三拾萬元，現價九千萬元；

   稻草卅萬斤。原購價五千七百萬元，現價一億二千萬元；

   食米一億二千三百萬元，現價二億四千六百萬元。

4. 中央紙廠事變動甚大，顧鶴泉接伊之合作公司來信，知已交由央行所屬之中央印製局接辦。故我等之打算，至此亦告一段落。但為將來著想，仍須加倍奮鬥，力備穩固自身，以備日後另一計劃。

5. 何北衡為進行央廠事賣力不少，今因周莘池等組織二十餘年之製城廠（在彭山縣屬之青龍場名同益城廠），因營業不振，向何氏請求濟助，何氏當以城為我公司與銅梁紙廠主要藥料，遂邀約參加投資十億元。原有廠房設備折合十億元，共計資本總額為廿億元。此項增資數字，銅梁廠投資二億元，我公司綿竹股東黃萼生投資一億元，查我公司近年因城之供應，時感困難，令何氏有意邀入，於本公司之生產亦有裨益，希為考慮。

二、討論事項：

1. 關於投資同益城廠案

   決議：投資國幣五億元，分為兩期交付，其董事及監察組織按投資比例出任，每二億元出任一董事，並推舉李劼人、黃萼生、程雲集出任該廠董事，孫靜山為該廠監察，又同意周莘池為該廠董事長，李劼人為副董事長，曾子玉為總經理，程雲集為協理。

2. 五午麻石廠係李劼人、魏時珍早年同學伍鶴田君組織，以專營營造摻和水泥所用之磨石（方解石）為業務，廠設彭縣，

業務處設蓉，已獨資經營兩年，近因周轉欠靈，要求本公司
投資。查該廠出品，在川西尚屬獨創，而建築需要至多，尚
可經營，是否參加投資案：

決議：投資國幣五千萬元，並派本公司會計一人輔助處理賬
　　　務。

主席　李劼人（簽名）

第八屆四次董監聯席會議記錄

時日：卅七年二月二十五日下午四時

地點：成都公司

出席人：李劼人、湯萬宇、黃肅方、劉星垣、陳子光、謝勖哉、程雲
　　　　集、吳照華、孫靜山、李伯申

主席：李劼人

記錄：謝揚青

甲、主席報生產

一、關於銷市近況：蓉渝我紙銷路近甚疲滯，蓉處銷紙每月只
　　能在一千二三百令上下，其中報館約八百令上下，零銷約
　　四五百令。以目前購買力而言，似以達飽和銷量。渝處經
　　努力後，近只售紙數百令，蓋渝市若干小紙廠收購紙花仿
　　製我紙，而成本較輕，故以低價沖銷，於我影響甚大。中
　　國紙廠白報紙在渝銷場估計有七千令，但今後恐不運銷重
　　慶，而將運往下游各埠銷售。目前我之政策，應分為兩途：
　　（一）將現制嘉樂紙打入商場，以為包裝之用。（二）積極
　　籌造白紙。現正加緊籌備，四月初可望出貨，不若此，則
　　營業前途難有轉機。將來亦擬以一部紙機造黃紙，一部紙
　　機製造毛道林紙，專供書籍印製，期能配合我之營業生產
　　政策。

二、自去歲八月起動用存款，全部均都用於購製設備：去年下
　　年度總共添置設備花費約五十多億元，其中二十餘億元係
　　由營業上滾出，三十餘億元則拉用存款。惟已撥存四千二
　　百五十令之紙相抵，如同益城廠及五午麻石廠之投資，均
　　係此數內撥出。

三、目前產量：二月份因放假僅可生產一千多令，但三月份生產入常產軌，預計產量可達四千多令，如至時銷市仍感疲滯，則不知又將如何。二月分開支只需十三億元，但負債已達十六億五千三百萬元，而二月份之新貸又有十億元。假定二月份售紙三千令，則一切問題全告解決。一月份售紙一千多令至三千令，惟是月開支太大，（一）如趁農歇時期預購三個月的草，每斤六百元（比柴價高），每天預收十多萬斤；（二）準備自己造城；（三）電價高漲，每度需七千三百餘元，一個月七萬度共需四億幾千萬元；（四）發雙薪及購米：以上共用去二十五億多元。

四、向四聯貸款事：已分函各有關方面進行，但因政府停止工貸，故迄今未實現。茲聞政府有開放之意，吾人深悉此事須有百分之七十人情，前曾函託李伯申兄致函徐可亭、徐柏園先生關照，伯申先生在渝曾以此事詢問央行經理楊曉波，得悉尚無開放之消息，現仍請伯申兄多方幫忙。

五、彬文刻在廠督促各項工程，進度甚速，彼須俟白紙製造成功，方能離樂來蓉。

乙、討論事項

(1)關於卅六年度第十三屆股東常年大會會期及開會地點如何決定案：

決議：本屆股東年會決定於四月十一日舉行，至地點問題，以在市中心之適中地點為佳，最理想地點為春熙東路之新新新聞大廈禮堂，但俟交涉妥當後再定。

（2）關於卅六年度之賬務處理案：

決議：照會計課報告者處理。但本公司已奉准經濟部命令調整資本，自去年起業將股款升為貳拾億元，故卅六年度賬務處理之最高原則，即按新增股款做賬。

（3）假定工貸成功，而銷市好轉，除股款提升外，而實際上，似應作適度之表示，以酬各股東及職工，故卅六年度擬以九億餘元或一千令紙為分配數額，應如何決定案：

決議：卅六年度分配數額，定為國幣壹拾億元，除股息而外，

餘數以章程規定分配之，但此數分發時間必須於股東會時聲明，自五月一日起，一個月內分發完畢。

　　　　　　　　　　　　主席　李劼人（簽名）

嘉樂製紙廠股份有限公司臨時股東會記錄

日期：民國三十七年三月三日

地點：四川省成都市中東大街本公司內

出席戶數：二四八戶

出席股數：七九，一四二股

出席股權：七〇，五八五權

主席：李劼人

記錄：謝揚青

開會：行禮如儀

報告事項：

一、主席報告：

（一）到會股東所代表之股數已足法定之數，可以開會。

（二）主席報告：

上年股東常會決議授權董事會根據政府新頒之「工礦運輸事業重估固定資產價值調整資本辦法各項規定」辦理升值增事宜，已經董事會延聘專家根據上列辦法重行估定固定資產應增價值為 1,595,000,000 元，依照舊有資本 5,000,000 元之比例全部分配與各股東作為升值股本，其應另行增募之現金新股數目定為 400,000,000，全部均由舊股東比例認足，合計調整後，新舊資本總額共為 2,000,000,000 元，依法呈請經濟部鑒核，經於本年二月四日舉到部批核准，並於三十六年十二月三十一日將各股東所認定之新增現金股額全部收齊，均依公司法之規定。於今日召開臨時股東大會報告經過情形，並請大會將儀程所列各項有關議案予以討論決定。

二、決議事項：

（一）董事會提重估固定資產價值，增加現金新股，調整資本總額十億元案

決議：全體舉手通過。

（二）董事會提修正章程案（由記錄員逐條宣讀章程全文，原
　　　文附卷免錄）

決議：全體舉手通過。

（三）監察人提增資調整報告案：（由記錄員逐條宣讀報告書，
　　　全文原件附卷免錄）

決議：全體舉手通過。

（四）董事會提改選董監案

決議：因股東及股權比例均無變更，決俟本年四月十一日前原
　　　任董監任期屆滿時再行改選。（全體舉手通過）

第四十三次常務董事會議事錄

時日：三十七年三月四日下午一點

地點：蓉公司

出席人：李劼人、吳照華、孫靜山、劉星垣、陳子光

主席：李劼人

記錄：謝揚青

甲、報告事項

一、三號紙機加安烘缸後於，已於三月一日起開工。樣張已寄
　　來，因剛好裝機，技術上尚未熟練，故紙張不如理想之佳。
　　但稍緩俟熟知其技術應改良之處後，必能合於標準製造白
　　紙。造漿須加一倍半時間，故將來紙製白紙時，三個漿缸
　　均須全開，而刀片自亦虛備齊。惜此次由渝運樂之 50 匹馬
　　達及刀片等件，在宜賓上游王場失吉，正派員查看，一面
　　電渝另購馬達一部，目前只好等待並準備一切，希望股東
　　會前產出白紙。

二、質檢部門已派員往洪雅硝井場開始製硝，現正催促從速準
　　備開工，可能與白紙之生產工作相配合。

三、工廠廠長裴鴻光因接長（掌）樂山中央技專校辭職，所遺
　　職務，梁彬文來函推薦強華冶業公司工廠廠長張華擔任。
　　張亦是法國習電機者，人尚精明強悍，惟一系強華方面主

要負責人，強華是否讓伊來本公司尚難逆料，需與楊新泉董事（強華董事長）商談後方可決定。

四、目前最大問題乃打開銷路。迄至二月底，負債十五億，而且須收草二十萬斤，但現時炭漲電漲，故三月份至少需二十五億，如銷三千令紙，可以彌補，不負新債。

五、渝市銷路漸開。中央日報已部分採用我紙。據張述成估計，三月可銷千令。其他小廠之價格，完全比較我紙低售，但一般大用戶不願採用，因各小廠產品不足而到期又交不出貨。

乙、討論事項

一、關於裴鴻光君辭廠長案

決議：裴鴻光准予辭職，所遺廠長職務由曹青萍暫行兼代。

二、關於職工津貼調整案

本公司職工津貼上年規定每三個月調整一次，茲以物價變動愈演愈驟，故擬縮短為每二個月調整一次，本月即應加調整。

決議：改為每二個月調整一次，自本月一日起，職工津貼加百分之四十。

三、董監會決定卅六年度應付之股紅息，決定變更以往辦法，先提股息（以新增資本額二十億元計算），再為紅酬，已無問題。惟聞於文化事業補助費，自去年決定發一整筆數字，以其息金作為補助費後，現尚存有三千八百五十萬元，加入三十六年度者之事項補助費四千五百萬元，共有八千多萬元。是否仍一併生息照去年辦法辦理？

決議：仍撥一筆數字存儲公司，比照市息略低，而以其子金為補助之資，上年結存數字，一併加入為本金。

主席李劼人

三十七年度第二次廠務會議記錄

日期：三十七年三月二十日午前九時

地點：樂山本廠會議室

出席人：李劼人（主席）、曹青萍、張鴻鈞、劉明海、牟中瑾、陳治邦、雷繼鴻、陳如松、曹鑒鈞、陳定波（記錄）

報告事項：（由李董事長報告）

（一）投資「同益城廠」經過。

（二）梁總經理彬文患病之病根及時間病狀。

（三）當此群龍無首之際，擬請強華鐵工廠張華先生暫代本廠廠長。如張先生無暇抽身，則由曹青萍經理暫代。

（四）此刻主要工作為出產白道林紙，計每月須出產白道林紙二千令，嘉樂紙二千令。

（五）報告本公司營業狀況及負債數目。

（六）在四月十一號開股東大會之前，希望白道林紙能生產出來。

（七）白道林紙所用漂粉成分最好分十五磅及二十磅兩種，但最多不能超出二十磅以上。

三十七年度第三次廠務會議記錄

日期：三十七年三月二十七日下午二時

地點：本廠會客室

出席人：李劼人、曹青萍、張澤民、歐陽里東、賀質卿、張華軒、陳治邦、车中瑾、劉明海、陳定波（記錄）

甲、李董事長報告

目前重要工作有二：

（一）製城——其所以需要自己製城者，蓋因城業諸商看利太厚致城價高。本次復往後大批購城已勢不可能。估計本廠存城大約可用至五月半間，故希望本廠製城部門能以在五月半間出貨。

（二）製造白紙問題——希望四月底能暫出貨，從五月份起步入常軌大量生產，用第三號紙機專造白紙至將來可分出加漂粉百分之十五及加漂粉百分之二十兩種。因求出產品標準化，本廠化驗室決予以充實及擴大。

乙、決議事項

（一）製城部門在原則上儘量加速準備，至五月半間決定可以出貨。

（二）準備漂洗缸兩個或數個，須於六月底將該缸等完成。

（三）從五月一日起至六月底止，因已使用三個漿缸之故，每月定可出白紙 1800 令。

（四）二號紙機在最近期間須出產去尖稻草紙 500 令或 600 令，以應市面需要。

（五）對於領班取決「功過制」，使受獎者可身受實惠，知所勸勉。其規章另行規定之。

（六）現行管理員至下月斟酌調動。

注：傳、閱、存卷

四、一

第八屆三次全體董事會議記錄

時間：卅七年四月三日下午四時

地點：蓉公司

出席人：魏時珍、李劼人、陳子光、湯萬宇、吳照華、劉星垣、孫靜山、謝勖哉

列席人：吳書濃

主席：李劼人

記錄：謝揚青

甲、主席報告

一、余於上月十七日偕醫赴樂救護彬文。因伊病入膏肓，縱然痊好，亦非作長時間休養不可，余唯恐工程與廠務因此脫節，不得不留樂督率。經半月來駐廠結果，各項工程與廠務，尚能按原定計劃進行，職工雖因彬文逝世而感悲戚，然尚安心。

二、自裴鴻光辭職，彬文逝去，廠務即乏人主持。彬文在世時，曾推薦強華公司現任廠長張華。張雖來蓉與余接洽，但因強華不讓離去，故未繼續商談。旋以彬文去世，廠中主持無人，當與張氏及強華董事長楊新泉經理、施震東商談，幾經周折，張始願任代理廠長三個月。但彼因在強華、技專均有職務，故只允每月在廠留二周。

三、張華已履職，所有工程與廠務漸熟悉，安排亦甚得當；關

於白紙本月底可望生產，製城部門經屢屢催促，五月半間亦可出貨。

四、樂山分公司經理曹青萍，因事務繁多，故與外間甚少接觸，余在樂時，經與伊商量，決定聘請本公司監察人歐陽里東為本會駐樂代表，負對外聯合之責。

五、強華公司目前業務情況甚好，資產現值五十億以上。今年預計產鐵四百噸。以現價言可值百餘億元，現擬於下月開股會並將歷年紅息作為增加股本。查該公司登記股票本謂六百萬元，我公司投資為一百零八萬二千元。

乙、討論事項

一、關於本公司章程修改案：自去歲股東會授權本會改訂，當經參照公司法及其他公司之章程，加以訂正，並由上次董監會推請李伯申董事審查，經修改後，隨呈請變更登記文報部。茲特提出，請逐條再為斟酌。

決議：通過，提付本屆股東會追認。

二、關於本年度賬務處理案：原擬提升資本，冀使賬務照常情處理，不再感繁難。殊法幣出人意料之貶值，致令呈報之資本，去年數額尚覺較大，但目前則所值無幾。故將來賬務處理恐又有麻煩，應如何決定？

決議：向下屆董事會建議，照往年之例辦理。

三、關於股東會報告事項：

決議：關於工程方面、投資情形、處理美金經過及接辦中央紙廠之交涉前後，由李董事長報告。關於業務事項由程協理報告。

四、關於監察人向股東會報告問題：本公司監察為三人，廖偉成先生在南京，歐陽里東先生在樂山。張仲銘先生原在成都，現在五通橋辦炭廠，不克來蓉參加，而廖與歐陽兩先生亦有事不能趕來，僅有委託書，然股會中此一節目，非其他股東可以代理，應如何辦理案：

決議：根據公司法第二〇六條規定由監察人委託會計師代表報告。

五、關於去年度酬金之發付時間，原定於五月一日開始，茲因
　　準備製造白紙，大量購漂粉，需數甚多，而公司目前負債
　　達三十億元，利率甚高，各貨陸漲無已。開支加大，銷市
　　欠旺，諸種關係，似須展開，否則難於籌措案：

決議：延緩至五月十六日開始發付。

六、關於聘請張華及歐陽里東兩先生案：

決議：（一）聘請張華先生任本工廠廠長；（二）聘請歐陽里東
　　　　先生為本會駐樂山代表，自三月十五日起每月開支輿馬
　　　　費廠價紙三令。凡樂山分公司及董事對外一切交涉會議，
　　　　統商由歐陽代表出席辦理。

七、關於梁故總經理撫恤及其家屬之安置案：

決議：依據本公司職工撫恤條例放寬尺度辦理，但須俟其堂兄
　　　　梁伯雍來蓉商談後再定。

八、關於股東會開會時間須提早舉行案：

決議：提前於上午八時舉行。

　　　　　　　　　　　　　　　　　　　　　主席李劼人

嘉樂製紙廠股份有限公司卅六年度第十三屆股東年會記錄

時間：37 年 4 月 11 日午前九時

地點：成都新新新聞文化會堂內

出席股數：75118 股

出席股權：67928 權

主席：李劼人

祕書：謝揚青

一、主席宣布開會

　　（一）本公司股份總數為 10 萬股，今日到會股東已足法定股數
　　　　　（達股份總數三分之二以上），宣布開會。

　　（二）本公司總經理梁彬文先生因在樂山誤診醫療，於三月二
　　　　　十五日晚在成都四川省立醫院不治逝世。梁先生為本公
　　　　　司歷史人物之一。先後本公司服務甚久，近為本公司工
　　　　　廠工程及技術上之改進，如計劃兩面光紙、白新聞紙、
　　　　　次道林等工作太半完成，公司正多利賴，竟溘然而逝，

實為本公司之一大損失，即請諸位起立為梁先生默哀，改期當另行開會追悼。

二、主席報告

（一）關於美金之處理。本公司因擬向國外購買機器，曾陸續存儲美幣四萬元，是以數目太微，不足運用，經去年股東年會承認，授權董事會處理。董事經多次磋商及若干股東之建議，遂於去夏開始辦理。除因在國外銀行開戶不易，仍留存五百元在美國紐約銀行外，計處理之美金為三萬九千五百元，得國幣十六億七千六百八拾三萬九千元。以一部分照章程規定分配，餘國幣九億元仍作為充實設備之準備金。經過情形，有帳可稽。

（二）關於接辦中央紙廠經過。此事初由建設廳長何北衡之邀約，本公司鑒於該廠設備甚具規模，有意接手，曾於去歲年會中報告，不贅。惟此事之進行，未如預料之易，且變動亦大，可分為三個時期：

1. 由嘉樂、中元、銅梁三家紙廠合辦，資本定為五十億元，嘉樂擔負十億元。再由嘉樂向股東自由認募十億元。

2. 中元紙廠退出，由嘉樂與銅梁廠為主幹，另參加顧鶴皋主持之集成公司，胡子昂主持之川康興業公司與中央紙廠議為合租，資本定為一百億元，嘉樂認股四十億元。

3. 中元紙廠因本身利益關係，又要求參加，資本增二百億元，嘉樂認股七十億元。

然去年秋間，與中央銀行洽商，仍獲致結果，又延至十一月，中央銀行決將該廠授交所屬之中央印製廠接辦，此事進行至是，始告結束。然幾乎費時一年也。推究其原因，自然其中為內幕，吾人所未明瞭，大概由於有人不願交出，意欲自行掌握，惟此事政治作用大，經濟作用小。如斯結果，乃意料中事。然余今猶引為憾事。即卅四年擬接辦購建國紙廠未得實

現，將需美幣八萬至十萬元，而本公司所儲資力僅二分之一之數，力量薄弱，致錯過良機。設若卅三年多量購儲美幣議案能在股東大會通過，而不致為一部分股東所反對，則任何擴充，早已迎刃而解，本公司所受之打擊，莫以為甚！

（三）甲、關於補充設備：因中央紙廠之進行未獲成功，所留之準備金，鑒幣制繼續貶值，不能久擱，俾克損失，乃經董事會決定，以自身工廠缺點尚多，應及時加以補充，奠定穩固基礎，將來另備擴展，自然較易。當於去年以所留之準備金及其孳長所得，作如下之補充：

1. 35 號受熱面積英國 Babcok 鍋爐一座，付國幣 327681000 元，美幣 2475 元。

2. 烘缸及架子二部：A53,000,000 元，B38,634,000 元，共付國幣 91,634,000 元。

3. 馬達四部，共付國幣 165,960,000 元。

4. 100KVA 方棚一具，付國幣 32,000,000 元。

5. 漿缸及刀片，付國幣 158,000,000 元。

6. 刀片，付美幣 290 元。

7. 清水池工程，已入帳，計國幣 165,000,000 元，刻未完工而已實用，但尚未入帳者約七億餘元。

8. 向物資局購買者，共付國幣 570,000,000 元。計購入：100KKA 方棚一部，40HP 馬達一部，12 號車床一部，6 號龍門鑼一部，萬能銑床一部。

乙、材料方面

1. 五金器材（包括鐵管、皮帶、五金等），共付國幣 864,671,000 元，足夠一年以上之用。

2. 毛毯，共付國幣 526,685,000 元，及付美幣 1290 元，足夠一年以上之用。

3. 銅絲布，付美幣四百九十二元六角六分。

　　此外尚有新近購入之器材如馬達等尚未計入，而已入帳者，總計國幣二九〇三六三一〇〇〇元，美

幣四千五百四十七元六角六分。加入未及到賬之數字，約計五十億元，皆係自去年八月陸續支付至十二月底者，而目前此項器材之現值，諸公自可臆料。

（四）關於對外投資情形：本公司章程許可對外投資，茲將近年向外投資情形，報告於次：

1. 強華礦冶公司，公司地址樂山，工廠在峨眉龍池，為本公司常務董事楊新泉，股東施步階等所發起組織，民國卅年成立，股本為國幣六百萬元，本公司投資國幣一百零八萬二千元，占該公司資本六分之一強，目前業務情況甚好，資產現值五十億以上，今年預計產鐵四百噸，以現價言可值百餘億元。現擬將歷年紅息，作為增加股本之用。

2. 綜合出版公司，地址成都，以出版印刷為業務，為本公司董事謝揚青秘書所組織，去年開始興辦，已有相當成績。本公司投資國幣一千萬元，占該公司資本十分之一，而該公司與本公司有密切關係，本公司甚願多加扶助。擬於去年內擴展為較有規模之組織，並全力充實其印刷設備。

3. 同益製城廠，民國四年成立，公司設蓉，廠設彭山青龍場，為周奉池君所創辦，去年年底，經何北衡廳長之介紹，本公司投資國幣伍億元，占其全資本四分之一，因出品為本公司主要藥料，故而參加。

4. 五午蔴石廠，為伍鶴田君所創辦，以出產修建房屋摻和水泥使用之磨石（方解石）為主要業務，廠址在彭縣，辦事處設蓉，本公司於今春投資國幣五千萬元，該廠係合夥組織。

三、廠務報告，主席代表報告

廠務之報告，本應由廠長為之，惟本公司廠長裴鴻光君於今年春初接長樂山中央技專校，辭去廠長之職，當委由梁總經理暫代，而梁君物故，廠長職位虛懸。惟在梁君病重時，曾介紹強華礦業公司廠長張華君擔任，但為強華方面所弗許。此次余在樂極力邀約，

並口頭徵得強華方面默許，方勉為出任。惟張君在強華工作易甚繁重，恐非長久局面，茲代為報告如下：

（一）自勝利後，本公司同仁深知黃紙銷路益窄，決心製造白紙。蓋我紙在戰時主要銷路為七家聯合書局採用，印製中小學教科書之一部分。自卅四年八月勝利以後，大家始用西方紙。而教育部復規定所有教科書必用潔白紙張，我廠黃紙自是只能行報館方面。但報館經濟力有限，折扣又大，售價每在廠本以下，而紙本愈高，銷路愈窄，實非改弦易張不可。去年至今，不惜鉅資從事補充者，目的即在製造白紙。

（二）現在各種補充設備工程，已完成十之八九，本月底可望從事白紙生產。預計五月份白紙可生產一千八百令，七月份當可再增。並希望黃紙每月只出一千八百至二千五百令，白紙每月可出二千五至三千令。

（三）因城價太高，每月擔負甚大，故決心自行造城，成立製城部。現在丹棱硝井場已完成。場內製城工程正加緊進行，即此一項已用去二十億之譜。限期五月半出貨，如城可自造，則隨時能檢定其成分，復可控制紙色，所費較購買低廉多多。

（四）加強化驗室，使原料成品達到標準化。

四、業務報告，程雲集協理報告

（一）生產方面：卅六年一二三四月份因停電及修理機器，停止數次較往年為多，此四個月每月平均只生產紙張一千令，而二月份只生產六百令，七月份又因遭受水災，情形亦差，只生產二千令，其餘月份，平均每月生產三千五百令至四千令，全年總共生產三萬一千餘令。

（二）銷售方面：去年度前幾月情形比較清淡，八九月後，因辦理選舉，用紙量稍增，而成都各報館大部改用我紙，故在蓉市銷況，較上年為好，達百分之七十以上。去年年底，物價激漲，報館購買力薄弱，蓉市銷紙減低，但渝市銷路則轉為增加，全年三萬一千令，供求增加相應，

前年存紙二千令，去年只存一千令，總計全年營業數額
為七千餘億元。除去年管理成本，餘九億餘元，如會計
部門報告所列。全年銷市情形，蓉占百分之七十，渝占
百分之二十，樂山占百分之十。惟有一事值得注意者，
即黃紙在政府辦理選舉時，牌價可以照物價而增長，繼
則不能直追物價，且至疲滯之時，後難於白紙相競爭，
故黃紙實非長久之計。白紙出產後，估計可產一萬令以
上，雖其成本增加而售價較高，但顧主為書局方面，經
濟力較強，銷售自亦較易。然黃紙之製造，仍不擬完全
停止，以作一般之供應。故目前業務上之情形，因大量
增添設備，在營業上拉填之款，不在少數，已顯空虛。
現負債已卅餘億元，在白紙出產前，情形仍極苦難，希
各股東隨時惠予賜教協助！

五、監察人賬務報告

　　本公司監察人張仲銘、歐陽里東、廖偉成因事滯留京、樂、犍
等地，不克親來蓉出席年會，特依據公司法第二百零六條之規定，
具函委託會計師楊伯謙代為審核賬表，核對簿據，調查實況。茲由
楊會計師報告審查報告情形。（詳見書面報告）

六、討論提案

　　（一）董事會提案：本公司於卅五年十二月二十八日奉經濟部
　　　　　頒下國防最高委員會通過「工礦運輸實業重估固定資產
　　　　　調整資本辦法」，限令於卅六年度內按照規定重新登記資
　　　　　本，當於去年四月廿八日年會時一致通過遵照該項規定，
　　　　　增資為國幣一億元，升資為國幣四億元，共計資本為國
　　　　　幣伍億元。庚即進行立案手續，並權董事會全權辦理，
　　　　　本會當即委託楊伯謙會計師著手進行，惟因重估資產一
　　　　　項，經長久時間之調查登記，方財竣事，故第一次呈文
　　　　　寄出已在去年深秋之時，後經濟部又令須再補繳單據，
　　　　　再經不少麻煩，始於去年十二月三十一日趕報部，繼於
　　　　　本年一月二十六日奉到經濟部批令核准，另再依法完成
　　　　　變動登記，亦已辦理竣事。惟須請本屆年會追認者：

1. 去年年會議決增資為國幣四億元，升資為國幣一億元，共計資本為國幣五億元，惟因國幣著手進行時，物價急漲，幣值減低，所訂五億元之資本，已經不合經濟情勢，故本會開會決定另行計算報部。

2. 另形計算之新數，經會計師研究結果，計重估固定資產所增之價值為 1595,000,000 元，按照資本原額 5,000,000 元之全部比例，分配與各股東，作為升值股本，另增現金股本 400,000,000 元，均經攤配與原有股東。此項升值增資股本，共為國幣二十億元，分為一十萬股，每股二萬元（舊有每股為五十元），現呈請升資已准，請求大會予以追認。

決議：全體通過。

（二）董事會提案：去年年會時，因鑒於新公司法頒布，及本公司資本調整後，原定章程已不合實際情形，當經通過修改並授權本會辦理。本會遵照大會決議，按照法令及實際情形，經多次之研究，擬就新章程草案。茲由年會主席逐條誦讀，請予通過。

決議：全體通過。（附修正章程）

（三）董事會提案：卅六年度業務，雖無較好的成績，但亦在水平線上，故往年會議決議，除股額提升而外，對於股董東諸君，亦應有適度之表示，經決定以國幣壹拾億元，除股息而外，照章程規定分配與股東及職工。惟數字太少，請股東諸君多予原諒！又須聲明者，關於此項數字之發付，因目前周轉欠靈，原擬於五月一日開始支付，但為事實上所弗許，請決定自五月十六日起支付，如何之處，請予表決！

決議：贊成。

（四）股東張樂修提案：為時勢變遷，萬物飛漲，可否增高股金案：

決議：本公司資本業已升值增資，此案無庸討論。

（五）股東張俊烈提案：為召開公司各股東大會，可否由公司
　　　擔任旅費案：

決議：依照公司法規定，股東會可以委託代理人出席，本公司
　　　章程亦有如是規定。張股東提議股東出席股會擔任旅費
　　　之事，不便辦理。

七、選舉董事及監察人

　　　一致推舉劉星垣股東、豫大亨股東代表人羅蕭華君監選。選舉
結果：（以得票多少先後為序）

（一）當選董事：李劼人、吳照華、湯萬宇、魏時珍、陳子光、
　　　程雲集、宋師度、楊新泉、謝勖哉、張真如、吳書濃、
　　　黃肅方、李伯申、陳光玉、劉星垣、陳曉嵐、孫靜山

（二）當選監察：歐陽里東、張仲銘、廖偉成

畢會，聚餐

　　　　　　　　　　　　　　　　　　　　主席李劼人

第九屆首次全體董事會議記錄

時間：卅七年四月十二日下午一時

地點：東勝街二十九號

出席人：李劼人、湯萬宇、陳子光、劉星垣、黃肅方、陳光玉、程雲
　　　　集、吳書濃、孫靜山、宋師度、吳照華

主席：李劼人

記錄：謝揚青

討論事項

一、本屆董事會今日成立，請推舉會議主席：

決議：一致推舉李劼人先生為主席。

二、照章程規定，新董事會產生，請推舉七人為本屆常務董事案：

決議：推舉李劼人、吳照華、湯萬宇、魏時珍、劉星垣、孫靜山、楊
　　　新泉為本屆董事會常務董事。

三、推舉正副董事長案：

決議：一致推舉李劼人繼任董事長，吳照華繼任副董事長。

四、總經理逝世之缺，如何覓定繼任人案：

決議：總經理一職聘請程雲集繼任，協理一職聘請吳書濃繼任。

五、梁總經理逝世，其所保存之本公司在美國紐約銀行存款（美金五百元）之支票簿遺失，如何向該行掛失案：

決議：（一）更換簽字人；（二）用本會名義函紐約銀行掛失。但為表示慎重起見，即函請刻在南京之李伯申董事轉託康心之致函中國駐紐約總領事張平群代為證明。

六、關於梁故總經理撫恤問題：彬文逝世後，其堂兄梁穎文君來函要求公司：（一）仿照公司厚恤王懷仲例及錢子寧優恤朱奠氏例，由公司提出一次基金組保管委員會，於其女二十二歲滿之時承受，擬定為美金五萬元。（二）生活問題：照彬文待遇，直付至子女外國大學畢業任職時止。此項待遇，隨時照公司調整待遇，交由梁夫人承領。（三）子女學費由公司負擔至外國大學為止。（四）居住問題：請就近與梁夫人商量（均詳原函）。如何決定案：

決議：彬文不幸逝世，同人實深哀悼。除於醫藥方面、裝殮方面已盡最大援助外，關於撫恤一項，自應遵照彬文在世時為公司所手訂職工醫藥傷亡撫恤辦法辦理，藉以表揚彬文為公司立法之精神。故梁穎文先生來函所提各點，因事實上伊對彬文病逝及公司經濟情形未能徹底明瞭，故所言殊不合情理：（一）彬文之病逝純係諱疾自誤，打九一四針過多，中毒而死，並非積勞致疾。故與王懷仲因公赴渝接收機器，為日機炸死於順昌機廠內，情形原因各殊，不能相提並論。（二）本公司目前財產所值總共不過美金五萬元，而原存之四萬美鈔，早於去年由彬文轉手賣出，現僅有五百元美幣存入紐約銀行。中元公司錢子寧本身經濟基礎穩固，業務偉大，與本公司情況大不相同。（三）此次彬文病危，由公司付出之醫藥車費，衣衾棺槨之費，總計已達四億數千萬元。而今年公司發付股東之股紅息，照章程規定，亦不過四億餘元，僅及彬文項下所用□□一之數字。公司有三百七十餘股東，三百餘職工，若將來股東職工提出質詢，將何詞以對？故彬文之撫恤，為顧及多年之情誼及審視公司之環境計，可作如下之處理：

1. 公司絕對維持彬文手訂職工醫藥傷亡撫恤辦法，弘揚其立法精神；

2. 醫藥、衣衾、棺槨、裝殮、運柩等費共約合國幣四億餘元，由公司負擔；

3. 照彬文手訂撫恤辦法規定照支薪津，不過數千萬元，一併湊足國博一億元為撫恤金；

4. 由公司一次致送奠儀國幣二億元，由其直系家屬承領。

七、樂山德記絲廠及華新絲廠近向四聯貸款，來函請求本公司擔保：查德記廠係股東陳曙光君所辦，向四聯貸款七千億元，華新廠為陳蘊崧董事所辦，貸款四百至六百億元。兩廠過去均曾由我公司擔保，惟此次數額較大，但絲業貸款係抵押性質，並非一次可以貸出，故擔保僅為具備手續而已。如何決定案：

決議：允予擔保，惟須經理部門洽妥後，方行辦理。

八、關於工廠負責人問題：自張華暫代本公司廠長後，感於強華公司工作甚繁，道途亦遠，對暫代廠長事，已來函表示恐難久任，故此人選應如何解決案：

決議：多方留意此種人選。

九、股東鮑冠儒君擬以其三十六年度紅息所得，捐助懷仲紀念基金：查本公司現僅有職工子女教育基金，可否函詢其捐助此項基金名下案：

決議：贊成函詢。

十、本公司職工生活津貼，原擬定自本年三月份起，每兩個月調整一次，近以物價變動無恒，原定兩月調整一次，已不合現情，應如何決定案：

決議：自本年四月份起，改訂為每一個月調整一次。

十一、卅六年度照章程規定，應分配之文化補助費案：自卅五年度起，公司文化補助費之分配，採保存一筆基金，而以其孳生息金為補助之方式辦理：三十六年度分配辦法，自以援例辦理為宜。三十五年度撥存之基金為國幣三千萬元，扎至四月底為止，可以存息 21,177,000 元，兩共為 51,177,000 元。三十六年度分配可得基金三千八百萬元，加入卅五年度本息共為 89,177,000 元，全部撥存，自五月起，每月以二十四分行息，可得二千一百餘萬元，應如何加以分配案：

決議：自卅七年六月起每月資助之單位金額如下：

　　樹德中學，每月資助國幣三百萬元；

　　醇化中學，每月資助國幣二百萬元；

　　敬業中學，每月資助國幣二百萬元；

　　成公中學，每月資助國幣一百五十萬元；

　　浙蓉中學，每月資助國幣一百五十萬元；

　　建本小學，每月資助國幣八十萬元；

　　樂山孤兒院，每月資助國幣二百萬元；

　　樂山復興小學，每月資助國幣一百萬元；

　　樂山兌陽小學，每月資助國幣八十萬元；

　　成都文協分會，每月資助國幣六十萬元；

　　屆至卅八年四月底為止，以為捐助數目待三十八年四月股東會後再議。

十二、關於卅七年賬務處理案：上屆董事會曾決議，建議本屆董事會對於本公司賬務，仍照往年之例辦理，應如何決定？

決議：接收上屆董事會決議，照往年辦法處理賬務，由董事會負責，經理部門執行。

　　　　　　　　　　　　　　　　　主席李劼人

三十七年度第四次廠務會議

記錄時間：六月廿九日下午一點鐘

地址：本廠會客廳

出席人：程雲集（主席）、曹青萍、張鴻鈞、張載欣、陳松如、陳治邦、曹見鈞、劉明海、張華軒、賀質卿、雷令宣、牟中瑾、雷紀泓、陳定波（記錄）

議決：樂處同人以若照董事會明令規定所謂綜合紙價增加職工生活津貼辦法，該津貼即有逐月低減之虞，故經程總經理同意，決定六月份照五月份生活津貼暫加百分之五十三（此亦總公司所電令此）由程總經理返蓉向董事會呈明後，再照下列計算辦法補發六月份不足之數作為基本數字，以後即照前月基本數字，再加當月所提幣價之百分率乘此基本數字之積數，即為當月職工生活津貼，其實際辦法如下：

（甲）每月分兩次發薪以該月十五號及三十號或三十一為發薪日期；

（乙）第一次十五號發薪即照十號各該地（成渝樂三處各分別辦理）牌價，與上次調整時幣價之差，求其增減之百分率，再以此百分率乘上次基本數字（薪金）即為應增加之數目。

（丙）下次三十號或三十一號發薪，即以廿五日牌價為標準，照上述各節同樣計算。為易於明瞭起見，茲特舉例以證明其計算方法如後：

一、假設本月一日牌價為一千萬元一令作基數，假設本月一日津貼為一千萬元作基數。

二、到本月十日幣價變為 1,500 萬元一令，與本月一日幣價相比較計漲 50%，則津貼亦應增加 50%，計應得 1,500 萬元月半支薪一半計 750 萬元。

三、到本月廿日幣價變為 3,000 萬元一令，與本月一日幣價相比較，計漲 200%，津貼亦應照本月一日數字增加 200%，計應得 3,000 萬元，此 3,000 萬元內應扣除月半已支數 750 萬元，實得 2,250 萬元。

四、月底所得 2,250 萬元，照 3,000 萬元幣價合幣 250 張／1000 張〔註24〕。

五、結論：如此，公司每月開支，以幣來說，決不會增加，而職工每月所得金額或實物，亦不致減少。

根據上文整理出的計算表格如下圖所示，以供參考：

	售紙牌價	津　貼	津貼與紙價等值比例
1 日	1000 萬／令	1000 萬／月	1：1
10 日	1500 萬／令	1500 萬／月	
15 日（半月結算點）	不論價格	750 萬	
20 日	3000 萬／令	3000 萬／月	
30 日（半月結算點）	不論價格	1500 萬	
合計	約 3000 萬	2250 萬	約 0.75：1

〔註24〕根據計算，此處應該是 750／1000 張。

第四十五次常務董事會議錄

時日：卅七年七月五日下午五時

地點：蓉公司

出席人：李劼人、魏時珍、吳照華、孫靜山、劉星垣

列席人：程雲集、吳書濃

主席：李劼人

記錄：謝揚青

一、常務報告（由程雲集、吳書濃報告）

（一）白紙試驗成功，已產七百餘令，成績甚佳，各方批評亦好。我紙今年產量較去年為多，自二月份至五月份，每月產量均達三千七八百令，六月份因停電，試造白紙與以及膠濃發生影響關係，停工幾日，始恢復生產，故六月份僅出二千六百令，然以整個情形而言，本年產量已較去年增加，然售價則不如往年，其時雖產量甚少，但社會之需要量及購買力均較本年為強。繼因開辦硝場，自設造城部分，完全靠自力籌劃，至六月十四日方開工出貨。架子、扯空□增多，迄今貸款、存款約有五十餘億元。且因周轉困難，息金太高，乃售紙一部分，價格雖有吃虧，但為減輕負債，此亦莫可如何之事。尤其至六月底，經濟變動更大，更顯吃了一些虧，而以後不得不採需要多少錢，賣多少紙。茲六月份先後調整紙價達八次之多，626萬價呆滯甚久，我紙牌價與一般相比，實未漲夠也。

（二）我現存儲無法銷售之黃白紙張約四千令，城七百桶（每天可出產三十多桶，如再增添設備及人工，日可出至五十多桶）。我自辦城廠之原因，主要目的在自用，尤其是直接用其溶液，中間經過不少麻煩，但現在如用其溶液，每噸城可省煤約一噸左右，與用他廠之城相較，划算甚多。然因製城關係，每月需增加煤炭二百噸——造紙亦需二百噸——（現存只七百餘噸）。故日下須再添購穀草六十萬斤，煤炭八百噸，方能度過八月，總需四五百億元，擬在存貨上設法。

二、主席報告

（一）自前任廠長裴鴻光離職，廠務即由梁彬文兼理，梁逝世
後，廠長一職，曾擬張華兼任乃為時數日，張即堅辭，
刻尚虛懸，故對廠務之推動，頗有群龍無首之感；雖各
方皆有推薦，董事會亦隨時注意此種人選，終因種種關
係，深感困難。於此大費躊躇期中，獲悉曾任我廠副廠
長桂迺黃君之通訊處，當去函約其返廠專任廠長，伊覆
信謂願來川繼續共事，惟因所任資委會湖南電廠職務，
不易解脫。頃又來函，再作同樣申述，並謂如我方能設
法為之解脫，必欣然來川。現只有設法找人與資委會商
談，務必促成此事。按桂系鄂人，早年留法習電機，在
我公司副廠長時代頗有勞績，且極孚眾望，廠上職工聞
伊將返任，已連電表示歡迎。

（二）強華公司於六月十八日召開第三屆股東大會，本公司股
份由歐陽里東監察代表出席，據報其近況如下：

1. 現時資產約存飯鍋一千一百餘擔（每擔市價約為一千
一百萬元），其他零星原料未計入，負債不及一億。

2. 股東會決議加增股本為十二億元，照二百倍比例於舊
股內加募足額。

3. 提存款六億照股本一百倍作為官紅息分配各股東，其
職工及董監紅酬，另提分配。

4. 修改章程：授權董事會辦理。

5. 改選董監：一律仍舊。

6. 三十三年各方墊款經董監會議討論，主張以市息計算
歸還，惟因嘉裕、天增無人出席，尚未作決定。

三、討論事項

（一）關於調整職工生活津貼案
查本公司職工生活津貼自五月份起，採綜合紙價計算發
給後，如以紙量為準，反而有逐月降低之虞，與安定職
工生活之原意不符，確有調整之必要。此次程總經理去
樂，該處職工亦有同樣感覺，要求改善，並商訂改善辦

法，由程君帶蓉，當依據上項辦法，詳為研究。擬訂「職
工生活津貼調整辦法」一種，尚能適應日前經濟情況，
而無逐月降低之虞，如何請為公決！

決議：職工津貼調整辦法修正通過，並自本年六月一日起實行，
六月份除已經發給之數外，照新辦法計算補足之（辦法
原文另附）。

（二）關於賬務處理案

決議：仍按照往年之例辦理。

（三）關於紐約國家銀行更換支票支付簽字人案

自梁總經理逝世後，本公司開具該行支票之支付簽字人
按規應予更換，惟因梁君彌留時間太短，不克辦理變更
手續，即原支票簿亦不知存放何處，故經各種交涉，並
請託我國駐紐約總領事張平群證明，該行始將變更簽字
人應有手續上之文件寄來，而原存支票簿亦於重慶公司
尋得，計該支票簿一冊共五十篇，已開付者一篇，廢票
一篇，尚存四十八篇，其現款項，每月均由對賬單寄來，
經核對無誤。今日決定者 1、委託何人為支付簽字人？
2、寄來變更手續上之文件，是否本會照所列條款同意簽
訂，並由秘書室負責簽字？3、支票簿將來如何保存？請
加公決！

決議：紐約國家銀行支票由李董事長簽名，囑託程雲集君為今
後支票簽字人，該行寄來更改手續文件，同意簽訂，由
劉星垣董事填具，謝揚青秘書簽字，支票簿則交由秘書
室保存。

（四）吳書濃協理有人文少和等前擬集資在蓉籌組工商廣播電
臺，邀本公司參加，當即認股共計國幣一千萬元，請予
追認案

決議：通過。

主席李劼人

第九屆二次董事會議記錄

時日：三十七年七月二十二日上午十一時

地點：本公司

出席人：李劼人、吳照華、吳書濃、湯萬宇、程雲集、孫靜山、劉星
　　　　垣、謝勖哉、（揚青代）、魏時珍

甲、主席報告

　　一、關於廠長人選問題：自彬文逝世，裴鴻光去職，我廠主持
　　　　工程之廠長，虛懸甚久，迄無適當人選，目前經常務會之通
　　　　過，歡迎前任我廠副廠長，刻在長沙電廠任經理之桂迺黃
　　　　君返任斯職，當即以函電相邀，桂君甚有允意，惟彼服務處
　　　　為資委會機構，辭卻不易，須多方設法，或可辭准。中間函
　　　　電來往達二月，然我之廠長問題，不能待桂君久置不決，影
　　　　響廠務。當邀四川大學化工系主任張漢良教授參加此一工
　　　　作，張君亦法國留學生，對於化工方面，造詣甚深，並先後
　　　　辦理工廠十餘家，現在蓉主辦永康染印廠，故其應允來廠。
　　　　將來計議辦理之事：（一）紙張技術之改良；（二）純鹼成份
　　　　之達於標準；（三）自行籌辦一漂白粉廠，利用犍、樂鹽水
　　　　加工，可以自用銷售。目前已邀張君來談，告以公司求賢之
　　　　意及將來之計劃，彼甚感興趣，表示考慮，但短期內只承認
　　　　代理廠長，以後如何，則視三個月之工作情況而定。余當告
　　　　以公司之歷史現況種種，彼甚明瞭，但表示須去樂察看再
　　　　定。至桂君仍盼其速來，擔任樂公司經理之職，如此配合，
　　　　較合理想。若此項計劃實現，擬在夾江聯合手工業紙商，創
　　　　一紙漿製造機構，曹青萍君可全力籌辦此事。

　　二、本月十五日董監與馬費致送時間稍有遲延，此實因頭寸甚
　　　　緊，調配不易，請予原諒！

乙、討論事項

　　一、關於張漢良君擔任本公司工廠廠長案

　　決議：通過。儘量設法促其實任廠長。

　　二、目前經濟情形困窘，擬向國行局及省銀行進行貸款案

　　決議：一面呈請工商部請予設法，一面分向國家行局及省行等
　　　　　有關方面進行。

主席李劼人

第九屆四次董事會議記錄

時日：三十七年十月二十九日下午四點半

地點：本公司

出席人：李劼人、吳書濃、陳子光、程雲集、吳照華

記錄：謝揚青

甲、主席報告

　　本公司董事會依據後列四大事由，按公司法第一百七十一條第二款，同法第一百七十二條，同法第一百八十條第二款，及本公司章程第十三條之規定，經本會第九屆第四次董事會議議決，召開臨時股東會：

一、政府公布，凡營利事業於三十七年八月二十日幣制改革後，原登記之法幣資本額，應從新估算，折為金圓，經股東會決議，依照工商部規定之調整資本辦法，申請變更登記，故須召集股東臨時會議商決，方能依法辦理申請手續。

二、本公司因擬籌「城」之自給自足，於上年度創設造城部門，嗣因出品數量較多，品質較高，市場亦感需要，故以部分供應。但此種業務，超出本公司章程所定之營業及製造範圍，而於公司法之規定亦不符合，實有改訂本公司章程第一章第二條之必要，故須召開股東臨時會方能修改。

三、基於修改章程之便，對於本公司製造範圍趁時擴大，亦列為重要議案之一，蓋化學工業包括甚廣，而本公司頃又從事化學之母工業「城」的生產，將來以城為主可以生產許多種化學成品，又擴大製造範圍後，單純之「製紙」不能包括其他化學產品部門，勢必更改業務名稱，始能包括，此新名稱現擬為「嘉樂實業股份有限公司」，須召開股東臨時會確定。

四、因擴大業務與製造範圍，暨生產白紙須再增添設備之故，趁此時代之許可，環境之要求，確應增添資本，實現擴充計劃，藉以奠定本公司永久之基礎。此項計劃是否付諸實行，必須召集股東臨時會決定。目前社會經濟雖覺動盪不妥，然金融商業資本，均感走投無路，勢必改向生產事業，

故目前增資計劃，正合時機，縱令政局如何變動，經濟如何不妥，而工業基礎則因時事需要必能愈趨穩定，不致有顛覆之虞。

乙、決議事項

一、根據主席之報告提出四項事由，關於股東臨時會之召集，實屬必要，應否通過案

決議：全體通過。

二、關於股東臨時會之日期、地點及如何召集案

決議：會期定於十一月廿一日，地點在成都新新新聞大樓舉行，召集方式依照公司法規定辦理。

主席李劼人

第四十八次常務董事會議錄

時日：三十七年十二月三日下午三時

地點：本公司

出席人：李劼人、湯萬宇、吳照華（函託李劼人代表）、魏時珍（宋師度代）、孫靜山（湯代）

列席者：宋師度、劉星垣、程雲集

主席：李劼人

記錄：謝揚青

主席報告：

一、關於重估資產價值，經向重慶鐵工廠、成都新華公司等處估定，計：

1. 機器設備，金圓六百四十六萬八千元；

2. 樂山地皮，金圓八千九百元；

3. 樂山房屋建築，九十一萬四千六百九十元；

4. 成都房地產，金圓十二萬元；

5. 部分五金材料（四分之一）三十九萬七千六百零一元。

　　共計金圓八百三十萬零六千七百九十二元。五日股東臨時會即依據此項估定數字，向大會報告。增資方面擬訂為三分之一，並以銀圓為繳股標準，分為兩期繳納，第一期五月

六日至十二月卅一日，第二期一月一日至一月十五日，並由
舊股東優先認股，再向外招募。

二、至於樹德等校股東補助問題，擬按月以紙捐助，辦法容後再定。

主席李劼人

嘉樂製紙股份有限公司股東臨時會議決議錄

日期：三十七年十二月五日上午十時

地點：成都新新新聞文化會堂

出席股數 69,550 股　出席股權 60,531 權

主席：李劼人

秘書：謝揚青

一、主席宣布開會理由

（一）本公司服份總數為壹拾萬股，本日到會股已過法定股數，
宣布開會。

（二）關於召集股東臨時會理由，已詳載通知書中，茲不贅述，
惟意義甚重大，此亦不待說明，頃須加以補充者：

1. 公司自去年奉命辦理從新登記後，今年七月始領到執
照，正擬照該時登記資本，發換新股票，因幣值變動
太大，新登記之資本法幣二十億元數額，已不甚值價，
正觀望中，忽逢八一九幣制改革，若再照法幣二十億
元股金折合為金圓或官價銀元，數目實太微少，故政
府公布所有營利事業須照金圓價值，重新登記資本，
勢必將資產重新估價，方覺適合。

2. 我廠設備逐年均有增加，二十年來由一部老楊格式單
烘缸機器，增為兩部相當好的雙烘缸造紙機，兩部拔
葛克鍋爐等等，設備增加，資產自非過去可比。因為
感覺幣值變動太大，實際資產價值與股本數目不相謀
合，影響到做賬及稅收種種問題，故現時擬以實物如
米缸、銀元為計算本公司資產標準，加以確定，以免
日後遭受貶值影響。以銀元折合，並非照官價辦理，
官價銀元每枚合金圓十元，今黑市已超逾之，而政令
如牛毛，將來不知何所適從。

3. 公司今年營業如不遇水災，彬文逝世，幣制改革影響，各位股東之紅息，必有相當表示。但不幸之事件層層迭出，如彬文之喪，八一九改幣限價，八月廿一日廠遭水災，鎳潮搶購等等，幸賴經理人員得力，只吃虧約二十萬金圓，幾乎陷於一蹶不振之地步。此次趁新計算資本之便，擬將估算資產不足之整數，將本年度股息轉入股本，湊為整數。是否可行，隨後再提付討論。

二、討論事項

（一）關於重新估算資產問題，刻已全部由專業估算齊全，計值金圓八百三十二萬八千四百六十九元（尚有部分五金材料未估入），是否依據是項估算數字，決定本公司之資本總額，以便聲請辦理從新登記案：

決議：全體通過：照現有資產實估所得，加入三十七年度各股份應得股息全部，合為本公司資本；新訂資本總額記為銀圓一百萬元，共計一十萬股，每股應為銀圓一十元，俟明年辦理登記時，再折合為當時通用幣值。

（二）本公司因製造與業務範圍擴大，現時名稱與公司法及本公司章程所定牴觸，應否更改業務稱號，以符規章案：

決議：全體通過：本公司稱號應修改為「嘉樂實業股份有限公司」。

（三）本公司為擴大製造與業務範圍，採逐步實施辦法，現擬先從製城方面入手，所需資金包括製城暨補充部分造紙器材等，共需增加金計銀圓三十六萬元，應否增收新股，以便實現案：

決議：全體通過：

1. 增加新股股額為銀圓三十六萬元，共三萬六千股，每股銀圓十元（以銀圓繳納或照繳股時銀圓之市值折合為金圓）；

2. 收股日期：民國三十七年十二月六日起至十二月三十一日為止為第一期，民國三十八年一月一日起至一月十五日止為第二期；

3. 由舊股東優先認股；

4. 認股書須於三十七年十二月二十前日填交，以便匯計。

主席李劼人

第九屆五次董事會議決議錄

時日：卅八年二月八日上午十時

地點：蓉公司

出席人：李劼人、吳照華（湯萬宇代）、湯萬宇、張真如、魏時珍、孫靜山、黃肅方、程雲集

列席人：曹青萍

記錄：謝揚青

甲、業務報告（程協理報告）

一、本公司目前負債計黃金卅三兩，銀元七百元（共合黃金四十兩）。另有貸款金圓五萬餘元。

二、目前存紙尚有二千六百多令，照現時紙價計算，以一千二百令至即可抵價實物負債。又渝處尚存硫化堿九噸，除付省銀行本利及抵帳外，尚刻餘紙張一千二百令，最近業務因停工未大事開展，只以售賣存貨作開繳之用。

乙、決議事項

一、本公司工廠因經濟巨變，周轉困難，於元月元日起宣布停工，迄今月餘。依目前情形而言，勢必即須復工，方免完全停擺，究竟如何決定案：

決議：自二月十六日起暫時復工，只以三號機生產，並採機動態度，若經濟周轉困難，立即停工，以應變局。至員工薪津一律自開工日起解凍，恢覆照紙價調整。

二、張漢良廠長辭職請追認案：

決議：張漢良君函辭廠長職務應予照准，任派曹青萍經理兼代本工廠廠長。

主席李劼人

第九屆六次董事會議決議錄

時日：三十八年三月三十日上午十時半（董事會秘書室章）

地點：成都本公司

出席人：李劼人、劉星垣、張真如、孫靜山、吳書濃、吳照華、湯萬
　　　　宇、黃肅方、宋師度、魏時珍（李劼人代）

主席：李劼人

秘書：謝揚青

（一）主席提議：本公司為處理會計部門之疑難事項，於去年臘底
　　　特聘楊佑之〔註25〕會計師為本公司會計執行顧問，負澈（徹）
　　　底整理本公司賬務之責。楊先生曾於去歲親赴我廠實地調查注
　　　重成本會計之整理，現已將造城部門賬務整理齊全，僅造紙部
　　　門因幣值變動太大，時間又久，短期尚難理出頭緒，而三十八
　　　年以後之帳，自元月元日起照新訂辦法施行，另行登記，然因
　　　幣值仍不穩定，若求實際成本甚不可能，只能參照貨值之百分
　　　率，求其平均數。目前所感到問題者：1. 記帳之單位問題；2.
　　　盈虧之計算問題；3. 會計規定之擬定問題。請加討論：

決議：請李董事長、吳協理商同楊佑之顧問全權辦理之。

（二）主席提議：本公司因擬擴充業務曾於去歲股東臨時會時決定
　　　增資並更改牌號為「嘉樂實業股份有限公司」，繼因經濟情形
　　　變動甚烈，影響招股。據目前觀察，非等時局到相當安定時，
　　　不易進行，故本公司之牌名是否採用舊名稱案：

決議：在增資計劃未完成，新組織未成立前，對內對外仍用「嘉樂
　　　製紙股份有限公司」名稱。

（三）主席提議：按會計規程及公司法規定本月份適值三十七年會
　　　計年度終了，復據本公司會計章程規定於四月內召開股東年
　　　會，理應如期舉行。惟查本公司因擬擴充、增資、重估資產
　　　及更改牌號，曾於去年十二月五日召集股東臨時會通過本公

〔註25〕楊佑之（1893～1971）著名會計學家和統計學家。原名德寬，湖南長沙人，生
　　　於江蘇南京。1919 年畢業於北京大學商科，師從中國經濟學泰斗馬寅初。歷
　　　任北京中國大學、保定河北大學、北京朝陽學院、天津河北省立法商學院、北
　　　平大學商學院教授。1936 年應四川大學校長任鴻雋之聘到成都講學，成為第
　　　一個在四川講授高等會計學的教授。此後歷任四川大學、銘賢學院、成華大
　　　學、華西協合大學教授、系主任，四川省會計專科學校校長。1943 年獲國民
　　　政府教育部部聘教授職稱。1945 年在成都創辦楊佑之會計事務所，受理民間
　　　會計事務。

司資產為由專業估定之金元 8328460 元，約合當時銀圓八十餘萬元。並經蒞會董事同意將三十七年度各股份應得之股息作為銀圓十餘萬元，並湊成股本總額為川板（版）銀圓一百萬元，經通過在案。但自八一九改幣後，物價激漲幣值亦低，對於會計部門賬務之處理，甚感辣手，一直均在觀望無法措手之中，迨至數日前眼見時局日益惡劣，賬務苦懸而不決亦非善策，經吳、楊顧問商量始決定賬務登記報告辦法，可望於四月初間照所訂辦法結出，擬具章程規定之各項報表。同時本人曾於去歲股東臨時會報告，提及本屆股東年會不一定召開，蓋股東年會之意義，最重要者在決定盈餘之分配，而三十七年之股息分配已在臨股會時加以確定，年會是否召集至時再定。刻規定之會期即屆仍否召集案：

決議：即以書面申述本會決議並徵求各股東同意：

1. 去年臨股會時已決定分配股息，並聲明本屆股東年會不一定召開，究竟應否舉行。

2. 監察人報告賬務即用書面報告。

3. 監察人任期屆滿須另行選舉，如同意用書面選舉即將附去選票填妥蓋章後寄予本會開選。

4. 三十七年度業務報告資產負債表損益計算書隨函寄予各股東。

（四）主席提議：本公司文化補助費之分配，向例分為兩方面辦理：

1. 投資本公司者；2. 一般者。茲查投資本公司者有樹德、醇化、敬業三個中學。歷來補助費三校自較一般為多，惟三校處此經濟困厄時期，除本公司補助費稍加點綴外，幾全賴其股紅息以為彌補，但去年股東臨時會既決定將三十七年度股紅息全部收股後，三校所指望之所入自成問題，故於去年臨時會中曾報告此事，意擬將三校補助費略為放寬，另案予以辦理。究竟如何決定案：

決議：自本年四月份起，按三校投資額每月補助樹德中學嘉樂紙捌令，敬業中學二令，醇化中學四令，其他單位因業務困難，暫時從緩辦理。

主席李劼人

第九屆七次董事會決議錄

時日：三十八年五月十日午後四點鐘

地點：成都本公司

出席人：李劼人、魏時珍（函託劼人代）、陳子光、孫靜山、吳書濃、
　　　　陳光玉（子光代）、黃肅方、湯萬宇、吳照華、劉星垣、張
　　　　真如（面託劼人代）

列席人：曹青萍

主席：李劼人

秘書：謝揚青

一、吳協理業務報告

　　本公司工廠為應對經濟預勢曾於去臘停工，至今年二月始採機動性復工，迄於今日。員工鑒於個人生存係於團體之存在，工作倍加努力，三號機每月產量達八十餘令，紙質亦佳，色澤亦好，二個半月以來共產紙五千二百餘令，銷市以三月份較佳，四月則以經濟情勢惡劣銷路亦受影響，幸紗廠所訂包砂紙四百令（幅面較大，約當本色嘉樂紙六百令），差可維繫。五月因金元愈益貶值，經濟情形愈趨紊亂，業務之推動異常困難，五月上旬僅銷紙二十餘令，渝市紙價因各廠貨品堆積，市價壓低；《大公報》於前月提紙一百令，迄未付款。實為本公司業務空前危難時期。目前負債：樂山方面約川洋七百多元，成都方面約川洋三千多元，共計負債約川洋四千多元。以一千二百餘令之紙即夠還完。目下存紙四千多令，實值約川洋一萬三千多元（除償債外尚有八九千元）。以此而論，公司並未蝕本，而問題只在賣不出去。

二、曹廠長廠務報告

　　工廠目前最大問題在於原料已用完，現存煤約五十五噸，夠六七天；稻草三十多萬斤，夠一個月；食米早已告缺。關於製鹹則準備將存硝做完六十噸，但須購煤五十噸方能完成。

三、主席報告

　　歸納言之，目前一般工商業均已至最危難之時，非獨本公司一家如此，而今日最重要者，在於如何應變，如何使此事業能延續。大局變化歷程固不易判斷，但必然要變，而且亦必然快，本公司無

論未來局勢如何衍變，因係日用品必需工業，只要本身能可撐持，將來之延續必無問題。至時種種變革，各種新印刷品均極需紙，則本公司決有一新的途徑也。

四、決議事項

甲、主席提議：大局面臨緊張階段，而經濟情勢瀕臨險惡境地，本公司因受大環境之壓迫，銷市漸斷，原料告罄已至難以維繫之時期，然據推斷前途又甚有希望，究應如何應變案：

決議：無論時局如何變化，本公司應本既往努力生產之精神繼續撐持到底，以觀變化。

乙、主席提議：本公司既決心繼續生產，惟因銷市疲滯，原料告缺，已無再生產之力。查本公司每月開支，計 1. 員工薪金食米等開支需紙六百五十令，以今日市場言約合川洋二千元；2. 添補原物燃料又約需川洋二千元至三千元。共計需川洋四千五百元至五千元，即足敷用，又每月至少尚可售紙四百令，可以略助開支，而大局在一二月內必有變化，如能在此期內每月有川洋三千至四千元之周轉準備金，則繼續生產絕無問題，本公司並可藉此存紙一萬令以上，以應日後之需要，所言是否有當，應請公決案：

決議：本公司所需周轉準備金由公司全體同人及董監負責分別努力徵備，月利定為百分之五（即每百元月息五元，借期愈長愈好）。獎勵職工儲蓄予以同等月息。

丙、主席提議：

關於造城部是否繼續生產案：

決議：造城部將存硝造完為止。以一半之成品留作自用，餘則換為實物，由經理部同人相機執行。

附表：歷年負債表

1937 年

一、嘉樂機器製紙廠資產負債表（民國二十六年六月三十日）

（一）負債之部（元）

科　目	金　額
應付帳款	3357.74
存入款	13823.714
應付薪工	253.633
折舊準備	9651
呆帳準備	683.122
實賬資本	1796.272
19～25 年盈餘	8353.159
本年上半年盈餘	1796.272
負債總計	101348.64

（二）資產之部（元）

科　目	金　額
現金	449.594
應收賬款	5,505.587
省莊往來欠	13,131.403
存出款	2,275.000
存出保證金	410.000
存貨	10,269.167
存料	5,964.770
暫記欠款	914.973
房屋及地基	10,805.850
機器設備	31,147.800
開辦起至十八年虧損	20,474.496
資產總計	101,348.640

二、嘉樂機器製造廠損益計算表（民國二十六年一月一日至六月三十日止）

（一）利益之部

1. 營業收入類（金額：元）

科　目	售紙收入	售印刷品收入	售破紙收入	合計
金　額	34708.928	57.753	493.625	35260.306

2. 本期結存類（金額：元）

科　目	紙張折合	原料	物料	合計
金　額	10327.367	4489.61	1475.16	16292.137

3. 其他收入類（金額：元）

科　目	售草尖收入	售炭花收入	兌換收入	雜收入	合計
金　額	42.93	94	7.448	226.136	370.514

三項收入總計為 51922.957 元

（二）損失之部

1. 上年結存類（金額：元）

科　目	紙張	原料	物料	油米	合計
金　額	7196.378	6248	935.288	695.875	12075.646

2. 本期購入類（金額：元）

科　目	原料	物料	油米	合計
金　額	8119.74	935.288	695.875	12075.646

3. 消耗類（金額：元）

科　目	金額（元）	紀　要
薪金	3,536.000	
工資	2,232.445	
伙食	1,167.749	
燃料	6,365.880	
稅捐、房租	439.438	
匯水子金	5,882.500	

運費力資	2,133.900	
電燈裝置費	19.500	
零購材料	753.846	
獎勵	443.490	
售紙退還	30.600	
機器家具房屋折舊	3,436.024	
合計	26,351.422	

本期純益：1796.272 元；

損失總計：51922.957 元。

嘉樂機器製紙廠資產負債表錄　　中華民國二十六年度十二月三十一止

資產之部		負債之部	
科　目	金　額 百十萬千百十元角分釐	科　目	金　額 百十萬千百十元角分釐
庫存現金	121.660	應付帳款	2477.407
應收賬款	8937.321	存入款	5223.349
省莊往來欠款	16611.573	折舊準備	12637.000
存出款	7459.650	呆帳準備	3672.951
存出保證金	945.000	公積金	3981.337
存貨	6115.839	負債共計	27992.044
存料	7051.800	陳光玉	11500.000
暫欠	1062.356	蜀新公司	10000.000
房屋及基地	10805.850	丕記	11500.000
機器設備	32310.995	泉生堂	5750.000
開辦至十八年止 虧損	20474.496	唐義宣	3000.000
		孫德操	2000.000
		劉星垣	1650.000
		王惠風	1150.000
		吳稚記	1000.000
		津記	1150.000
		朱良輔	1150.000

		程宇春	1150.000
		嘉裕廠	1150.000
		陳漸逵	1150.000
		梁仲子	1150.000
		吳功福	1000.000
		董長安	1000.000
		陳仲昌	800.000
		王懷季	700.000
		王懷仲	680.000
		李劼人	600.000
		宋師度	1150.000
		楊雲從	575.000
		陳益智堂	575.000
		陳子立	575.000
		鍾繼豪	500.000
		鄧叔才	575.000
		鄭璧臣	250.000
		投本共計	263430.000
		十九年至廿五年盈餘	8353.159
		本年上半年盈餘	1776.272
		本期純益	10325.065
		盈餘共計	20454.496
總計	111896.540	總計	143995.912

嘉樂機器廠損益計算表　　中華民國二十六年七月一日至十二月三十一日止

損失之部		利益之部	
科　目	金　額 十萬千百十元角分釐	科　目	金　額 十萬千百十元角分釐
上期結存：		營業收入：	
存貨	10327.309	舊紙張	52234.045
存料	5964.770	舊破紙	595.925

共計	16292.139	舊裱筋紙	79.315
本期購入		舊雜製品	78.357
原料	7888.437	共計	52987.640
物料	2786.755	本期結存：	
食米	1845.650	存貨	6115.839
共計	12520.842	存料	7051，800
本期消耗	7178.570	共計	13167.639
伙食他用應酬路費	1062.225	其他收益：	
薪工及獎勵	4792.254	分售漂粉	320.000
郵電匯水子金	814.720	草尖	68.052
運費力資	1805.763	炭花	108.000
省莊房租及稅捐	1409.000	雜收	155.212
購置零料	389.777	兌換	62.72
電料及燈費	269.120	共計	657.536
共計	17721.429		
其他損失：			
折舊	2986.000		
呆帳	2986.000		
公積金	3981.337		
共計	9953.340		
本期純益	10325.065		
總計	66812.815	總計	66812.815

1943 年

嘉樂製紙廠股份有限公司資產負債表　　民國三十二年十二月三十一日

資產			
一、固定資產			
土地			
房屋	441,835.41		
減：折舊準備	65,306.61	376,079.40	
機器及設備	2,748,606.74		
減：折舊準備	588,032.56	2,160,574.18	
器具及設備	164,797.33		
減：折舊準備	34,744.63	130,052.70	
工具	55,724.33		
減：折舊準備	13,684.62	42,039.71	
投資		608,000.00	
固定資產總計			3,244.279.23
二、遲延資產			
預付膳費		28,030.45	
遲延資產總計			28,030.45
三、流動資產			
現金		65,819.71	
零用金		21,860.30	
存放行莊		260,930.41	
應放賬款		626,851,47	
有價證券		45,958.20	
借出款		195,584.82	
暫付款		1,329,092.11	
預付款		993,652.40	
存出保證金		33,386.00	
材料		4,560,257.53	
職工懸款		387,676.44	
在運品		288,768.60	

存貨		8,782,771.58	
上期虧損		300,006.35	
流動資產總計			12,972,609.92	
資產總額				16,345,019.65

負債			
一、流動負債			
應付帳款		1,220,655.27	
應付票據		1,403,000.00	
暫收款		445,915.47	
預收款		150,000.00	
借入款		4,861,000.00	
代扣所得稅		126,587.97	
應付未付稅款		4,226.74	
託付帳款		1,374,031.68	
透支行莊		113,190.55	
總公司往來		165,403.54	
流動負債總計			9,963,921.22	
二、股本及公債			
股本		5,000,000.00	
法定公債		69,790.74	
股本及公債統計			5,069,790.74	
盈利			
本期盈利		1,311,307.69	
盈利總計			1,311,307.69	
負債總額				16,345,019.65

總經理（梁彬文章）經理（周安梁章）主任（周安梁章）覆核（胡師榮章）製表（張拱北章）

嘉樂製紙廠股份有限公司損益計算表

民國卅二年一月一日起至十二月三十一日止

一、營業收入			
銷貨		29,163,062.79	
減：銷貨折扣		12,857.10	
銷貨淨額			29,150,205.69
銷貨成本：			
製造成本：			
直接人工	3,487,212.30		
直接原料	5,624,923.76		
製造費用	10,496,656.75	19,608,792.81	
加：期初存貨	2,752,922,92		
本期購貨	32,700.00	2,785,622.92	
減：期末存貨		3,872,771.58	18,521,644.15
毛利			10,628,561.54
減：管理費用		3,233,089.88	
推銷費用		2,942,075.34	
銷貨運費		955,041.53	
推銷陳本		6,416.60	7,136,623.35
加：其他收入			3,491,938.19
材料盤盈		267,158.15	
利息收入		160,436.46	
營業外收入		1,248,784.45	1,676,379.06
減：其他支出			
利息支出		3,318,002.01	
材料盤損		9,200.02	
其他營業外支出		529,807.53	3,857,009.56
純益			1,311,307.69

總經理（梁彬文章）經理（周安梁章）主任（周安梁章）覆核（胡師榮章）製表（張拱北章）

1944 年

查三十三年度純益為三百〇四萬〇七百四十五元五角，經董事會議
決分配如次：

股息：六十萬元；

職工紅酬：三十萬元；

董監紅酬：五萬元；

文化教育補助金：五萬元；

稅款準備：八十萬元；

公積金：一百二十四萬〇七百四十五元五角正；

合計：三百〇四萬〇七百四十五元五角正。

仰即按照上列分配數字核發轉帳為要！

嘉樂製紙廠股份有限公司董事會董事長李劼人

1945 年

嘉樂製紙股份有限公司資產負債表　　（民國三十四年十二月三十一日）

資產			
一、固定資產			
土地		942,638.29	
房屋	14,088,088.71		
紙：折舊準備	12,935,371.24	1,152,079.47	
機器及設備	21,622,907.31		
減：折舊準備	19,715,562.21	2,107,345.10	
器具及設備	1,332,184.83		
減：折舊準備	692,872.64	639,312.19	
工具	1,703,797.14		
減：折舊準備	1,089,312.48	614,484.66	
投資		738,000.00	
固定資產總計			6,194,481.71
二、流動資產			
現金		2,321,163.36	
存放行莊		9,720,051.31	

應收賬款		948,807.90		
有價證券		1,626,698.20		
借出款		6,635,088.55		
暫付款		10,320,954.26		
預付款		4,880,146.75		
存出保證金		55,086.00		
材料		46,497,782.98		
職工懸款		3,430,868.90		
在運品		4,324,050.00		
分公司往來		4,065,873.58		

嘉樂製紙股份有限公司損益計算表（民國卅四年一月一日至十二月三十一日）

一、營業收入				
銷貨		408,118,781.70		
減：銷貨折扣		2,783,107.66		
減：銷貨退回		2,587.000.00		
銷貨淨額			402,743,674.04	
銷貨成本：				
製造成本：				
直接人工	39,398,484.30			
直接原料	63,616,650.62			
製造費用	195,592,005.86	298,607,140.78		
加：期初存貨		8,880,855.75		
減：期末存貨		83,872,987.50	273,705.015.03	
毛利				129,038,659.01
減：管理費用			29,735,121.20	
推銷費用			43,001,366.09	72,736,577.35
加：其他收入				56,302,081.66
材料盤盈			63,934.89	
利息收入			10,672,507.86	
營業外收入			4,321,749.90	15,058,192.05

減：其他收入				
壞賬損失			130,069.65	
利息支出			67,379,045.51	
材料盤損			7,260.94	
營業外支出			490,853.00	68,007,229.10
純益				3,353,045.21